エチュード春一番

第三曲　幻想組曲［狼］

萩原規子

目次

登場人物紹介

渡会《わたらい》　美綾《みあや》――大学一年生。

モノクロ――白黒のパピヨン。美綾の飼い犬だが、正体は八《や》百万《およろず》の神。

黒田《くろだ》――モノクロがヒトの姿をとった3D映像。美綾にだけ見える。

平小次郎将門《たいらのこじろうまさかど》――『将門記《しょうもんき》』に登場する平安中期の豪族。

ユカラ――蝦夷《えみし》の一族で将門に仕える少女。弓の名手。

平真樹《たいらのまさき》――小次郎の従兄《いとこ》。良兼《よしかね》の息子。

琴葉《ことは》――真樹の異母妹で、小次郎のいいなずけ。

第一章　将　門

一

渡会美綾《わたらいみあや》は、迷いこんだパピヨンを飼っている。

パピヨンとは、十六世紀ヨーロッパで王侯貴族が愛玩《あいがん》していた小型犬をいう。体高二十五センチほどで、白と茶か、白と黒の毛色をしている。美綾が出会ったのは、白黒のほうのパピヨンだった。飾り毛のある大きな耳と目のまわりが左右対称に黒く、短い鼻筋と丸みのある額は白い。背中にも黒い毛があり、きゃしゃな足と長毛のしっぽは白い。絹のようにつやのある毛質が優雅で、大きな黒い目は愛くるしい。

性質も悪くなかった。利口で快活で人なつこく、相手をした人にはたいてい褒められる。

（……でも、これは第一形態であって）

ため息をついて美綾は思う。モノクロがただのパピヨンであれば、大学にかよいながらの世話が少々大変でも、幸運な拾いもので終わったのだ。しかし、そうはいかなかった。この犬はしゃべるのだ。

(第二形態がくせものだった……)

ふつうにしゃべっても大問題だが、モノクロの声は、飼い主の美綾にしか聞こえなかった。さらに、あろうことか、自分は日本の八百万《やおよろず》の神だと名乗っている。おかげで美綾は、この驚愕《きょうがく》の事実をだれにも打ち明けられなくなった。他人に相談すれば、メンタルを疑われると痛いほどわかるからだ。

しかし、日常生活は何があろうと続いていくもので、美綾も日々悩んでいることはできなかった。いつのまにか、犬と会話することにも慣れてしまった。それでも、ときおり「こんなことでいいのか」と思うのだった。

美綾がダイニング・リビングに掃除機をもって入ると、カーペットでノートパソコンをいじっていた小型犬は、非難するように言った。

「掃除は日曜ではなかったか」

「週一ですむならすませたいよ。あなたのせいでしょ」

抜け毛の多い犬種ではないのだが、それでも秋が深まるにつれ、街路樹が木の葉を散らすようにモノクロの抜け毛が目立つようになった。

「わしはその機械音を好かん。犬の耳に障る」

モノクロは鼻づらを上げ、お殿様のように宣言した。八百万の神の声は、若い男性っぽく聞こえるのだが、言葉づかいが変だった。〝わし〟〝おぬし〟〝おなご〟などと平気で言うのだ。

美綾は、お殿様のご意見を聞いてやらなかった。自分は飼い主であって腰元《こしもと》ではない。

「はい、どいたどいた。いやなら終わるまで引っこんでて」

強引にパソコンをローテーブルに乗せてしまう。掃除機のスイッチを入れると、阻止できないとさとったパピヨンは、リビングから退散していった。しかし、美綾も好きでする労働ではないので、同情しないでカーペットの掃除を始めた。

少しして、吸い取り口の向きを変えたときだった。屋内の人影に気づく。玄関側の入り口に、若い男が立ってこちらをながめていた。だが、今は美綾も、これを不審者と見て驚きはしなかった。

（出た、第三形態が……）

無視してもよかったのだが、思いなおして掃除機のスイッチを切った。もの言いたげに見つめられるのは迷惑なのだ。

「あのねえ、何しに出てきたの。掃除のじゃまがしたいの」

「しないよ。暇にしてるだけ」

モノクロの第三形態である男子には、実体がなかった。美綾の目に映る3D映像なのだ。動くこともでき、しゃべることもできるが、これはモノクロが描いた未来設計図―

——言ってみれば「なろう」型だった。けれども美綾には、この男子が実在すると信じこんだ痛い過去があり、やりにくい相手なのだ。

「暇って言うくらいなら、リビングの掃除と片づけを手伝ってよ。このタイミングで現れたら、手伝うのがふつう」

愛想のない声で言っても、男子は気さくな笑みを浮かべた。

「うーん、できるとうれしいんだけどね」

映像の彼には、どれほど軽い品物だろうと持ち上げられない。だが、それが不自然に思えるほど実在して見えた。中背でやや細身で、さっぱりした目鼻立ち。額にかかった長めの前髪。小型犬との共通点は、声の質と衣服が必ずモノトーンということくらいだ。

秋が深まる今、映像男子のいでたちは、白い綿ニットのインナーに黒のフライトジャケットというものだった。パンツはブラックデニムだ。両親がファッション関係の仕事をしているせいで、美綾もついつい衣服を見る目が厳しくなるが、しゃれすぎず安物すぎず、センスのある着こなしだと感じた。

「最近、意味なく出てこない？　この前も掃除のときにいたけど、デモのつもりなの」

「みゃあは気にしなくていいよ。おれはただ、モノクロが苦手なものが平気かどうか試しているんだ」

３Ｄ男子はどういうわけか、いつも美綾を「みゃあ」と呼んだ。これは小学生のときのあだ名だ。そして、本体のモノクロを別物のように語った。美綾が複雑な思いをするのもそのせいだ。

「平気だと、何かいいことがあるの」

「あるよ。モノクロがそばにいられないとき、代わりにおれがいることができる」

映像だから、照れもしないで言うのは当然だろう。しかし、美綾のほうは無理だった。急にほおが熱くなったのがわかった。

「この前みたいに？」

ひと月ほど前、飛葉周《ひばしゅう》がパピヨンを拉致《らち》して、薬で眠らせたことがあった。八百万の神も眠ってしまったそのとき、映像男子が美綾に付き添ってくれた。それ以来、この男子をモノクロが操作しているとは考えにくくなっている。完全に切り離すことはできないのだろうが、危急のときには別行動ができたのだ。

「そう、あのときは予想外に有益だったからね。この世の実体じゃないことも、けっこう利点があるな」

映像男子はこだわりなく言ったが、美綾は何だか不満だった。最初に彼を目にしてから半年以上たつ。近ごろは、光源がどう変わっても男子の陰影が自然になり、今もリビングの照明の下、何一つ違和感がないというのに。

「考えたんだけど……」

美綾は少しためらってから続けた。

「私のこと、みゃあと呼ぶのを許すから、私もそっちに呼び名をつけていい？」

男子はまばたきした。

「いいけど、どうして」

「人の形をモノクロと呼ぶのは抵抗あるんだもん。もっと人の呼び名っぽいほうが言いやすい」

「じゃあ、何て」

美綾は息を吸いこんだ。

「黒田《くろだ》。黒田くん、にする」

相手は吹き出しそうな顔をした。

「みゃあの命名はいつ聞いても安直だね。黒田という名字なら、下の名前は？」

むっとして言い返す。

「まだ考えてない。気に入らないなら、安直じゃないのを自分で考えてよ」

３Ｄ男子は愉快そうだった。

「黒田にしておくよ。名付けというのはけっこう重要なんだ。存在の力としても、何かを結びつける力としても。一種のまじないでもある」

美綾は眉《まゆ》をひそめた。

「そういう言い方、ふつうの男子っぽくないよ。今のはモノクロの言い草なの？　モノクロがネットで拾ってきた知識？」

「ああ、気をつける。おれが黒田になれば、そのぶんみゃあの〝ふつう〟に寄れると思うよ。名付け親に力があるってことだよ」

ちょっと理解しがたいが、それでも美綾は、彼がうれしそうだと気分が上向くのを感じた。パピヨンを相手にするのとはまた違うられしさだった。

（……一番始末が悪いのは、第三形態かも）

再び掃除機のスイッチを入れながら、美綾は嘆かわしく考えた。人に見えるだけで、心理的な距離が縮まってしまう。八百万の神よりさらに隔たった、ただの設計図のはずなのに、そばにいることがだんだん美綾の日常になりつつある。

（この世に実体のない、何もできない人だろうと……）

転勤した両親と弟がロンドン住まいで、空部屋ばかりの一軒家に暮らす美綾が、家に若い男がいることに慣れきっていいのだろうかと、思わず自問するのだった。


大学の新入生にはありがちだが、美綾も複数の学生サークルに顔を出してきた。混声合唱団に入り、教育学部の日本民俗学研究会に入り、テニス同好会とも少しなじみになった。その中で意外だったのは、ほんのおつきあいで始めた日民研が、だんだん美綾の居場所になりつつあることだった。

日民研は学部内の同好会で、顧問となる教員もおらず、学部ラウンジを集合場所にしている。興味の追求は何でもありのアバウトな集まりなので、不案内な美綾にもなじみやすかった。会長の橋本水樹《はしもとみずき》は、ゆるい同好会のリーダーにしては博識だったし、国語国文学科二年の杉田登《すぎたのぼる》は、美綾たちの授業レポートの相談にものってくれた。

ここに顔を出すと、飛葉周とニアミスするのがデメリットだったが、最近飛葉は姿を見せなかった。複数の大学サークルに顔を出す人物なので、学祭期間の今、他大学のつきあいで忙しいらしい。永久によそで忙しくしてほしいものである。

美綾は、自分を日民研に引きこんだクラスメイト、三浦英美利《みうらえみり》ともずいぶん親しくなった。必修授業がやたらに多い教育学部では、クラスメイトと講座の重なりが多い。いきおい英美利とはよく顔を合わせていた。

授業の席についた美綾の隣りに、英美利がすべりこんできた。

「聞いたよー。わたらっち、『将門記《しょうもんき》』を読んだって？」

赤茶色の髪をボブスタイルにした英美利は、鼻のまわりに少しそばかすがあり、彫りの深い顔立ちをしている。

「まだ読み終わっていないよ」

自慢できる読書でもなかったので、美綾は気のない返事をした。しかし、英美利はおかまいなしで突っこんできた。

「そんなマイナーな古典、どうして読む気になったの」

しぶしぶながら答える。

「この夏『源氏《げんじ》物語』に挑戦して、「須磨《すま》」で挫折《ざせつ》しちゃって。それなら『平家《へいけ》物語』

を読もうかと思ったけど、これも長いものだし。そしたら杉田先輩が『将門記』は短いよって言うから。短くても『平家物語』の先駆けと言える軍記ものだって」

英美利は聞きとがめた。

「軍記もの？　怨霊《おんりょう》ものじゃなく？」

美綾はとまどって見返した。

「何考えてるの。『将門記』の中身は承平《じょうへい》・天慶《てんぎょう》の乱だよ、歴史の暗記で外せないあたりだったでしょ」

「いやいや、私、受験は世界史でー」

英美利は髪に手をやって笑った。

「じつはね、日民研用に妖怪《ようかい》を調べてたら、いつのまにか怨霊にはまっちゃって。今、すごく平将門《たいらのまさかど》に興味があるわけ。将門の首塚《くびづか》ってすごいんだよ。塚を壊そうとすると祟《たた》りが起こって、関係者が何人も死んで。それも、大昔のできごとじゃなく、関東大震災の後に場所を移そうとしたら祟って、第二次世界大戦後の占領軍が整地しようとしても祟ったんだって。そのせいで、いまだに将門の首塚はよそに移せず、東京都心の一等地、大手町《おおてまち》の商社ビルの谷間にあるってわけ」

美綾は首塚をよく知らなかったが、平将門が神田《かんだ》神社に祀《まつ》られていることは聞き知っていた。

「将門は神様として祀られたよね。神田大明神って言うよね」

英美利が人さし指を立てた。

「それも、首塚の祟りが先だってよ。祟りがあまりにひどいから、神社に祀って怨霊を鎮めることにしたの。だいたい将門の首は、京の獄門でさらし首になっても空を飛んで関東へ戻ったとか、何ヶ月も腐らずに歯ぎしりしたとか、狂歌を聞いたら笑ったとか言われてる。そういうのが『将門記』に書いてあるかと思ったんだけど」

「ないない」

美綾はあきれて手をふった。

「期待されても『将門記』は軍記だから、そういう方面の話は出てこないよ」

「なあんだ。それ、読んでおもしろい？」

「まあ……それなりに」

自信をもって言えずにいると、英美利は気軽に見切りをつけた。

「じゃあ、私は読まないっと。わたらっちに期待するから、あとで概略を教えてね」

この日、教職課程の講座までに空き時間があり、美綾が学部ラウンジへ行ってみると、九月の秩父《ちちぶ》ツアーへ行った先輩たち——杉田と吉水《よしみず》と橋本会長——が、そろって座っていた。英美利も座っていたので、美綾を交えた雑談が平将門の話題に移った。

美綾は、お祭オタクの杉田に確認した。

「神田祭《かんだまつり》といえば、東京で指折りの大きなお祭りですよね。神田明神の将門は、そのくらい有名ですよね」

　黒ぶちメガネの杉田は、ふっくらしたほおを会心の笑みにゆるめた。

「もちろんだよ。神田祭は江戸三大祭の一つってだけでなく、日本三大祭にまで入るんだから。京都の祇園祭《ぎおんまつり》、大阪の天神祭《てんじんまつり》とも肩を並べるってこと。ただし、神田祭は隔年開催だから、おれと吉水は去年のうちに行ってきたけどね」

　英美利が意外そうに吉水を見やった。

「えっ、吉水さんもお祭り好きだったんですか。御神輿《おみこし》をかつぐのが趣味とかですか」

　体育会系のように体格のいい吉水だが、英美利に言われると、広い肩をすくめるようにした。

「いや、そうじゃなく。杉田とはぜんぜん違った主旨で。神田祭が、気になるアニメとコラボしていたからだよ」

「アニメとコラボ」

　英美利と美綾はぽかんとした。吉水が、女子高生音楽グループのアニメについて熱弁をふるった後で、橋本会長がやんわり口添えした。

「神田神社の古くからの氏子《うじこ》は、神田や、秋葉原や、日本橋や、丸の内といった、東京駅周辺の商業地域の人々だよ。秋葉原のアニメ文化は身の内だし、タイアップして伝統行事に若者を呼びこむ戦略であれば、慧眼《けいがん》と言えるだろうな」

　英美利は不満そうだった。

「それじゃ、将門の祟りのおどろおどろしさが台なしですよ。ギャルキャラとタイアップなんて」

美綾は美綾で、疑問に思うことがあった。

「どうして平将門は、日本三大祭になるほどの神になったんですか。歴史上では国の反逆者なのに。承平・天慶の乱は940年あたりだから、武士が政権をとるよりずっと前ですよね。壇ノ浦《だんのうら》で終わる源平《げんぺい》の戦いって1180年代だから」

橋本会長はメガネをかけないことが多いが、この日はメガネだった。手に取ってレンズを拭《ふ》いている。顔にかけ直すと、細いフレームがさまになりすぎて、商社マンか若手の弁護士を思わせた。

「関東の土地柄ってのもあるんじゃないか。平将門は桓武《かんむ》天皇の血筋らしいが、関東に土着して、気質も考えも関東の人間になっていた。京から赴任する国司《こくし》たちは、税に上乗せして自分の懐を肥やしたから、これに反発する地元民のリーダー格だった。そのあたりが、戦いに負けても地元で英雄視された原因では」

美綾はしばらく考えた。

「将門が反乱を起こして、同じころ藤原純友《ふじわらのすみとも》が瀬戸内海で反乱を起こしますよね。それで承平・天慶の乱って言われたんですよね。でも、純友が怨霊になった話は聞かないですよね。そこが関東の土地柄ですか」

杉田が急に目を輝かせた。

「あっ、それ、おもしろいな。もしかして、西日本にはすでに怨霊として菅原道真《すがわらのみちざね》という大立て者がいたから、純友にはお鉢が回らなかったんじゃないの」

「たしかに時代として、道真の怨霊が幅をきかせたあたりかな」

橋本会長がうなずいた。携帯で手ばやく検索してから続ける。

「菅原道真が、北九州の太宰府《だざいふ》で病死したのは903年だ。その後、道真を失脚させた公卿《くぎょう》や皇族が続々死んで、極めつきに、内裏《だいり》に雷が落ちて公卿が感電死したのが930年。これを道真の死霊の祟りと見なして、その後に北野天満宮《きたのてんまんぐう》で祀ったらしい。将門が討伐されたのは940年だから、だれもが怨霊の祟りに敏感な時期だったわけだ」

英美利が身を引いた。

「ええっ、天満宮は合格祈願をする神様じゃなかったの。祟るの？」

「祟るほど霊威があれば、みんなに敬われる神になるってことだよ」

橋本会長は、英美利に言ってから続けた。

「将門が特殊だったのは、東日本の天皇になる宣言をしたことだろうな。桓武天皇の血を引くから根拠がなくもなく、朝廷はさぞ泡をくっただろう。純友はそこまで言わなかった。のちに鎌倉幕府をつくった源頼朝《みなもとのよりとも》でも、自分が天皇になるとは言わなかった。江戸の徳川家康《とくがわいえやす》に至るまで、武士の最高位は征夷大将軍《せいいたいしょうぐん》止まりだ。将門の宣言は空前絶後だったんだよ」

会長の口ぶりに肩入れを感じて、美綾はたずねた。

「だから、関東の地元民は、将門を英雄に見なせると？」

「まあ、そうだね。大手をふって言えなくても、心情的には英雄だったんだよ。そのせいなのか、将門伝説は関東地方の広い地域に残っている」

少し笑って会長は言い添えた。

「時代が下るほど、将門が人間離れするけどね。そっくりの影武者が六人いたとか、全身が鉄のように硬くて矢も刀も通らなかったとか。それでも、こめかみに弱点があって、将門の愛人が弱点を俵藤太《たわらのとうた》に教えたから、彼が射貫《ぬ》いたとか」

初耳だったので、美綾は思わず言った。

「アキレスとか、ジークフリートの話とよく似ているんですね。不死身の体に一ヵ所だけ弱点があるって話。ジークフリートの弱点も妻が敵に教えちゃったし、こういう話がもつパターンなのかな」

杉田がびっくりした目を向けた。

「アキレスって、アキレス腱《けん》のアキレスのことか。ジークフリートはだれ？」

美綾はくちびるをすぼめた。

「『ニーベルンゲンの歌』ってゲルマンの伝説に、英雄ジークフリートが出てくるんです。でもこれ、児童書で読んだんですよ」

「児童書としてもさ。渡会さんって、やっぱ西洋ものに強いよ」

英美利が口をはさんだ。

「西洋の伝説では、首が空を飛ぶ話は聞かないよ。首なしの騎士が、自分の首を抱えている幽霊は有名だけど。将門の首が空を飛んで故郷へ帰ろうとした話は、日本各地にあったみたいだよ。調べたところでは、途中で首が落ちたという場所が滋賀県や岐阜県にもあって、愛知県の名古屋あたりにもある。将門の首塚というのは、東京の大手町だけじゃないんだよね」

杉田が話をさらに別の方向へ向けた。

「菅原道真にも、飛梅《とびうめ》伝説ってのがあるんだよ。道真の屋敷の梅の木が、主人を慕って太宰府まで飛んでいったってさ。これに、松の木も飛んでいったのに途中で落ちたという地域伝説もあるんだ。怨霊《おんりよう》話には、何かが飛んでいくのがお約束なのかな」

毎度のことだが、結論もなく話がそれていった。それでも美綾には、この雑談が有意義だったと思えた。意外にみんなが平将門を知っていたし、思いも寄らない話を聞かされて、『将門記』を読み終える後押しになったと思えるのだった。

『将門記』は確かに『平家物語』とは比べものにならない短さだが、けっして読みやすい書物ではなかった。原典は漢文なのだ。

図書館で借りた本には訓読文が添えてあったので、文章として読むのは楽だったが、漢文読み下し文は『源氏物語』や『平家物語』のような古文とはわけが違った。文体も異なるし、中国古典の引用の頻度が違う。注釈を見ないとわからない比喩《ひゆ》はずいぶん多かった。ただし、人物の内面にはあまり立ち入らないので、その意味では読解に迷うことが少なかった。

平将門の合戦は、最初のうちは親族同士の内輪もめだ。対戦相手は伯父《おじ》やその姻族だった。年配の伯父たちのほうが勢力もまさっていただろうに、将門は奮戦して討ち破ってしまう。しかし、朝廷に逆らう意志はまだもたず、私闘の申し開きに京へ出向いている。

だが、帝《みかど》の恩赦を得て関東へ戻ってから、将門の立ち位置は変化していった。橋本会長が指摘したように、地元民のリーダー格になり、国司相手の紛争の調停者として、武蔵国府《むさしこくふ》や常陸《ひたち》国府へ出向くようになったのだ。そのあげく、常陸国府から国司を追い出してしまう。

その後は下野《しもつけ》国府も占拠し、続けて上野《こうずけ》国府を占拠した将門は、関東圏の新皇《しんのう》になる宣言を下すのだった。まだ占拠されない国司たちも恐れて京へ逃げ帰り、将門の一派は、自分たちの中から関東八国と伊豆《いず》国の国司を任命する。

とはいえ、反乱はそこまでだった。将門の新皇宣言からわずか二ヶ月後、従兄弟《いとこ》の平《たいら》貞盛《のさだもり》と下野国押領使《おうりょうし》の藤原秀郷《ふじわらのひでさと》が、結託して軍を起こした。陣頭に立って応戦した将門は、矢に射貫かれて戦死したのだった。

(将門は「神鏑《しんてき》」に中《あた》ったと書いてある……)

ついにその場面を読み、美綾は感慨深くページをながめた。『将門記』には、平将門に天罰が下り、神の射た矢に中ったとある。

（「天下未《いま》だ、将軍自《みずか》ら戦い、自ら死することはあらず」か……）

将門が戦闘のただ中に死んだことを、そのように記していた。たしかに将門という武将は、風のように馬を駆《か》り、先陣を切って敵の軍勢に突入していた。劣勢であろうとだれよりも勇猛に戦い、その姿が味方の勢《せい》を奮い立たせるように見えた。

（私が兵士だったら、そういう将軍のほうが、後ろで見ているだけの将軍より好きになるな……）

将門の首が京へ送られた後を読んでみたが、やはり、首が関東へ飛んで帰ったという記載はなかった。将門の軍が敗走した後、首謀者たちを追いつめて掃討した話があるだけだ。仏教説話に似た、冥界《めいかい》へ下った将門の話はあったが、それだけだった。

本を閉じた美綾は、モノクロにこの話をしてみようと思った。

最近、美綾の目と耳を使って大学の講義を盗み聞きするモノクロだが、美綾の個人的な読書まで把握しないはずなのだ。

二階の自室を出て階段に向かうと、リビングからテレビの音が聞こえて、行く前から八百万《やおよろず》の神が出てきているのがわかった。パピヨンは勝手にテレビを見ない。だいたい、犬の目は動体視力が良すぎて、テレビ画像が分解して映るらしい。八百万の神が美綾の目を借りて調整しなおしたから、人間のように電波放送を観賞できるのだ。

「あれ、何見てるの。映画？」

英語の音声が流れているので、美綾も立ち止まってテレビモニターをながめた。

モノクロがまじめくさった声で答えた。

「これはネット配信で、世界で大人気のアメリカのドラマである」

「黙って加入しないでって言ったのに」

美綾はあわてたが、小型犬はすまして黒い耳をテレビに向けていた。

「案ずることはないぞ、最初の三十日はお試し期間だ。間に合うように解約する」

（まったく……）

美綾はこぼしたくなる。神様たるものが、どうしてネットのドラマなどにはまるのだろう。どこで課金されるか、ひやひやしてばかりだ。

（まさか、隠れてソーシャルゲームもやってないでしょうね）

「どうやってテレビにテレビに映したの。設定してないはずだけど」

「ちょっとコツがあってな」

モノクロは首をかしげるようにして美綾を見上げた。桃色の舌をちらりと出す。

「知りたいか」

「いい。どうせ、わけのわからないことを言われるんだから」

美綾はことわってソファーに腰を下ろした。すべてを理解するのはあきらめている。犬がそれを行っただけでも、わけがわからないのだから。

「ねえ、話は違うけど、この夏大宮《おおみや》の氷川《ひかわ》様で、土地に居着く神様のことを教えてくれたよね。あなたみたいに生きものに関心を向ける神様もいれば、地球そのものに関心を向ける神様もいるって」

「うむ、氷川の神とわしとは対極の一例と言える。真に力のある神も、方向性はさまざまだ。おぬしも、そのへんは理解する気があったのか」

尊大な口ぶりだが、羽根ばたきのような白いしっぽを左右にふっているので威厳は台なしだった。美綾はさらにたずねた。

「それなら、怨霊《おんりょう》から神になったタイプはどういう神なの。天満宮なんて、神様がもと人間だったほうが御利益があるみたいに分社がたくさんあるよ。前に、この世の人間は神の次元へは行けないって言ってたけど、怨霊になれば神の次元へ行けるの？　私、平将門が人間だったときの記録を読んだところだけど」

「人間だったとき？」

モノクロは小さな前足をリモコンに伸ばし、アメリカの人気ドラマを止めた。美綾はできるだけ要約して説明してみた。

「平将門は、十世紀に実在した人物だよ。今は、東京の神田神社に神様として祀《まつ》られているけど」

承平・天慶の乱の内容を大まかに語る。将門の首塚と神田明神についても、英美利や会長が語っていたことをつけ加えた。

「なるほどな。西暦９３５年から９４０年ごろ、関東平野で争乱を起こした人間か」

小型犬は座り立ちの姿勢で聞いていたが、考えたくなったのか腹ばいになった。

「もちろん、わしは十世紀より前から何度も下界を訪れていた。いちいち覚えていることは少ないが、何やらその名前の人間に出会ったことがある気がする。妙に引っかかりがあるようだ」

「将門と会ったことがあるの？」

「会っていたとしても、当時のわしはオオカミだが」

「あ、そうか」

美綾も思い出してがっかりした。モノクロが前に一度だけ人間になって懲りたのは、十六世紀の戦国時代だった。

「『将門記』に書いてあることを、あなたが検証できたら最高だったのに。千百年近く前の真相がわかるなんてすごいし、神様らしくてありがたみがあったよ」

パピヨンが鼻づらを上げた。小さいくせに上から目線になる。

「真相などというものはない。個別の解釈があるだけだ。おぬしが見るものと他の生物が見るものは異なっているだろう。神が見るものはさらに異なる」

「はいはい」

美綾はレギンスの脚をソファーに乗せて膝《ひざ》を抱えた。神々は人間ばかりに注目するものではないと、モノクロが主張することにはもう慣れてきた。

「人間の思い上がりだって言いたいんでしょ。世界は人間を中心に回ってはいないって」

「わかっていれば、よろしい」

小型犬は体を起こすと、前足でノートパソコンのキーボードをたたき始めた。

「ざっくり『将門記』の内容を知っておこう」

「完全な記録じゃないのは知ってるよ。作者がだれかもわからない戦記だし、現存する写本は冒頭部分が欠けているんだって」

弁解のように言っているうちに、美綾ははたと気がついた。

「まってよ。オオカミだったというのに、どうして将門の名前に覚えがあるのよ。おかしいじゃない、人間に飼われたとでもいうならともかく」

パソコン画面をながめたまま、モノクロが言った。

「人間はオオカミと共生することができない。犬は、大昔に家畜として遺伝子変化を起こしたから可能になったのだ」

「じゃあ、なぜ将門の名前を」

「わしもそこが気になっている。名前の他は何も思い出せないからな」

美綾はしばらく考えてから、ためしに言ってみた。

「千百年前のオオカミは、人の言葉が理解できたとか」

「それはある」

モノクロが即座に肯定したので、美綾はあっけにとられた。

「冗談。千百年前だってオオカミはイヌ科の動物なんだし、人間と暮らすこともなく、どうやって人の言葉を覚えるのよ」

「おぬしは、野生のオオカミに接したことがない。だから、何も知ってはいないのだ」

まじまじと白黒のパピヨンを見つめたが、相手は画面の文字を追っていた。八百万の神が語り始めてから、常識がくつがえることをいくつも経験したが、今度もそうなりそうだった。好奇心が半分、恐怖心が半分だ。一般社会から脱落しそうな怖さがあるからだ。美綾は小声になってたずねた。

「たしかに私は、生きたオオカミなんて知らないよ。ニホンオオカミは絶滅しちゃったもの。だけど、ニホンオオカミなら日本語を知ってたの？」

モノクロは気のない様子で答えた。

「人間中心の見方でなければ、そうだと言っていい。当時はまだ、この島国を支配するのは人間だけではなかった。西のほうは人間が占める地域が多かったが、山間部や東日本では、まだオオカミがなわばりの治安を保っていたのだ」

「治安って……警察みたいに」

「わしが言うのは、テリトリーを霊的に保つ能力の意味だ。人間はその方面では愚鈍な生きもので、愚鈍だからこそ増殖したきらいがある」

美綾が人間代表としてむっとしていると、小型犬はデータを読み終えたようだった。

「十世紀の資料はずいぶん少ないな。中央政府が国史を編纂《へんさん》しなくなったせいで、『将門記』が数少ない資料に入っている。ざっと見たが、わしの記憶の手がかりになることはないな。オオカミと平将門の関連を知るには、わしが思い出すしかないようだ」

「思い出す気になれば、思い出せるの？」

小型犬は、桃色の舌で鼻をなめた。

「できなくはないが、少々力業ではある」

「昔を思い出すのって、そんなに努力のいること？」

美綾があきれると、モノクロは説明を始めた。

「神は本来、記憶を持ち歩かないのだ。ここより次元の高い場所では、時間上の行き来も簡単にできるからだ。もっとも、趣味で下界へ降りた神々は、不可逆の時間をおもしろいハンデと考えて楽しんでいるが。

わしも、過去数千年の記憶は捨ててきた。それでも、強く印象に残ることはそれなりにあるし、めったにないとはいえ、過去を参照したくなるときもある。その場合は、もう一度本来の霊素に戻れば、高次元を行き来して見てくることができる」

美綾は目をまるくした。

「つまり、思い出すためには一度死ぬってこと？」

「いちいち死んでどうする」

モノクロは鼻を鳴らした。

「パピヨンの体をこの時空に置いていくだけだ。下界に存在する物体を時間移動させることは、神であろうと不可能だからだ。犬は眠るだろうが、それ以上の実害はない」

「なあんだ。力業っていうからもっと一大事かと思った」

美綾は胸をなで下ろした。

「必要なときはその時間へ出かけて行くってことね。高次元の神様は、散歩するみたいにタイムスリップできるんだ」

「おおむね正しい」

パピヨンは、大きなしっぽを一ふりした。

「生物の記憶とはひどく曖昧《あいまい》なものだ。脳に保存したコピーは、多かれ少なかれ歪曲《わいきょく》されている。おぬしたちの歴史書もまた、そういうものでできている」

美綾は口を尖《とが》らせた。

「時間移動ができるなら、私たちだってしたいよ。『将門記』も、書いた人に都合のいい内容だってことくらいうすうすわかってるし」

平将門とオオカミの関わりを記録したものなど、この世のどこにもないはずだ。そう考えてモノクロにたずねた。

「あなたが出会った将門がすごく知りたいんだけど。思い出すのは難しい？　千百年もさかのぼるのは大変？」

「いや、何千年だろうとたいした違いはない。ただ……」

モノクロは少し口ごもった。

「いくぶん霊力を消費する行動ではある。わしは、次に人間になるために小型の生きものを選び、力の貯蓄を目指しているところだ。むだづかいは気になる」

美綾は息を吸いこみ、口調を強めた。

「むだづかいじゃないよ。私が『将門記』を読み終えた日に、モノクロが将門と会ったことが判明するなんて、ふつうならあり得ない偶然だよ。このままだったら、私はずっと気になり続ける。いつまでも忘れられなくなる」

小型犬はひるんだ様子で、黒い耳を小さく動かした。

「おぬし、それほど知りたいのか」

「うん、知りたい。交換条件があればしてあげる、出血大サービスで。日に三回の散歩でも、ワンランク上のドッグフードでも、立ち入り禁止の二階で遊ぶことでも」

モノクロは少し間をおいて言った。

「ユング心理学の学説に、シンクロニシティという概念がある。意味のある偶然を認識する人間心理のことだ。これがそういうものなら、履修しておくのも意義があるかもしれんな」

「きっと思い出す価値があるよ。シンクロニシティだよ」

よくわからないまま便乗すると、モノクロは値ぶみするようにながめた。

「わしが過去を見てきたとして、何を言っても、おそらくおぬしには通じんだろう。人間の目が見るものとはだいぶ様相が異なるからな」

「そんなことないよ。今はもう、あなたのおしゃべりを自分の妄想だと思ってないし」

やぶへびに気づいた美綾は、あわてて手をふった。

「だから、今は違うって。モノクロが人間と同じ見方をしないことだって、いろいろあったから慣れたもん。どんな話を聞かされても、私なりに理解できると思うよ。うん、できる」

パピヨンは首をかしげ、思案する様子だった。

「どう考えても、戻ってからおぬしに話して聞かせるのは骨だな。視覚で伝えれば簡単にすむことを、人の言葉で伝達するとなると」

「そんなに面倒がらないでよ。それとも、映像で見せてくれる方法があるの？」

美綾はわくわくしながらたずねた。八百万《やおよろず》の神であれば、ビデオに撮ってくるような手段を持ち合わせているかと考えたのだ。モノクロは期待に応《こた》えなかったが、数倍驚かせることを言った。

「言語化とか映像化とか、これしきのことに二度手間をかけるくらいなら、おぬしをつれて行ったほうが早い。わしといっしょに十世紀へ行ってみる気はあるか」

「はい？」

一瞬、言われたことが理解できなかった。何度かまばたきしてから問い返す。

「それ、無理があるんじゃないの。物体の時間移動ができないから、モノクロも犬の体を置いていくんでしょう」

小型犬は平然と言った。

「もちろんだ。おぬしも体を置いていくのだ。おぬしの意識体だけなら、わしが保護して時間移動させることも可能だ。そうしたいと思えばの話だが」

「私の意識体……意識だけ？」

自分が体を置いて浮遊するところを想像する。臨死体験が思い浮かんだ。寝ている自分の体を天井から見下ろしているという、あの、よく聞く話だ。

『源氏物語』にあった、六条《ろくじょう》の御息所《みやすどころ》の生き霊《りょう》のくだりもよみがえる。眠るあいだに御息所の霊魂が体を離れ、光源氏《ひかるげんじ》の正妻葵《あおい》の上《うえ》をとり殺しに行くのだ。そして、病床の妻を見舞う光源氏に気づかれる。

「つまり、その、それって……私が生き霊になるって話では」

「呼びたければ何と呼んでもかまわんぞ。おぬしの思考と感覚だけつれて行くという意味だ」

モノクロの口ぶりはまったく明るかった。

「これも、わしが人間の生き方を学ぼうとして、おぬしの目や耳を借りたからできることだ。おぬしの協力に報いる意味で、千百年過去の時代を見せてやろう。見たくはないか」

「そりゃ、見たいことは見たいけど……」

急に口の中が乾いた気がして、美綾はくちびるをなめた。

「大丈夫なのかな。私、どのくらい寝ていることになるのかな。仮死状態でだれかに見つかったら、大騒ぎになるかもよ」

「そのような問題は起こらない。眠ったとしても二、三分だろう。時間移動の先でどれほど長く過ごそうと、戻る時間は出かけた時間に重ねることができる。多少の誤差を見積もっての数分だ」

白黒のパピヨンは、無邪気そうに輝く瞳《ひとみ》で見つめた。

「どうする」

決断するとなると、美綾は、ジェットコースターの最高位からコースを見下ろす気分になった。とんでもないことが始まるが、今さら後戻りができないという。足もとが震えそうな自分がいるのに、未知の挑戦をしたがる自分もいた。

結局、挑戦者のほうの美綾がうなずいた。

「行ってみる。私に十世紀を見せて」

二

気がつくと、美綾は宙に浮かんでいた。

まわりは白く霞《かす》み、何も見えなかった。濃霧に巻かれた状態によく似ていた。

しかし、戸外にいる感じではなく、冷気や湿り気を感じない。風もなく、匂いもなく、真綿にくるまれたようにひっそりと静かだ。

（ええと、そうだ……モノクロとタイムトラベルに出たんだ）

自分の家のリビングに、シャツとカーディガンの部屋着で座っていたことを思い出した。数分眠ると言われ、ソファーのひじ掛けにクッションを用意した。パピヨンが美綾のレギンスに前足をかけたので、抱き上げて膝《ひざ》に乗せてやった――覚えているのはそこまでだ。

ぼんやりした気分が次第に覚め、細かいことが気になり出すと、とても変な状態なのがわかった。

（私が、いない……）

白いもやは見えるのに、自分が見当たらなかった。さわって確かめようとしても、手足がどこにあるかもわからなかった。

「じゃあ、この目はどこについているのよ」

声に出してみる。言えたと思った。それなのに、耳も口もどこにもなかった。顔の位置が白いもやだけなのははっきりしていた。

「こんなの、いやだ」

美綾が声を大きくすると、モノクロが言った。

「慣れていないだけだ。じきに意識体のこつがわかり、活用できる」

方角は定まらないが、耳のすぐ近くで聞こえた。美綾はふくれて文句を言った。

「急に一人にしないでよ。いっしょにって言ったくせに」

「だから、こうしていっしょにいる。わしの霊素におぬしの意識体が含まれているのだ。時間移動のあいだはこの形をとるぞ。おぬしもあと少し要領がわかれば、感覚を外へ向けられるはずだ」

落ち着きはらった言いぐさを聞くと、美綾の気持ちもいくぶん治まった。

「私たち、今、どこにいるの」

「もう、十世紀の時空にいる。今は日本の上空で、関東平野の地表まで降下するところだ」

「空から行くんだ」

美綾は思わず感心した。

「神様が天降《あまくだ》るって、本当だったんだね。この世に出現するときは、古い話にあるみたいに、山頂とか高い木の上に降りるのがふつうなの？」

モノクロが、少し間をおいて答えた。

「とくに決まりはないが、高所に到着する例は多いだろうな。しかし、陸と海の比率を考えると、海面に降りた神が多くてもおかしくはない」

美綾は質問を変えた。

「私が意識体に慣れるには、どうすればいいの」

「意識を活用するのだな。意識しかないのだから」

「ざっくり言われても、わからないよ。もっと具体的に」

言い返したが、モノクロは答えなかった。自分で見つけろと思っているのが、どことなく感じられた。空気でわかるこの感じが、モノクロの霊素の中にいる証拠かもしれなかった。

（ヘンテコだけど仕方ない。体を置いてくるって承知してたんだし。今の私は意識だけ、意識だけと……まったく変な夢みたいだな）

自分に言い聞かせながら考えた。平凡な大学生の渡会美綾が、まがりなりにも神様と同じ体験をするなどとは、まさしく夢ではないだろうか。今、気後れしていても何の得にもならないのでは。

（体がない。つまり、今の私は十八歳女子でもないんだ）

考え方次第でおもしろいことになると、少しずつ気がついた。遠慮していては何も起こらないのだ。意識の活用といえば、要望することだろう。

（この霧の向こう側が見たい……）

念じると案の定、白いもやは晴れていった。そして、空気の薄そうな淡い空色に変わった。目の下をいくつもの白雲が流れ、陽光が降りそそぎ、雲の合間に霞む緑と茶色の大地が見える。飛行機の窓から地上を見るような光景だった。これほどの高度にいるとは思わなかったので、さすがにぎょっとした。

周囲に何の支えもないまま、この空域に浮かんでいるのを知る。本能的に落下を思って縮こまったが、落ちはしなかった。生身なら感じるはずの、風圧や寒さの苦痛を少しも感じない。それがわかるといくぶん平静になれたが、居心地悪さはなくならなかった。地表との距離を思うと、どこにもない胸の底がざわざわする。

（いやいやいや、これほどむき出しで空中に浮かばなくていいから。飛行機の窓からながめるくらいでいい）

窓枠があることを想像すると、再び白いもやが周囲から寄せてきて、外の景色を丸く囲んだ。ひと息ついてモノクロにたずねる。

「外が見えたけど、あれが千百年前の関東平野？」

「そのとおり」

八百万《やおよろず》の神は下降に集中する様子だった。美綾にも高度が下がるのがわかった。近づく大地の形を見守れば、大きな銀灰《ぎんかい》色の内海があり、他にもいくつも小さめの沼沢が光っている。川の帯が細い支流を集めて流れているのも見える。川岸に低地が広がり、丘陵の森を分断して続いているのが目を引いた。山がちな日本の国土では、草原の多い光景はめずらしいはずだ。ここは本州で最大の平野なのだ。

（国定公園を見ているみたいだな……）

こっそり考えた。ほとんどが自然のままの景観であり、美綾が生まれ育った関東と同じ土地だとは、とうてい思えなかった。

広々とした低地の大半が手つかずだ。少しは田畑も見て取れるが、川べりの狭い部分に限られていた。人家は丘陵の裾野《すその》にまとまっているようだったが、屋根が草ぶきのせいか、上空から見分けにくい。

「本当に人間が少ないんだね。平安時代になれば、もう少し開拓されているかと思った」

言いながらながめていると、草原に赤茶色の動物の背を見つけた。群れをなして数十頭いるようだ。

「あっ、鹿の群れ――じゃなくて、馬？」

「このあたりには鹿もいるが、今見えているのは、人間が飼育する馬の群れだ。川の中《なか》洲《す》を利用して放牧している」

モノクロが答え、美綾も思い当たった。

「そういえば、平将門の領地にも馬の牧があった。『将門記』の注釈に載っていた。将門が住むのはこのあたり？　ここへ降りるの？」

「いや、降りるのは、わしが平将門の名を知った最初の場所だ」

どんな高木も見下ろす高さを保ったまま、モノクロは川の上流へと進んでいった。平《へい》坦《たん》な場所が少なくなり、土地が山がちになってくるのを見て、美綾もなるほどと思った。

「そっか。オオカミは山にいるものだよね」

「だが、オオカミの住みかで出会ったのでもなかった。理由は覚えていないが、どちらでもない場所で見かけたのだ」

眼下に、杉やヒノキなどの針葉樹が多くなってきた。

その上を飛んでいたので、まだ地面からかなり遠かった。しかし、美綾もだんだん飛ぶことになじんできたので、もう一度白いもやを払って全開にしてみる。

(この時代を実感しないともったいない。窓からでは、動画を見ているのと変わりないもの……音もミュートになってるみたいだし)

もやの外に出ると、風のざわめきや鳴き交わす鳥の声が聞こえたので、思いどおりでうれしくなった。ぴりっとした針葉樹の芳香もただよってくる。息を吸いこむことはできないが、匂いは伝わるらしかった。

自然の存在感を味わっているうちに、ふと気がついた。

(季節が違うみたいだ。ここは秋でも冬でもない……)

上空から見た草原は、薄茶色の枯草で覆われていて、丘陵の落葉樹はすっかり葉を落としていた。美綾がいた十一月初旬よりも季節が進んでいると感じたが、あまり気にとめなかった。意識体の身に暑さ寒さが関係なかったからだ。けれども、今の美綾の感じる匂いには、ずいぶん詳細な情報が含まれているようだった。

(気温は低いけれど、もう冬じゃない。草や木に湿り気があって芽吹きの力がある。太陽の光が力を増しているからだ。冬至を越えて日が長くなり、植物がその力を吸いこんでいる。活動を始めている……)

目をこらすと、裸木に見えた落葉樹の枝に、赤みがかった木の芽が膨らんでいた。そして、見えなくても枯れやぶの下にはみずみずしい若草が顔を出していた。小さな早春の花が開いて、どこからかかすかに匂っている。それらに気づく自分に驚くとともに愉快になった。

(すごい……野生動物になった気分)

美綾が感覚に夢中になっているあいだに、モノクロは森を抜け、初めてはっきり人里とわかる場所に出ていた。四角く囲った土塀や瓦《かわら》屋根をもつ赤い柱の建物が出現したので、美綾もはっとした。

「この瓦屋根の建築、奈良や京の都みたい。五重塔っぽいのもある。関東にもこういう建物があったの?」

モノクロは興味なげに言った。

「当時の役所と寺はこのようなものだな」

「そうか、国府と国分寺《こくぶんじ》ってことか。奈良時代の政策だよね。これ、どこの国府? 降りて見学したいなあ」

美綾が期待しても、モノクロはそっけなかった。

「よけいなことはしなくていい。そうでなくとも手間取っている。どうやら西に来すぎたから、少し引き返すぞ」

唐風の建物が遠ざかるのを惜しむ目で見てから、美綾はたずねた。

「神様でも、目的の場所がわからなくなったりするの？」

「霊素に戻った場合、高所で広がってしまえば把握が簡単だが、今はやむを得ん。めったになくピンポイントの観察が目的だからな」

川が合流するあたりへ戻ると、モノクロはもう一方の谷筋へ進んだ。まもなく、湾曲した川がつくる大きな河原が見えてきた。対岸には水に削られた崖《がけ》がそびえているが、こちら側は石ころだらけの土地が続いている。斜面には低木の茂みや草やぶがあるが、砂利の多い谷底には草も少なかった。

「ここでいい」

確信した様子でモノクロが言った。

「何もないところだね」

美綾はあたりを見回した。人家はどこにも見当たらず、それも当然そうな荒れた谷間だった。空を見やると、赤い太陽が山の稜線《りようせん》近くにある。

「じきに日が沈んじゃうよ」

「時間はこれでいい。地表まで降りるぞ。そのほうが、おぬしには見やすいだろう」

モノクロが、落ちたと思うくらい真下へ移動したので、美綾は思わず目を閉じた。河原の石が迫るのは見たくない。自分の意志で動けたらいいのにと思わずにいられなかった。

止まったので目を開けると、地上二メートルくらいの位置になっていた。ふだんの美綾の目線より少し高めだが、地面に立った高さは気の休まるものだった。景色の見え方になじみがあり、川音の響きを間近に聞きながら落ち着いて見回せる。

とはいえ、景勝地とはとても言えず、どこまでもわびしい山あいの河原だった。人が通ることもないのではと考えたが、下流のほうから数人が歩いてくるのに気がついた。ふいに緊張する。

（それなら、これから来るのが平将門？）

姿が見えたのは、弓を手にした男が三人だった。急がない足取りでこちらへ向かってくる。石ころを踏む足音もかすかに響いてきた。

（千百年前の人たちだ……）

美綾は食い入るように見つめた。濃い髭《ひげ》をはやした四、五十代に見える男が一人、あとの二人はもっと若くて髭がない。先頭に立つのはその年配の男だが、若い二人も従者には見えなかった。身なりに差がないし、お供とは思えないくつろいだ歩き方だ。

三人とも黒い被《かぶ》りものをつけ、その紐《ひも》をあご下に結んでいた。美綾は、当時の成人男子が烏帽子《えぼし》を被ることを心得ていた。絵巻に見る平安貴族の男子が、頭上に高々と立てている帽子と同じだ。ただ、目の前の男たちは烏帽子の先端を折りたたんで被っていた。

着衣は、垂領《たりくび》の着物に胸もとを覆う上衣《うわごろも》を重ね、裾《すそ》をしぼった袴《はかま》をはいている。衣の色は三人とも茶や褐色で、模様があってもよく見えなかった。

（狩りに来たんだろうか……日暮れなのに、獲物を持っていないけど）

男たちは矢筒を背負い、腰帯に太刀を下げ、手足に小手《こて》や脚絆《きゃはん》をつけている。武装とも見えるが、黙々と歩く様子に気負った様子はなく、どちらかというと陰鬱《いんうつ》だった。日の傾いた空には、ねぐらに帰る鳥の声が響いている。

小声でモノクロにたずねた。

「どの人が将門？」

「見ていればわかる」

モノクロはそれしか言わなかった。

美綾のすぐ近くまで歩いて来たところで、髭の男が何か言い、三人とも立ち止まった。視線に気づかれたのかと、美綾は一瞬ひるんだが、そのはずはなかった。男たちは足もとの石を見たり、斜面を見たり、川をながめたりしていた。

若い一人が、もう一人の若者に何かを言った。彼も答えを返す。

（……ぜんぜん聞き取れない）

気がついた美綾は茫然《ぼうぜん》とした。声ははっきり聞こえるのに、何を言ったかわからないのだ。方言よりもかけ離れていて、まるで外国語を聞くようだった。

（十世紀の話し言葉が、私の言葉と違うのは当たり前か。文章だってあれほど違うんだもの。これじゃ、習わないと無理なのかも）

がっかりしてから、また思いなおした。先ほど、嗅覚《きゅうかく》にふだん以上の匂いの情報があったように、聴覚にも違いがあるかもしれない。

（決めてかからずに、意識して望まないと……）

あせる思いを静めて話に耳をすますと、ありがたいことにコツがわかってきた。一語一語がわからなくても、ふんわりとなら内容が入ってくるのだ。それを、頭の中で自分になじむ言葉に変換してみる。おおざっぱに翻訳している感じだった。

「たしかに、マサキどのの言うとおりだ。それでも、おれは自分で見ておきたかった。父上のご無念を思うと」

年若いほうが、意味としてはそう語っていた。声音が若々しく聞こえる。美綾は見た目による年齢判定に自信がなかったが、二十歳そこそこではと思った。彼は続けて髭の男に声をかけた。

「サゴロウはどうだ。思い出すか」

彼らの名前を思いめぐらせる。

（マサキどのは真樹《まさき》かな。『将門記』に平真樹という人物が出てきたはず。サゴロウは覚えがないけど、佐五郎《さごろう》かも）

髭の男は砂利の上に片ひざをつき、地面をじっと見すえていた。そして、うなるような声で答えた。

「まさに、この場所でお父君の血が流れました。従者二人の血も。あとかたなく見えようと、あの日の光景を忘れはしません。手だれの一党で、ただの盗賊団ではなかった。真っ先に将軍のお命をねらったのですぞ。でなければ、わしが間に合わないはずはなかった」

若者は川の流れを見つめ、しばらくくちびるをかんでから言った。

「おれも、父上ほどのお人が、単なる物盗《ものと》りに殺されたとは思えない。だが、そうなると、悪意で暗殺を図った者がいたことになる。陸奥鎮守府《むつちんじゅふ》に、将軍に恨みをもつ者などいなかった。兵に慕われ、土地の蝦夷《えみし》とも友好を保っておられた。追悼式を見てもよくわかったのだ」

真樹が言葉をはさんだ。

「だから、おれは言っている。凶行の背後にいるのは常陸の大掾《だいじょう》どのだ。あのお人は、自分の息子を鎮守府将軍にしたがっていた」

この若者は、もう一人より四、五歳上に見えた。口ぶりや態度に横柄さがあり、美綾でも、佐五郎のような敬語で話さないのが聞き取れた。

「おまえだって疑いをもっただろう。なあ、コジロウ」

コジロウは眉《まゆ》をひそめて考えていた。

「しかし、常陸の伯父《おじ》上は平一族の長老だ。高望王《たかもちおう》の長子に生まれたお人が、血をわけた弟を手にかけるだろうか」

(小次郎《こじろう》……やっぱりこの人が、平小次郎将門《たいらのこじろうまさかど》だったのか)

美綾は改めて一番若い男を見つめた。これほど若い年齢の将門に出会うとは思ってもみなかった。

（びっくりしちゃう。ずいぶん若いし、いかつくないし、大男でもない。眼光鋭くなどないし、猛々《たけだけ》しくもない。『将門記』にある荒武者のイメージがどこにもない……）

目の前に見る将門は、もちろん背丈はあるが、若者らしくほっそりして、真樹とそれほど体格に差がなかった。この先、平安京を震撼《しんかん》させる大反逆者になるとは、とても思えない外見だ。

武骨でいかつく見えるのは、髭の中年男のほうだった。佐五郎は将門より背が低かったが、筋肉質の手足が太く頑強で、額傷のある色黒の顔がいかにも武人の面がまえだ。彼と比べると、若者二人が柔和に見える。

将門はくっきりした目鼻立ちの持ち主だが、激しやすそうなところはなく、どちらかというと慎重な気質に見えた。戸外で過ごす人の日に焼けた顔色をしていても、地肌が色白なのが見て取れる。まだしも真樹のほうが浅黒く、筋ばった顔つきと険のある目もとをしていた。

（将門って、こんなにふつうの男子だったのか……）

美綾はあきれる思いで考え、その後で、現代人にとってのふつうだと反省した。まだ、この時代の平均的な容貌《ようぼう》を知っているわけではないのだ。それでも、後世に祟《たた》り神になるような男に見えず、戦乱で関東を焼け野原にする男にも見えなかった。

（……ああ、そうか。桓武天皇の五代の孫ではあるんだった）

ふと気がついた。関東の地元民になっていても、帝《みかど》の血の混血が、将門の容姿にどこかやさしげな線を与えているのかもしれなかった。

真樹は強い口調で将門に言っていた。

「甘い考えでいると、おまえも足をすくわれるぞ。坂東《ばんどう》へ来た者は坂東の土地柄にならうものだ。欲しいものは力ずくで手に入れるのが、昔からの坂東人のやり方だ」

「強欲なのは、何も坂東人の特色じゃないよ。都人だってたいがいだ」

将門は軽く受け流した。そして、河原に膝《ひざ》をつく佐五郎に、いたわるように声をかけた。

「もう場所を変えよう。深手を負った父上を、この近くの人家に運びこんだのだったな。そこへ案内してくれないか。何か話を聞けるかもしれない」

髭の男がぎこちなく立ち上がったときだった。遠くでかすかな地鳴りがした。

三人の男がさっと緊張し、弓を持ちなおして顔を向けたので、美綾もやっと音に気がついた。聞き慣れないので判明しなかったが、それは向かってくる馬のひづめの音だった。すぐに馬の姿が見えてきた。

(まさか、襲撃？)

美綾があわてたときには、男たちは逆に肩の力を抜いていた。そのまま馬が近づくのを待つ様子だ。

「将門さま」

声変わり前の高い声が谷間によく響いた。

姿が見分けられるようになると、薄青い上衣《うわごろも》を着た小柄な人物が栗毛の馬に乗っていた。自分の馬を走らせながら、だれも乗らない黒馬のたづなを引いている。

二頭の馬は小石を蹴散《けち》らしながら近づくと、激しく足踏みしてようやく止まった。その荒々しさに、美綾は後ずさりしたい思いだった。鼻嵐やいななき、大きな体から立ちのぼる湯気に、命を燃やす生きものの匂いがする。前脚をかかげ、たづなを引かれて白目を見せる様子は、ひどく癇《かん》が強そうだった。

「将門さま」

騎手はもう一度呼び、軽やかに馬の背から飛び降りた。

「どうした、何かあったのか」

「いいえ、ただ、もう日が暮れるので。お迎えにと」

馬を降りた少年は、案じるように主人の顔を見やった。将門は、いくぶんあきれた口調になった。

「おまえがここへ来たくないと言うから、離れたところで待つよう、馬の番を言いつけたのだぞ」

「ええ、二度と来たくありませんでした。ここは悪い場所です」

そう言って騎手が目を伏せると、よくそろったまつげが黒々と長かった。美綾ははっとして見つめた。

（違う、声変わり前の男の子じゃない。女の子だ……）

髪を後ろに高く束ねているので、成人前の少年っぽいし、男のような袴《はかま》をはいている。だが、よく見れば体つきは異なっていた。そこまで幼い年齢ではないのだ。

興味をもって見つめると、この娘は、現代人なら賞賛できる容姿だった。少年じみたすんなりした体軀《たいく》、二重まぶたの大きな目。細い鼻筋。けれども、平安時代の美人の基準には当てはまらないことを、美綾も承知していた。

佐五郎が少女に言った。

「今、そちらへ戻るところだったのだ。来たくないのに来ることはなかった」

「でも、歩いていては遅くなります。暗くなったら、ここはもっと悪い場所になってしまいます」

少女は早口に言葉を続けた。

「将門さまには、一刻も早くここを離れていただきたいのです。せっかく……せっかく、あの日に居合わさずに済んでいらしたものを」

「おまえは、ここで若殿も襲われると言いたいのか」

佐五郎が口調を鋭くすると、少女はかぶりをふった。

「いいえ、でも、この土地には、盗賊より恐ろしい何かがいます。その恐ろしいものが、人々を見張り、待ちかまえているようなのです」

将門がかみしめるように言った。

「おれは、佐五郎やユカラが見たものを見たかった。先に豊田《とよだ》へ帰らず、あの日にお供したかった。だが、今となっては何を言っても始まらない。日が沈む前にこの場を離れよう。ユカラが不吉を感じるなら、たぶんそうなのだろう」

ほどなくあと二頭の馬が到着した。ユカラと同じような格好の少年二人が御してきたのだ。だが、乗馬に詳しくない美綾の目で見ても、少女のほうが馬の扱いが巧みだった。

将門は黒馬に乗り、あとから来た馬に真樹と佐五郎が乗る。少年従者は、馬の後ろを走ってついて行った。ユカラは自分自身の馬を御しているのが、少し不思議に見えた。

　少年従者との違いは、馬の他にもう一つあった。耳飾りをつけていることだ。最初から気づいていたが、奇妙だと思っていいのかわからなかった。しかし、少女の耳飾りはどう見てもピアスだ。両方の耳たぶに細い輪を通し、小粒の石を下げている。水晶のような透明な石で、日射しの加減で光を放った。

(変わった女の子だ。ユカラ……どういう字を書くのだろう)

馬が走り去るのを見やり、美綾は考えた。それからモノクロにたずねた。

「ねえ、オオカミはどこにいたの。ここが出会った場所だよね」

「人前に姿を見せないのでは」

推測する口ぶりなので驚く。

「自分のことがわからないの?」

「個体にならずに観察しているからだ。今のわしはオオカミとは別ものだ」

少し考えてモノクロは続けた。

「あのおなごが、人々を見張る恐ろしいものと言ったのは、オオカミのことだったかもしれんな。勘のいいおなごのようだ」

「私たちも、ここで待ちかまえていたしね」

美綾は、三人の会話を思い返した。

「ぶっそうな話をしていたね。将門のお父さんって殺されたんだ。お父さんが陸奥鎮守府将軍だったのは、『将門記』の巻末の系図で知ってる。この場所に血が流れたなんて、私だって気味が悪いよ。暗くなるまでいたくないよ」

モノクロも、これだけで終わりにする気はないようだった。

「それなら、将門の後を追うぞ。まだオオカミとの関わりがはっきりしないから、もう少し動向を見よう」

三

日が沈んだ。

西の空に金色の雲が輝き、わずかの間にくすんだ茜《あかね》色になり、最後は紫がかった暗色に変わった。東方から宵闇が押し寄せ、星がまたたき始める。

美綾にとって、夕暮れに街灯が点《とも》らない景色はめずらしかった。山影が黒々と横たわり、このまま暗闇になるのかと心細かったが、雲の切れ間から白い月明かりが射した。満月前の月だったが、思った以上にものが見える気がした。

（私が、本当の月明かりを知らないだけかな。それとも、意識体の視覚がふだんの私より鋭いのか……）

何であれ、将門の一行はかなり楽に見分けられた。川岸に沿った道筋も見て取れる。将門たちも、灯火の必要を感じずに馬を進めているようだった。

かたわらの川幅は大きくゆるやかになり、彼らの面前には平地が開けていた。川の土手を離れる道があり、見晴らす先には人家の明かりがぽつぽつと見える。家々の垣根や門なども黒い影になって見える。あたりの土地は広く整備してあるようで、庭木や街路樹などを植えてあるのもわかった。

しばらく黙っていた将門が口を開いた。

「あれだな。いつも国府のほうを通ったから、この道を来たことがなかった。あの先は下野薬師寺《やくしじ》だったか」

馬を並べた佐五郎が答えた。

「いや、わしらが世話になったのは、薬師寺の手前にある八幡宮《はちまんぐう》の社家です。その集落が一番近かったので、介抱をお願いしました」

将門はうなずいた。

「どちらであろうと、改めて礼をのべておくべきだな」

後ろについた真樹が口をはさんだ。

「薬師如来《にょらい》も、八幡大菩薩《だいぼさつ》も、鎮守府将軍のお命を救ってはくださらなかったようだがな。それでも、介抱のぶんだけ八幡大菩薩にご慈悲があったと言えるか。下野薬師寺も、かつては名だたる寺院だったと聞くが」

少し間をおいて、ユカラがおぼつかない口ぶりで言った。

「寄り道せず、お館《やかた》へ戻られたほうがよろしいのでは。私にはまだ、この付近が不吉に思えてなりません」

少女の馬は真樹より後方にいたので、将門は大きくふり返ってユカラを見やった。

「そう言うな。宮や寺院に悪いものは入ってこないよ。ここまで足を運んだ以上、父を看取《みと》った人物に会いもせずに帰ることはできない」

モノクロと美綾は、騎乗する人々とほとんど変わらない高さでともに進んでいた。会話はすぐそばで聞こえた。

（八幡大菩薩って言った……）

美綾はモノクロにたずねた。

「菩薩がご本尊なら、お寺だよね。八幡宮は神社じゃないの？」

モノクロが気のない声で言った。

「八幡宮の神は、初めから神でもあり菩薩でもあるというふれこみだ。おぬしは日本の宗教が、明治維新が起こるまで神仏習合だったことを忘れているぞ。中でも八幡神は、歴史上真っ先に仏教と習合した神だった」

「神仏習合は知ってるけど」

受験勉強でタームを覚え込んでも、実感はなかったのだ。

「八百万《やおよろず》の神様って、仏教で祀《まつ》られても気にしないの。あなたもそうなの？」

「わしは、祀られる趣味がなかったからわからんな」

「仏教と習合しても、大宮の氷川神社みたいに神気《しんき》があるものなの？」

質問を変えてみると、モノクロももう少し身を入れて答えた。

「それはある。ここもかなりしっかり神を祀った土地柄だとわかる。神気が人間の作った宮に宿る場合、人間側の切実さがものをいうのだ」

並木のある広い道に近づくと、たいそうまっすぐな通りで、八幡宮への参道なのがわかった。手前には小さな家が立ち並んでいるが、出歩く人の姿は見えない。それでも、軒の低い草ぶき屋根から煙が立ちのぼっていたり、隙間から光がもれていたりで、人々が生活しているのが察せられた。薪《たきぎ》がくすぶる匂いがあたりに立ちこめ、美綾には、こうした匂いもめずらしかった。

将門たちは参道の手前で馬を降りた。そして、佐五郎が民家で問い合わせるのを待った。男が出てきて佐五郎とともに並木通りの奥へ向かう。さらにしばらく待つと、戻ってきた佐五郎が告げた。

「八幡宮の禰宜《ねぎ》のお一人が、若殿に会おうと言っておられます。われわれが助けを乞《こ》うたとき、神人《じにん》に看護を命じてくださったお人です」

将門、佐五郎、真樹、ユカラは、従者の少年二人に馬のたづなを預け、さらに弓と矢筒を預けてその場に待たせた。案内人とともに参道を歩き出す。高い木立の下は暗かったが、神人が手にした松明《たいまつ》で照らしてくれた。参道わきに板垣で囲った建物が見えてくる。

屋敷門があり、入り口付近に篝火《かがりび》を焚《た》いていたので、建物の様子がよく見えた。板ぶきにした屋根を高くかかげ、高床造りになった大きな家だった。

(禰宜って役職は、たしか、神主《かんぬし》の次くらいに偉いんだっけ)

身分があるから家屋がりっぱなのだろう。参道はさらに奥まで続き、そちらに鳥居が立つのが見えたので、神域へ案内されるのではないようだ。

将門たちは門を通り、短い階段のある入り口の前で、奉納品のやりとりをした。彼らが中に案内されるとモノクロも後に続き、美綾は十世紀の住居にわくわくした。

将門たちが通されたのは、細長い板敷きの床を持つ部屋だった。

外壁部分は、格子を打った板戸で覆ってあり、内部の壁になるのは、閉ざした襖戸《ふすまど》の並びだ。家具は、布を垂らした衝立《ついたて》と大きな屏風《びょうぶ》、火を点した油皿をのせる灯台くらいだった。襖戸や屏風には彩色した絵を描いてあったが、灯火がそれほど明るくないので、細かいところまで見分けられない。屋根裏や屏風の陰には暗闇がわだかまっていた。

将門と真樹が中央近くに腰を下ろし、佐五郎とユカラは入ってすぐの場所に控えた。

客人が席につくと、座敷の奥から痩《や》せた小柄な老人が出てきて、将門たちと向かい合って座った。立て烏帽子《えぼし》を被《かぶ》り、袖《そで》の大きな上衣《うわごろも》と裾《すそ》の広い袴《はかま》の色は白っぽい。白髪まじりのあご髭《ひげ》が薄く長く伸びて、小じわの多い肌をしていた。

「奉納品をかたじけなくお預かりいたします。鎮守府将軍のご子息でいらっしゃるそうですな。将軍どのにおかれては、まことにお気の毒でありました」

老人は間のびした口調で語ったが、将門はきびきびと返答した。

「平小次郎将門と申します。亡き父の四十九日も過ぎ、追悼のために下野国へ出向きました。突然押しかけたご無礼をお許しください。看取ってくださったかたがたに、せめてものお礼を申し上げたく」

生前の話を語る中で、将門は、自分も陸奥で数年過ごしたことを打ち明けた。蝦夷《えみし》の兵士が父親の隊に加わっていたことも語った。

「蝦夷は勇敢で、弓と馬の優れた使い手です。父はわけ隔てせず、能力に応じて登用していました。後ろにいる一人も蝦夷です」

神官の目がそちらに向いたので、ユカラはさらに低く顔を伏せた。

（そうだったのか……）

美綾はびっくりして少女を見やった。変わった名前なのもそれで納得できる。ユカラの耳飾りは、蝦夷の風俗なのだろう。神官がやんわり言った。

「わたくしは蝦夷について不案内ですが、北の民族は、女も同じに兵士として戦うのですかな」

「いや、この者は、蝦夷語の通訳のために将軍に仕えていたのです」

将門は答え、それからいくぶん声を低めて言い出した。

「蝦夷が、矢毒を用いるのをご存じでしょうか。彼らは総じて薬効に詳しい人々です。このユカラは特に詳しい。父が深手を負ったとき、そばにいたユカラが言うのです。重傷ではあったが、助からなくは見えなかったと——毒が回ったように見えたと。禰宜どのは、どのようにご覧になったでしょうか」

老人は、はっとして黙りこんだ。将門がさらに言った。

「どんなことでもかまいません。わずかでもお気づきのことがあれば、お教えいただけませんか。われわれは、何とかして父を殺《あや》めた凶賊の手がかりを得たいのです」

かなり言いしぶる様子で、老人は口を開いた。

「たしかに、毒……なのかもしれません。何を毒と呼ぶかにもよりますが。父君が毒にあわれたということが、あるいはあったかもしれません」

将門は、あぐらの膝《ひざ》に手をついて前のめりになった。

「お聞かせください、お考えのわけを」

神官はためらいながら語り出した。

「これをお伝えするには、そもそもの話をせねばなりません。

下野薬師寺の建立《こんりゅう》は古いもので、飛鳥《あすか》に都があった時代にさかのぼると聞いております。平城《なら》の都の時代には、僧侶《そうりょ》の資格を付与する三戒壇の一つを設置した寺院でもあります。しかし、都が今の平安京に移ったのち、ものごとが変わりました。新しい宗派が独自の受戒を行うようになり、三戒壇の威信がついえたのです。さらには、火災や地震がつぎつぎ起こり、下野薬師寺は伽藍《がらん》の大半を失いました。いまだにすべては修復されておりません。

下野八幡宮の建立は、今から六十年ほど前、貞観《じょうがん》の帝《みかど》の御代《みよ》とうかがっております。平安京に石清水八幡宮《いわしみずはちまんぐう》を建立なさったとき、東北の守護として八幡神をここへも勧請《かんじょう》なさったとか。わたくしどもは、それ以来、鎮護国家の祈りを続けてまいりました……」

理解しようと美綾も耳を傾けたが、あまりに遠回しだった。由来話が将門の父親とどうつながるのだろう。禰宜以外の人々の顔色をうかがうと、彼らもそう考えているのが見てとれた。真樹が隣りの将門をちらちら見ている。

老人は周囲に気をとめず、単調な声で語り続けた。

「ですが、ここ数年、わたくしどもが祈り鎮める災厄が、にわかに強大になったのを感じるのです。どれほど祈禱《きとう》につとめても、祓《はら》い清めの儀式を行っても、毒のある気配を浄化しきれません。それどころか、邪気が一帯へ広がるのを感じるのです。東国で群盗が強大になったのも、これが要因ではと」

将門が顔を上げた。

「それでは、先ほど父が毒にあったとおっしゃったのは、毒薬ではなく、祟《たた》りや呪いのたぐいの毒なのですか」

神官はやつれた顔つきでうなずいた。

「気づいたことを語れとおっしゃったので、あえて申し上げました。鎮守府将軍どのに深手を負わせた者はどこかにおりましょうが、その背後に、さらにただならぬ邪気があるのを感じます。邪毒なのです」

「なぜ、邪毒が生じているのか、お聞かせくださいますか」

将門はさらにたずねたが、老人はただ大きくため息をついた。

「口にしては、あなたがたにも危険が及びます。ともあれ、身辺には十分お気をつけなさい。護身の御札をさしあげましょう」

ねばっても得るものがないと、将門もさとった様子だった。後は慎重に礼を言って退出した。

彼らといっしょに外へ出ながら、美綾は不満だった。

「犯人の手がかりをたずねたのに、祟りのせいにされてもね。こういうのがこの時代の常識なの？」

モノクロが答えた。

「神官にとっての真実を語ったのだろう。それぞれの見方によって真実も異なるという見本だな」

「じゃあ、祟りや呪いも真実ってこと？」

疑わしくたずねると、モノクロは言った。

「その現象もなくはない。ただし、人間心理の問題だった場合も多い」

煮えきらないと思ったが、別の疑問が浮かんだので、美綾はそちらをたずねた。

「ねえ、あのおじいさんの話だと、八幡宮を建てたのは薬師寺が衰退したからみたいだけど、今、薬師寺がどうなっているのか、モノクロには感知できる？　仏教寺院でも神気は宿るの？」

「知らんな」

返事はすげなかった。

「八百万《やおよろず》の神として下界へ来た以上、感知するのはその範囲に留《とど》めている。すべてを把握するのはむだが多すぎる。おぬしら人間が、世界のすべての言語を学ばないのと同じだ」

「あっそう」

美綾もそれ以上聞くのはやめた。代わりに、屋敷門を出た将門たちの会話に耳を傾ける。真樹が不服そうに言い立てていた。

「おまえはどうなんだ。祟りにあって亡くなったという見解で引き下がっていいのか。しかも、どういう祟りかは教えてもらえないときている。まったく、常陸の大掾どのが小躍りなさるような証言だったよ」

将門は足早に歩きながら答えた。

「期待した内容ではなかったが、禰宜《ねぎ》どのも、話をはぐらかしたのではないと思う。おれは、ユカラがしきりに言う〝悪いもの〟を思い合わせていた。別の言葉で同じことを語っておられたような」

「すぐにそれだな、小次郎は」

真樹はあきれた声になり、後ろに離れて歩く少女をちらりとふり返った。

「何かといえばユカラ、ユカラだ。鎮守府で暮らすあいだに、異族の娘にどこまで骨抜きにされたんだ」

「そんなのじゃない」

将門はきっぱり否定した。憤慨はするが、動揺してはいなかった。

「真樹どのは、陸奥を知らないからそんなことが言える。蝦夷の一族は、われらと異なる知恵の持ち主だ。使う言葉が違うのでなかなかわからなかったが、父上も蝦夷の知恵を尊重しておられた」

「だからといって、従者がわりにあの娘をつれ歩いていいのか。必ず評判を落とすぞ。

身なりを変えようと異族は異族だし、女は女だ」

（……それはそうだよね）

　美綾は思わず、真樹の意見にうなずいてしまった。鎮守府将軍が身近に登用していたにしろ、若い将門が若い娘を従者に使っては、はた目に問題ありと見えるのでは。

　将門も、今度は答える前に少しためらった。

「おれがつれ歩くんじゃない。ユカラが知りたがるんだ。真相をつきとめるまで、陸奥へは帰れないと言って」

「だいたい、おまえがな――」

　真樹が言いかけたとき、参道の暗がりの向こうから、つんざくような馬のいななきが聞こえてきた。少年従者に馬を預けた方角であり、男二人はいっさんに駆け出した。暗い足もとを気づかう様子もない。佐五郎とユカラもその後を追った。

（えっ、何なの……）

　美綾はたじろいだ。馬の悲鳴など聞いたこともなかったのだ。モノクロは何も言わず、ただ将門たちと同じ速度で移動していく。

　並木を過ぎ、低い茂みのある川べりを見通せる場所に出た。しかし、馬も二人の従者も姿がなかった。駆けつけた四人は立ち止まり、息をはずませて周囲を見わたした。

「馬泥棒なのか。宮の前だというのに」

　真樹が声をあげると、地面に伏せて跡を探った佐五郎が言った。

「いや、馬が何かに怯《おび》えて暴れ出したのです。ひづめが荒らした形跡があるが、人の足跡は少ない」

将門が同意した。

「おれもそう思う。どんな盗人《ぬすっと》が来ようと、おれたちの馬は人に怯えてあんな鳴き方はしない。桐丸《きりまる》たちは馬を追ったのだろう」

佐五郎といっしょに地面に膝《ひざ》をつく。

「まだ、遠くまで行っていないはずだ。逃げた方向さえわかれば」

ささやくような声で、ユカラが言った。

「あれは、猛獣に気づいた声でした。馬を殺せる生きもの……熊やオオカミのような」

真樹がそれを笑った。

「こんなに開けた場所で、熊やオオカミに出くわすものか。陸奥じゃあるまいし」

「でも、たしかに何かがいます。ああ、弓矢がないのに」

ユカラは次第に声を大きくした。彼らが装備していた弓と矢筒は、馬とともに消え去っていたのだ。

「将門さま、お気をつけて。何かが来ます」

言われて将門は立ち上がり、少し見回してから川岸のほうを見つめた。低木が黒く茂っているあたりで、不審な影が動いたのだ。茂みを出てきた黒いものが二つ三つ。さらに増えて五つ六つになる。

（まさか、オオカミが……）

美綾は息をつめる思いで目をこらした。黒い影は、ゆっくり横並びになったかと思うと、にわかに突進を始める。波を切るように枯れた草をかき分け、一気に距離をつめる足の速さだった。しかし、この影をオオカミと見なすのは少し無理があった。もっと体高があり、形状がずんぐりしている。

（……じゃなければ、熊？）

頭が大きく丸みがあって肩幅が広い。しかし、熊ほど大きくはなかった。美綾が見ているものに一番近いのは、背をかがめて走る頭巾《ずきん》を被《かぶ》った人間だった。

月明かりでは、細部まではっきり見えない。走り寄ってくるものは、塗りつぶされた黒い影に見えた。それなのに不思議なことに、うっすらと青白い輪郭をもっていた。そのせいで完全に闇に溶けこまず、姿を見分けられるのだ。

「刀を抜け」

将門は人々に告げ、自分の太刀を抜き放った。刃《やいば》が月光を反射して白く輝いた。真樹、佐五郎も同じように太刀をかまえる。ユカラも抜いていた。従者姿の少女は、長めの小刀を身につけていた。

飛びかかる勢いで迫ってきた五、六名の影は、刃の輝きを見るとぴたりと止まった。

その後は、じりじりと間合いを測りながら左右に広がる。

「何者だ。われらを襲う目的は何だ」

将門が鋭くたずねた。度を失うことのない声であり、腕に自信があって場数も踏んでいることがわかるようだった。

「名乗りもできないようなら、こちらも容赦なく斬って捨てる。覚悟があるなら来い」

黒い頭巾の者たちは、一人として口をきかなかった。異様な面々であり、美綾にはその沈黙が不気味に思えた。将門が「来い」と言った瞬間から、敵味方入り乱れた戦いが始まった。


美綾たちは乱闘をながめるしかなかった。

モノクロは、戦う人々から距離をとって宙に浮いている。自分にふりかかる危険がないことを、美綾も疑わなかったが、間近で殺し合いが起こってみれば、映像で見るのとは天と地ほどの開きがあった。

(殺気の匂いがする……)

血が流れるより先に、何とも言えないその匂いがあった。場の空気が変容してしまったようだ。ショックに感じるのは、敵だけでなく将門たちからも殺気が匂うことだ。襲撃者は最初から異様だったが、将門たちがこの場で変質したのははっきりわかった。

(……本当に怖いのは、相手を殺すことが怖くなくなることだ)

襲撃者の武器はひどく小型で、手の中に隠れ、美綾にはよく見えなかった。動きがすばやくても、長い太刀筋の内側になかなか踏み込めずにいる。しかし、斬ろうとすれば驚く速さで逃れた。簡単に撃退できそうにない相手だった。

蝦夷の少女は、だれの助けも借りずに戦っていた。将門たちは、ユカラに自分の身が守れると知っているらしく、女だからと庇《かば》う様子を見せなかった。美綾は、将門がユカラは兵ではないと言ったのは、ただの体裁上だったのかと考えた。

（この子、どうしてこんなに必死に生きているんだろう……）

ぼんやりそう思ったが、さし迫った情況のためにすぐ忘れた。将門たちは疲れを見せ始めていた。太刀さばきが最初よりにぶくなっている。対する頭巾の者たちは動きの衰えを見せず、すばやい脚力が逆に増していくようだった。

「もう危ないよ。何とかできないの」

はらはらして口にすると、モノクロにたしなめられた。

「過去を見るためにここへ来たことを忘れるな。起こる事象に干渉はできない」

（将門は死なないはず。彼の死に方は記録に残っている）

落ち着こうとして考えたが、他の人は殺されるかもしれず、それを目の前で見たくはなかった。そばの人家をちらちら見やるが、だれかが出てくる気配もない。

（こんなに近くにいて、だれ一人助けようとしないなんて……）

美綾が恨みたくなったとき、まるで呼応したかのように助《すけ》っ人《と》が現れた。

第三者がそばにいたことに、美綾も気づかなかった。走る人影にはっとしたとき、新たな三人の男が戦闘に参加していた。

夜目にも白っぽく見える人たちだった。三人とも背丈ほど長い木の杖《つえ》を握っている。聞き慣れない唱えごとを叫び、走りながら杖をふりかざしていた。

たちまち鈍い打撃音が聞こえた。太刀をかすらせもしなかった頭巾の者たちが、木の杖には殴打されたのだ。無言だった相手が短い悲鳴を上げたのも聞こえた。

これで形勢が逆転した。襲撃者が泡をくった様子で後ずさり、乗じた将門たちが前進する。だが、向こうは急速に戦意をなくしていた。草むらに腰をかがめたまま、異常な速さで走り去っていく。暗がりで追いかけるのはとても無理だった。低木の茂みが近づいたあたりで、将門たちも追撃をあきらめた。

荒い息をつきながら真樹が言う。

「何なんだ、今のやつらは。近ごろ出没する盗賊とは、これほど気色の悪いやつらなのか。人じゃなく妖怪《ようかい》のようだ」

「おれも、人とは思えなかった」

将門も息を切らしていた。汗がしたたるのか、あごを小手でぬぐう。

「刃を合わせたら鳥肌が立った。だれも手負いはなかったか」

佐五郎が応じた。

「大事がなくて幸いでした。八幡宮の御札のおかげでしょうか。加勢がなければ危なかったところでは」

「父上を襲った盗賊とは、このような相手だったのか」

将門が問うと、佐五郎は首をふった。

「いや、これほど異様ではなかったはずです。突然襲撃されたのは同じでも」

「ユカラはどう思う」

将門にうながされ、少女があえぎながら答えた。

「あのときは、おけがに動転して周りをよく見なかったのです。ただ、このような者たちが紛れこんでいたなら、将軍さまが深手を負われたのもわかります」

そのとき、少し先まで襲撃者を追って行った杖の男たちが引き返してきた。気がついた将門は、急いでそちらに向きなおった。

「おかげで命拾いしました。私は下総《しもうさ》国豊田《とよだ》郷の住人、平小次郎将門と申します。深く御礼申し上げたいが、どちらのおかたでしょう」

（本当、だれなんだろう。ずいぶん強かったけれど、変わった格好をしている……）

美綾も考えた。安心して見ていられるようになったので、助っ人の身なりに興味がわいたのだ。将門たちとは異なる、風変わりな装いだった。

烏帽子《えぼし》は被らず、長髪を肩にたらして額の鉢巻きで押さえている。白っぽく見えたのは、生成《きな》りの衣と袴《はかま》のせいだった。八幡宮の神官の白装束とは異なる、織りの粗い質素な衣だ。裾《すそ》をくった袴の丈も短かった。そして、腰回りに黒っぽい毛皮を、前掛けを後ろ前につけたように巻いていているのも変わっていた。

三人とも痩《や》せ型だった。細身でも強靭《きょうじん》な体だということは今の戦闘でうかがえるが、見たところ若い年齢ではないようだ。

中央にいる人物が口を開いた。低音でよく響く声だった。

「私どもは、秩父《ちちぶ》の三峰山《みつみねやま》で修行する、しがない行者です。行脚《あんぎゃ》して下野八幡宮に詣《もう》でたところでした。事情は存じ上げないが、ひどく悪質なものにねらわれましたな。たまたま通りかかって幸いでした」

「三峰の行者どのでしたか」

将門は声を明るくした。それを聞くと、わずかに残った不審さも消えたようだ。

「加勢いただき、ありがとうございました。尋常には見えない者たちで難儀しました。あれが何者なのか、あなたがたには心当たりがおありですか」

行者の口ぶりが少し硬くなった。

「じつを言うと、三峰山を出てきたのは、このあたりで得体の知れないことが起きていると伝え聞いてのことでした。〝えやみ〟となった山の者が現れ、人を襲うようになったとか」

「〝えやみ〟」

将門は、不思議そうにくり返した。

「それは、はやり病《やまい》と同じ意味でしょうか」

「病かどうかは、まだはっきりしません。しかし、私どもは〝えやみ〟の根絶を目ざして参りました。あの者たちがそうかもしれません。遭遇したのは初めてでしたが」

言葉を切ると、行者は一行を見回した。

「あなたがたは手当てが必要ですな。かすり傷くらいは受けたでしょう。浅い傷も見のがさず、今すぐよく清めてください。薬になるものはお持ちですか」

ユカラが、少したためらいながら申し出た。

「傷の塗り薬を持っております。ヨモギの葉とショウブの根も。これらの手当てでよろしいでしょうか」

行者はうなずき、ユカラに答えた。

「用意のいいことでした」


近くの家で松明《たいまつ》や水桶《みずおけ》を借りると、ユカラは帯に下げていた袋を開き、人々の手当てを始めた。だれもが数カ所のかすり傷を負っていた。

モノクロと美綾は、将門のすぐそばに留《とど》まっていた。真っ先に手当てを終えた将門が、三峰の行者と話しこんでいたからだ。

下野国へ出向いた事情を語った将門が、馬と従者が消え去ったことに言及すると、三人の行者の長《おさ》らしき話し相手が、あとの二人をふり返った。すると、彼らは即座に走り去った。

将門が驚いて見やると、行者の長はやんわり言った。

「私どもには、馬が逃げた方角がわかります。たぶん、年少の子たちも同じ方角で見つかるでしょう。あの二人がつれ帰って来ます」

「おわかりなのですか」

将門は目を見はり、怪しむように続けた。

「しかし、もう、ずいぶん時間がたってしまいました。足跡をたどるにしても、夜が明けないことには難しいのでは」

「お気づかいなく。われわれは夜間の修行で、見る以外の感覚を鍛えています。それよりも、どうぞお話の続きを」

行者の動じなさに接し、将門も気を取りなおして語り出した。

美綾も聞き入ったが、真樹が主張した常陸の伯父の疑惑を、将門は一切語らなかった。身内の問題をさらす必要はないと思っているか、または、伯父の悪意を本気で信じていないのだろう。

(でも、常陸の伯父というのは、『将門記』に出てきた平国香《たいらのくにか》じゃないかな。将門を滅ぼそうとして逆に討ち取られた……)

そわそわして美綾は考えた。不吉な未来を知っているのは落ち着かないものだ。目の前の将門が、思ったより温厚ですなおなタイプに見えるのでなおさらだった。

手当てを終えた佐五郎が、ユカラをつれて民家へ出向き、食べものを調達してきた。

木の盆に握り飯らしきものが並んでいる。そのとき、ひづめの音と馬の鼻息が聞こえてきた。二人の行者が四頭の馬を率い、馬の二頭には少年従者が乗っていた。

「これは驚きだ。この短時間によくぞ」

佐五郎が真っ先に駆け寄った。鞍《くら》から降りた少年たちは地面に両手をつき、半泣きの口調で謝罪した。

「申し訳ありません。馬を逃がした上、すぐに捕らえられませんでした」

少年たちの衣はあちこちが破れ、枯草や土にまみれている。暗い中を無我夢中で馬を追ったことが目に見えるようだった。

「もういい。手傷はないか」

盆を置いて駆けつけたユカラも、真っ先に彼らの体を心配した。

「桐丸、子春丸《こはるまる》、何者かに襲われましたか。けがをしましたか」

少年たちは涙と鼻水をぬぐい、何も見なかったと答えた。

彼らの手足を検分したユカラは、安堵《あんど》のため息をつき、立ち上がって二人の行者に顔を向けた。聞き慣れない抑揚のある口調で何か言う。

(あっ、蝦夷語なのか……)

美綾は別の言語だと気がついたが、頭の中で翻訳することに慣れてきたので、これも何とか解釈できた。

「感謝いたします。尊い山のかたがた。どうぞわれらをお導きください」

ユカラはさらに、両手で変わったしぐさをした。相手に手をさしのべてから肘《ひじ》を曲げ、指を合わせる、儀式的なしぐさだった。

将門も歩み寄り、二人の行者に礼を言って少年たちにいたわる言葉をかけた。そのあとで行者の長に言った。

「あなたがおっしゃった通りでした。これほどのことをしていただけるとは、恥ずかしながら思い至りませんでした。どのようにお礼していいかわからないほどです」

「気を抜いてはなりませんぞ。先ほどの襲撃者は逃げ去ったけれども、舞いもどることもできるのですから」

行者の長は低い声で言った。将門ははっとしたようだった。

「もう一度、襲ってきますか」

「この場は早く立ち去ったほうがよろしいでしょう。馬たちが戻ったのであれば、今すぐにでも」

杖《つえ》を突いて立ち上がった行者は、将門を見やった。

「下総国へ戻られるのでしたな。よろしければ、私どももご同行しましょう。あなたがたには何やら、あの者たちが目をつける〝しるし〟があったようだ。お父君の話をうかがってもそのように思えます。道中ご無事であれば、私どもも気が休まります」

将門は少し驚いてから言った。

「同行いただけるのであれば、願ったりかなったりです。どうぞ、わが館《やかた》でもてなしを受けてください」

美綾は感心して行者たちを見つめ、モノクロに言った。

「山で修行した人って、本当に験力《げんりき》があるんだね。秩父の三峰山って聞こえたけど、私がこの前行った三峯《みつみね》神社と同じあたりかな。オオカミ信仰のある場所だったよ。神社の狛犬《こまいぬ》もオオカミで」

モノクロがさらりと言った。

「彼らもオオカミだ」

「彼らって、どの彼？」

「行者たちだ。あの三名」

めんくらって美綾は少し黙った。怪しみながらたずねる。

「どういう意味で言ってるの。修行するとオオカミのようになれるとか？」

「その反対だ。修行すると人間のようになれる――オオカミでも」

「とんでもないこと言わないでよ」

美綾は、今両手があればふり回したくなった。

「この人たちが、イヌ科のオオカミのはずないでしょう。オオカミは杖など手に持てないし、人と会話などできないし、火には近づかないものでしょ。千百年前だって、自然科学の常識は同じはずだよ」

「おぬし、わしの一部として過去へ来たからには、科学は人間の信仰の一つだと学ぶべきだぞ。この世の真実は何種類もあるということを」

美綾が困惑して口をつぐむと、モノクロはさらに言った。

「わかりやすい例をあげるなら、キツネやタヌキが人を化かす話を、おぬしも少しは聞き知っているだろう。だが、昔話に言い伝えが残った時点で、キツネやタヌキの化け方がどれほど稚拙だったかがわかる。オオカミであれば、何一つ証拠を残さなかった。人間にほとんど気づかせなかったのだ」

「オオカミも人を化かせる、ということ？」

「キツネやタヌキの比ではないな。人間の脳というものは、じつにたやすく幻影を見るのだ。その性癖につけいる技術さえあれば、人にはめったに気づかれることがない。もっとも、察する能力を持つ少数の人間がいることはいる。あのおなごのように」

美綾はびっくりして、握り飯を配っているユカラを見やった。

「まさか。あの子には、行者がオオカミだとわかっていたの？」

「おそらく過去に経験があるのだろうな。オオカミに、他言しないと伝えていた」

「さっきの手ぶりがそう？」

「手ぶりそのものではなく、そこにこめた感情で伝わる。オオカミの嗅覚《きゅうかく》は並はずれているから、人間の感情もある程度は嗅《か》ぎ分ける」

「うわあ……」

驚嘆してながめたが、モノクロにどう言われても、そこにいる行者たちは人間の男に見えた。もっとも、今は松明《たいまつ》の火明かりで見ているので、昼間にもっと細部まで見てみたいと考える。それからやっと思い至った。

「つまり、この行者がこの時代のモノクロなんだ。オオカミとして将門に出会ったといっても、人に化けて会話していたんだ。どの行者がそうなの。このリーダーっぽい人？」

八百万《やおよろず》の神はそれまでの講義口調をやめ、しばらく黙った。

「どうしたの」

「それがだな……」

急に声を落としてモノクロは言った。

「オオカミを見れば、当時を思い出せるはずなのだが、どういうわけか、まだ心当たりがない。その三名にも覚えがないようだ」

「そんなはずないでしょう。だって、平将門に出会った場所へ来たんでしょう？」

美綾が念を押すと、モノクロはますます低い声になった。

「これは、あまり愉快な推論ではないが、先ほどの襲撃者の中にいたという可能性もある。あれもオオカミだったからな」

「あれもオオカミ？」

美綾は息をのんだ。思い返すと、黒頭巾《ずきん》の人影として目に映っていても、動きはたしかに人間離れしていた。

「思いつかなかったけど、オオカミだって言われたほうが納得できる気がする。じゃあ、ユカラはそれも見分けていたの？」

「わからん。わしから見ても、あれはオオカミとして異常だった」

モノクロは思案する様子で続けた。

「体はたしかにオオカミだが、化け方が中途半端で、オオカミ同士のコミュニケーションが何もできない。病原体に冒された〝えやみ〟と見るのも納得できる。だが、体が病んだ匂いを発していなかった。過去のわしが、あれほど異常をきたしたオオカミだったとしたら、何一つ思い出せなくても不思議はないな」

「ええー」

美綾はたじろいで声をあげた。

「この時代のモノクロは人間の敵だったの？」

「可能性はある」

けろりとしてモノクロは答えた。

「今は人間になる予定があるから、人間寄りの考えを持つこともできるが、この時代のわしは違っていた。人間を排除するつもりだったとしても、別におかしくはない」

「おかしいよ」

美綾は思わず憤慨した。

「あなたの一部分として私が来たのに、そんなのってないよ。モノクロは、生きものになる趣味の神様でしょ。いくら千百年前でも、あんな不気味なオオカミだったはずないよ。私、信じないからね。当時を思い出せない理由はどこか他にあるはず」

モノクロは意外そうに言った。

「そこまで主観で考えるのか。確率も二の次にして？」

美綾はむっとして言い返した。

「とにかく、この先まで見ればはっきりするよ。思い出さずに現代に帰る気はないでしょう」

「そうだとしても、おぬしがつきあう必要はどこにもないぞ。わしが時間移動をプランしたのはこのへんまでだ。移動前に戻るのはたやすいし、わしだけ日を改めて思い出しに来てもいいのだ」

「何言ってるのよ」

美綾は鼻があれば馬のように鼻嵐を吹きたい思いだった。

「こんな疑問だらけの状態で、気分よく帰れるはずないでしょう。私は将門たちについて行きますからね。三峰の行者だって行くんだから、下総国まで行ってみないと。この先を知らずにすませていいと思うなんて、どうかしてるよ」

第二章　ユカラ

一

平将門《たいらのまさかど》と真樹《まさき》、佐五郎《さごろう》、ユカラは、三峰《みつみね》の行者を伴って夜道を進み、東の空が白んだころには下総国に入っていた。

モノクロは結局、一行とともに進んでいた。美綾《みあや》がゆずらない勢いで主張したせいだった。

「当時のあなたが、どっち側のオオカミなのか、帰る前にはっきりさせたい。第一、襲ったオオカミがどうして異常になったのかが謎だよ。第二の謎は、どうして将門たちがねらわれたのか。第三の謎は、将門のお父さんが殺されたのも、オオカミと関係あるのかどうか」

数え上げた美綾は、さらに息まいた。

「他にも気になることはたくさんあるんだから。オオカミが行者に化けるなんて、聞いてなかったし。人間のふりして、この先どうするのか知りたい。ユカラって子がどうするかも知りたい。もう少し見続けないと納得できないよ」

「そばで見れば、納得できるとは限らんぞ」

　モノクロは水をさす口ぶりだった。

「おぬしの意識は、個体としての感覚を離れない。本当に謎を解きたいなら、神のように高所から広域を見る視野がないと」

「あなたの目には広域が映っているの？」

「今は、おぬしの基準に合わせているから無理だ」

　美綾はむっとした。

「私がここにいなければ、謎も簡単に解けると言いたいの。私を手っ取り早く元の場所に置いてきて、自分だけで探すほうが都合がいいって」

　モノクロが明るく言った。

「的確な推察だが、そうは言っておらん。わしにとっては、どの時代にどのオオカミだろうと同じようなものだ。謎が謎で終わろうと一向にかまわん。しかし、こうしておぬしをつれて来た以上、見たいものにつきあう気はある。あと少し将門を追っていくのもいいだろう」

　途中に川の渡り場があった。歩いて渡ってもひざ下を濡《ぬ》らす程度の浅瀬になっている。その先の風景は、沼の多い低地に変わっていった。ところどころの丘には葉を落とした雑木林が繁るが、沼や川の周辺は平らな草原で、丈高い草が立ち枯れている。

朝日の射す方角に、紺青《こんじょう》の山影がわずかに見えていた。その遠い山稜《さんりょう》まで、高い山のない土地が広がっているのだ。美綾は関東地方の地図を思い浮かべ、山影は筑波山《つくばさん》あたりだろうと考えた。現代の茨城県にあたる地域が常陸国だ。将門の最年長の伯父《おじ》、平国香《たいらのくにか》の居館は、筑波山のふもとにあるはずだった。

川岸を離れてしばらく進むと、別の川岸の土手に出た。こちらが本流であるらしく、比べようもないほど向こう岸が遠く、大量の水がとうとうと流れていた。粗末な木の桟橋があり、岸辺に平底船を上げてある。板屋の建物もある。人が住む建物ではなく、物置や倉庫らしかった。土手道は広く踏み固められ、わだちの跡があり、馬や荷車が往来に使っているのがわかる。

将門は、行者たちを気づかっていた。従者の少年は佐五郎やユカラが馬に同乗させてやったが、行者は歩きづめだったからだ。

「もうすぐ常羽《いくは》の御厩《みまや》に出ます。御厩から鎌輪《かまわ》の館《やかた》まであとわずかです。下総の国内とはいえ、わが家の地所は、下野や常陸との国境《くにざかい》にあるので」

声をかけたが、三峰の行者たちが疲れを見せているわけではなかった。平然と速度を落とさず歩きながら、行者の長《おさ》が応じた。

「夜が明けたなら、先ほどの者たちはもう襲ってこないでしょう。無事に送り届けられそうですな」

土手を下り、再び坂を上ったところで、常羽の御厩が見えてきた。ここはただの放牧場ではなかった。高台にいくつもの板屋が立ち並び、大勢が働いている。まだ距離があるうちから、耳障りな騒音も響いてきた。煙と金《かな》臭い匂いがただよってくる。

（鍛冶《かじ》場があるんだ……）

美綾は感心して思った。馬具のためには金属加工も必要だと、改めて知る思いだった。

柵《さく》の向こうには馬を馴《な》らす人々の姿も見える。

板屋の向こうは下り坂の先で牧場になり、牧場の向こうに沼の水面が広がっていた。

将門の一行は低地へ下り、少しして再び坂を上がった。将門の館も丘の上に立っていた。空堀にかかった板橋を渡ると、土塀をめぐらせた門がある。中に小さな集落があり、その先に板垣と屋敷門が見える。板垣に囲われた敷地内もたいそう広かった。

（学校くらい広さがある）

美綾の感覚では、前庭の広さが校庭のようだと思えた。だが、領主の屋敷が校舎のようにそびえるわけではない。高床の家が左右に別棟を並べているが、八幡宮の禰宜《ねぎ》の家とそれほど変わらなかった。国府のような派手な唐造りではないのだった。

ものめずらしかったのは、敷地内に小屋が立ち並ぶことだ。厩舎《きゅうしゃ》や家畜小屋、倉庫があるのは意外でもないが、その他にも、雨よけを立てた作業小屋がいくつも並んでいた。

木工の道具づくり、土器づくり、布をひたして染色する人々の姿が見える。小規模な鍛冶場もあった。働く男たちの着物は、垂領《たりくび》の襟《えり》を紐《ひも》で結んだ直垂《ひたたれ》とくくり袴《ばかま》だ。だれもが烏帽子《えぼし》を被《かぶ》っているが、将門たちとは違って柔らかな布製だった。

（この時代、工場などないんだから、自分たちで工芸品を作るのは当たり前か。館と呼べるかどうかは、自給自足の能力によるのかも……）

到着した将門は、行者の長としばらく押し問答をかわした。客人として屋敷に招いたのに、長がそれを固辞したのだ。

正体がオオカミならば、人間に何重も囲まれて休みたくないのは当然だ。だが、将門は気がすまないようだった。最後は妥協して、外周の集落の小家を提供することに落ち着いたが、飲食の接待まではゆずれないらしい。屋敷から酒と料理を運んでこさせた。

「命の恩人です。せめて、ここで旅の疲れをいやしていってください」

将門の熱心さは裏がなく見えた。若くても義理堅い性分のようだ。行者の長も、すべてを拒むことは控えたらしい。

美綾は興味しんしんで、膳《ぜん》を運んできた女たちを見つめた。長い髪を束ねてうなじで結び、小袖《こそで》の着物を着ている。腰には背後まで覆う前掛けのような布を巻き、その紐を前結びに結んでいた。四人ほどやって来て、膳や坏《さかずき》や酒壺《さかつぼ》を並べていく。お酌をするつもりだったようだが、それは行者の長が丁重にきっぱりと断った。

膳の料理をのぞき見ると、素焼きの小皿に盛り付けた焼き魚や乾《ほ》し肉、ゆでた青菜、栗の実などがのっていた。モノクロに聞いてみる。

「人間に化けているときは、オオカミも人間と同じものを食べるの？」

「幻影でそのふりはできるし、実際に食うこともあるだろう。オオカミは基本肉食だが、飢えたときは何でも食べる」

「お酒も？」

「日本酒は飲めるな。好きなやつも多い」

あり得ないと言いかけて、美綾は言葉をのみこんだ。自分はニホンオオカミを何一つ知らないのだ。代わりに常識と思えることを言った。

「仏教は酒を禁じるんじゃなかったの。行者に化けているのに、飲んでもいいの」

モノクロは、鼻先で笑う声音だった。

「仏教が日本的になってからは、あってなきがごときの戒律だな。それというのも、日本人にとって、米の酒は聖なる供物だったからだ。神仏習合の修験者であれば、飲酒も禁忌にならない。むしろ、霊的に推奨される飲料だ」

将門たちがその場を立ち去ると、モノクロが言ったとおり、三人の行者は手酌でぐいぐい飲み始めた。美綾はまだ怪しんでいた。

「酔っぱらって正体を現すんじゃないの。昔話だと、たいていそんなオチだよ」

「キツネやタヌキの化け具合はその程度だろう。だから、やつらは山の行者には化けられなかった」

（たしかにね……）

しばらく見守り続けたが、中年男が寡黙に酒を飲んでいるだけだった。膳の料理にはあまり手をつけない様子だ。おもしろいことは何もなく、美綾もだんだん飽きてきて、屋敷へ行った将門たちが気になった。

「お屋敷を見てこようよ。中の様子が知りたい」

モノクロをうながすと、しぶい答えが返ってきた。

「いつまでも人間の住居をうろつくのは、本来、神のすることではないのだ」

「あなた、いつだって私の家をうろついてるくせに」

あきれて指摘したが、モノクロは平気だった。

「パピヨンは室内飼いの犬だから、人間の家がふさわしいし、その目的で転生してもいる。だが、今のわしは霊素だから、霊素にふさわしい居場所がある」

「高いところ？」

「正解だ。少なくとも人家の屋根よりは高い位置だな。ヒノキや杉、クスノキの古木の上あたりが落ち着ける。地表近くは、雑多な気の濁りを受けるのがわずらわしい。鎮座する気もないのに長居する場所ではないのだ」

美綾はむくれた。

「そんなに上のほうじゃ、私の見たいものが見られないよ。人間の目線につきあうと言ったくせに」

「かつてないほど、人間の目線につきあっているが」

「人間は、意識だけになっても地面の近くが落ち着くし、家があれば入りたいの。将門の屋敷を見てくるくらい、いいじゃん」

モノクロは少し考え、やがて提案した。

「それなら分業しよう。おぬしが将門の土地をうろつける程度の霊素を残すから、気がすむように見てくればいい。わし自身は上空で本来の視座に戻る」

「分業なんかできるの？」

驚いて聞き返すと、モノクロはしかつめらしく言った。

「これは譲歩だ。オオカミの謎を手早く解明したければ、他にもやることがある。だが、もちろん、この時代の人間の言動からヒントを得る場合もあるだろう。両面から探るのがもっとも効率が高い」

（私が、自分の好きに動いていいってこと？）

美綾は半信半疑だったが、その後、モノクロの気配が遠ざかるのが感じ取れた。ほんの少し、取り残された気分になった。

「もう、動いてもいいの」

小声で聞いてみる。返事はなかった。大声で呼び立てれば聞こえるのかもしれないが、SOSと思われるのもいやだった。自分で一歩踏み出すイメージを浮かべると、意外に簡単に景色が動く。少しただよう感じがあったが、ふだんの目の高さで歩いているつもりになれば、それらしい速さで進むこともできた。

（あっ、わりと、いつもどおりにできる……）

体がないというギャップを、できるだけ埋めたい自分に気づく。しかし、人が行き交う場所に来るとそれも無理だった。屋敷の前庭は通る人が多かった。そして、だれ一人美綾に気づかず、平気で突進してくるのだ。

生体には、体熱と静電気に似たものがあった。これまで気づかなかったが、よけずに他人がすぐそばをかすめると、ピリッとした痛覚と熱感がある。この感覚は、はっきり言って不快だった。モノクロが人々を観察するとき、いつも二メートルほど距離をおいていたことを思い出す。

（……自分の背の高さにこだわることもないか）

あきらめて人々の頭上に浮かび上がってみた。浮くのは簡単にできることだった。それからは、浮かんだり降りたりしながら高床の屋敷まで行った。慣れてくると、これが一番気安い移動方法だった。

余裕ができたのか、美綾も少しずつ楽しくなってきた。好きなように動けるのはいいものだ。世にもまれな時間旅行に来ているのだから、こうでなくちゃと思う。

うきうきと屋敷内へ上がってみた。中の造りはやっぱり禰宜《ねぎ》の家と似ていた。寝殿造《しんでんづく》りというタームが思い浮かぶ。部屋の仕切りは襖戸《ふすまど》で、内部に廊下がない構造だ。廊下の役目をするのは、軒下をめぐる広い縁側だった。縁側のへりは欄干《らんかん》で囲ってある。

禰宜の家に入ったときは暗かったが、今は昼前で明るく、格子戸も襖戸も開け放ってあった。美綾は大胆に母屋《もや》の内部を見て回った。

女たちが頭を布で覆い、あちらこちらでふき掃除をしている。母屋の裏手にある別棟と行き来する者が多いので、別棟までついて行くと、土間にかまどがいくつもあり、調理場や風呂場《ふろば》などの水場は全部こちらにあった。裏庭に井戸もあった。母屋の中には座敷しかないとわかると、これも贅沢《ぜいたく》な空間だと思えた。

屋内には、湿った木材の匂いと線香のような香りがただよっている。美綾は仏壇を連想したが、どこで焚《た》いているかはわからなかった。座敷は中央の間と四隅の間に分かれていて、中央の座敷が一番りっぱに見える。屏風《びょうぶ》や置き戸棚などが高級そうだが、薄暗くて人気《ひとけ》もなく、将門の姿も見当たらなかった。

（将門の部屋は、母屋じゃないのかも……）

東と西にも別棟が並ぶので、そちらかもしれないと考える。南面の座敷を通り抜け、東側へ行ったところ、ここに人の気配があった。香の匂いが強くなり、暖かさも感じる。丈のある屏風の向こうをのぞいてみると、四角く大きな火桶《ひおけ》に炭火をおこしてあった。そして、布を垂らした衝立《ついたて》の向こうには、板床に畳を一畳敷いて座っている人がいた。

顔を見ないうちから将門でないのはわかった。畳の端にこぼれる着物が女ものなのだ。美綾はもう少し近づいて、座っているのは四十代くらいの女性だと確かめた。近くにあと二人の女がいて、こちらは畳を敷かずに座っている。

（畳に座るのは身分が高いからだ。この女の人、たぶん将門のお母さんだ）

中年女性は、長い髪を解き流し、裾《すそ》の広いゆったりした袴《はかま》をはき、袷《あわせ》の着物に絹地の上衣《うわごろも》を何枚も重ねていた。手には扇をもっている。美綾が見ても上流の身なりだと思えた。ただし、衣の色合いは黒っぽく地味なものだ。夫の喪に服していると考えれば、それもうなずけた。

そばの二人が侍女なのも推察できた。一人は髪のほとんどが白くなった年齢で、もう一人は女主人と同じくらいの年ごろだ。三人の女は、着物の色が暗いからといって、沈んだ様子で座っているわけではなかった。美綾がここへ来る前から、さかんにおしゃべりしていたらしい。扇を口もとにかざしながらも、舌が止まらない様子だ。

（何を言い合っているんだろう……）

この人々はあまり口を開けずに話すので、美綾にはなかなか聞き取れなかった。そばへ寄って耳をすまし、やっと意訳できそうになったところへ、縁側を通って将門がやって来た。縁側に面した格子戸は上半分を外側に吊《つ》り、下半分は取り払ってある。そして、目の粗い簾《すだれ》を部屋の敷居に下げていた。隙間から外の様子がかなり見え、将門が部屋の前で片膝《ひざ》をついたのがわかる。女たちはぴたりとおしゃべりの口をつぐんだ。

「今朝がた、下野の地から戻ってまいりました。あちらで見聞したことをお耳に入れましょう」

将門は、旅の汚れを落として着替えてきたらしい。簾をめくって姿を現すと、直垂《ひたたれ》と袴《はかま》姿だった。前庭の男たちとそれほど変わらない格好だ。部屋に通され、火桶からはだいぶ離れた場所に腰を下ろす。

そして、河原や八幡宮の社家へ行ったことをかいつまんで語ってみせた。自分たちが襲撃されたことは口にしなかった。疲労や寝不足をさとらせない張りのある声音をしている。何があったかを知っている美綾は、彼の気くばりに感心できた。

畳に座った母親は、将門の話にあまり心を動かされて見えなかった。相づちも打たず、黙って聞いている。

(身分のある女の人は、あまり感情を出さないものなのかな……)

女主人は、小じわが目立つとはいえ上品な人ではある。だが、ほお骨の高い顔が険しく見え、細い目もとに温かみが少なかった。将門と見比べると、造作がだいぶ違うように見える。あまり似たところのない親子だ。

将門が語り終えると、母親は静かに意見をのべた。

「この私に、先に言うべきことがあったのではないですか。下野から妙な風体《ふうてい》の人々を招いたと聞いていますよ。館《やかた》の内に一軒を与え、屋敷のまかないで飲食させたとか。何の相談もなく、そのようなまねをされては困ります」

「それは、これから詳しくお話しするところでした。けっして怪しい人々ではありません。三峰山の修行者で、危ないところを救っていただいたのです。命の恩人ですから、おろそかにはできません」

将門は急いで言ったが、機嫌のよくない母親は、命を救われたことにも感銘を受けないようだった。表情を和らげずに言う。

「危ない目に遭ったのは、あなたが領地の仕事を放って出歩くからではありませんか。殿の亡きあと、管理すべきことは山のようにあるというのに」

「しかし母上、父上のお命を奪った下手人をつきとめたいとお思いになりませんか」

中年女性はかぶりをふった。

「つきとめようとも、報復しようとも、殿は二度とお戻りになりません。私が案じるのは、領地と領民のことです。殿の急逝で、だれもが浮き足だっているのですから」

「父上の死因を知ることが、領民のためにもなると思います。私どもがうやむやに終わらせては、この先領民の心も離れていくでしょう」

将門は力をこめて言った。

「牧の運営には、父上から多くの教えを受けました。馬の選別も人々の気心も承知しています。今までと変わりなく管理してみせます」

母親は、将門の顔をしばらく見つめた。

「……太郎《たろう》を早くに失い、殿があなたを跡継ぎにとお考えだったのは知っています。けれども、あなたはこの土地が、私の親から譲り受けた地所だということを忘れていますよ。まるで、あなたが当主になったような口ぶりだけど」

将門は少し驚き、目を見はった。

「母上、何もおれは」

「殿とあなたが、陸奥へ行ったり京へ行ったりしているあいだ、領地の安全に力を尽くしたのは三郎将頼《さぶろうまさより》でした。三郎が領主にふさわしいとは、少しも考えないのですか」

「しかし、母上」

うろたえて言いかけた将門をさえぎり、母親は冷ややかに言いわたした。

「今はまだ三郎が若すぎるのはわかっています。当面のところ、あなたに任せるしかないのでしょう。それでも、自分が好き勝手できるなどと思わないで。この地の領主にふさわしいのは、私自身の息子です。あなたは小次郎《こじろう》で、あなたを産んだ女を私は顔も知らないのだから」

将門は、口をつぐんで視線を床に落とした。もう一度相手の顔を見上げたときには、いくぶん青ざめていた。

「父上は、あなたを母と慕えとおっしゃいました。おれも、産んだ人のことは考えませんでした。なのに母上は、ずっとそのようにお考えだったのですか」

女主人は大きくため息をついた。

「殿が、この先長くご存命だったならば、あるいは私も従っていたかもしれません。けれども、帰らぬお人となった今、私は私自身の心に従います」

口調は静かでも、そばで聞く美綾までしりごみしたくなった。父親が死んだからには、将門に愛情をかけることは一切ないと、宣言しているようなものだった。

「わかりました。これからは、わきまえるよう気をつけます」

将門が答えて席を立ったので、美綾もそそくさと場を離れた。思いもよらず、痛烈な会話を聞いてしまったことにひるんでいた。

（一番上の息子なのに、どうして将門は小次郎と呼ばれるのか、前から不思議だった。こういうことだったのか……）

父親の死は将門にとって、通常以上に立場を悪くするできごとだったのだ。跡継ぎとして育てられても、父親だけの考えだったとすれば。

（お父さんから見れば、それほど将門が出来のいい息子だったんだろう。けれども、正妻の目で見れば、優秀であればあるほど目障りになるんだろう）

気の毒に思いながら、美綾は将門の後を追った。将門は東の別棟に続く渡り廊下へ向かったが、思いなおして引き返し、短い階段を下りた。そのまま正門へ向かうようだ。様子をうかがっていたのか、東の別棟から真樹が出てきた。彼もすでに普段着に着替えている。

「どうした。一休みもせずに出かける気か」

将門が答えないので、真樹は並んで歩きながらさらに言った。

「冴《さ》えない顔をしているな。奥方に何か言われたんだろう」

「これから常羽の御厩へ行く。つきあう必要ないよ、部屋で寝なおしてくれ」

「そうはいかない、館の主人が寸暇を惜しんで働くとなれば。ただでさえ、居候《いそうろう》の風当たりは強いからな」

　将門は、くちびるをかんで言った。

「主人じゃない。今、母上にはっきり言われてきたよ。跡を継ぐのは三郎で、おれじゃないそうだ」

　真樹は少しも驚かなかった。

「ははあ、ついに口になさったか。遅かれ早かれそういうことになると思ったよ。将軍どのが亡くなって、おまえを指名できないとあれば」

「わかっていたのか。おれは、わからなかった」

　つぶやくように将門が言うと、真樹は乾いた笑い声をたてた。

「もちろん、おれだからわかるのさ。平家の血筋に生まれようと、愛人の息子はままならないってことが。この年で、従兄弟《いとこ》の家にころがりこむくらいだからな」

　将門が応じずにいると、真樹はことさら陽気な口ぶりで続けた。

「くよくよするなって。おまえの立場はおれとは違っている。将軍どのがおまえに今後を託すおつもりだったのは、住人だれもが見聞きしている。あと一、二年かけて実力を示せば、自然に収まりがつくさ」

「そうだろうか」

　将門は低く言った。

「おれは、あまり考えなかったんだ。父上のお供をして陸奥や京へ行き、地元を留守にしがちだったことを。そのあいだ、ずっと三郎がきょうだいの年長者として働いていたのを」

「三郎が、人々を統治していたわけじゃないぞ。奥方がどう思われようと、元服間《げんぷく》もない若造には無理な相談だ。できるのは、御厩の別当《べっとう》どのの使い走りくらいだ」

彼らは、二人だけで話してはいられなかった。前庭を通るあいだも、将門はさまざまな人に声をかけられた。また、自分から声をかけてもいた。真樹には沈んだ心境を隠さない将門だったが、周囲の人々にはほがらかに接している。先ほど奥方にあいさつしたときを思わせる、張りのある声音で応じていた。

将門を見かけた人々は、みな明るい顔を向けていた。館で働く人たちは、若主人を敬うというより親しみを感じているようだった。

美綾も、将門の笑顔が感じいいのは認めた。当時の人の中では背が高く、腕に覚えがあり、領民を気づかう度量があるのも確かなようだ。

(将門には人望があるんじゃないかな。正妻の奥方がどう考えようと)

人々の頭上にただよいながら、美綾は考えた。奥方の実の息子、三郎将頼とはどういう男子だろう。いつも母親にちやほやされ、領主になる野心をもっているのだろうか。

(『将門記《しょうもんき》』には、そんなに細かいところまで書いてなかったし……)

将門を追って常羽の御厩へ行ってみようかと心が動いたが、謎の解明にそれほど関係ないかと思いなおした。行者に化けたオオカミたちを見に行くべきだろう。美綾は板橋の手前で引き返し、彼らが酒を飲んでいた小家へもう一度向かった。

先ほどの家をのぞくと、そこには行者の長《おさ》しかいなかった。あとの二人が消え去っている。美綾はびっくりし、裏をかかれた気分になった。

（本来の姿にもどって狩りの獲物を探しに行ったのかな。もっと辛抱強く見守っていればよかった。オオカミらしいところを目撃できたかもしれないのに）

膳《ぜん》や酒壺《さかつぼ》などは、まとめて入り口の外に置いてあった。中央に囲炉裏《いろり》を切ってある小家だが、火を焚《た》いた様子はなく、新しい炭がそのまま置いてある。行者の長は炉の奥にあぐらをかいて座り、目を閉じて身じろぎもしなかった。瞑想《めいそう》の行をしているようだった。

美綾はしげしげと観察してみた。あとの二人は、細身と感じさせる以外、顔立ちもよく覚えられない男たちだったが、長は彼らより年配で、そのぶん特徴をもっていると思えた。

彫りの深い顔立ちだった。鼻すじが高く尖《とが》っていて、目尻《めじり》や口もとには小じわがある。肌は日焼けして浅黒く、長髪と髭《ひげ》は黒々としているが、脂っ気のない乾いた黒さだった。きゃしゃな体格ではないが、肉づきが薄く骨ばっている。襟元から見える鎖骨はひどく浮き出ていた。

（……これが幻影で見せる姿なら、こうした容姿を、どういう基準で造形するのかな。もとのオオカミの姿は、どこまで反映されるんだろう）

考えながら見守っていると、行者の長が突然目を開いた。美綾がいる方向をまっすぐ見すえる。思わずたじろいで後ずさりかけた。

これまで気づかなかったが、行者の目の虹彩《こうさい》は色が淡かった。赤みがかった琥珀《こはく》色、醸造したウィスキーのような色あいだ。その目が薄暗がりで輝き、錐《きり》でうがったような黒い瞳孔《どうこう》が中心にある。

（オオカミには、意識体の私も見えるんだろうか。ここにいると気づくんだろうか。私自身にも見えないというのに……）

相手は人間ではないと実感できた。心の動きがまったく読めない目だ。追いつめられた獲物は、最期にこの無慈悲な瞳《ひとみ》を見るのだろう。そして、自分の死をさとるのだろう。

えじきになる感覚を味わったあとで、あり得ないと打ち消した。恐ろしさをこらえて踏みとどまっていると、背後に別のだれかの気配を感じた。

（あっ、何だ。私が見つかったんじゃなかった）

行者の長が入り口を見すえたのは、実体のある訪問者が近づいたせいだった。胸をなでおろす思いで後ろを見やると、やって来たのは蝦夷《えみし》の少女だった。

ユカラも着替えていたが、それでも館《やかた》で働く女たちと同じ格好ではない。束ね髪を高く結い上げたままで、小袖《こそで》の着物になえた茶袴《ちゃばかま》をはいて裾《すそ》をくくっている。片手に酒壺を、壺の口を縄でぶら下げて持っていた。

（やっぱり、変わった女の子だな。館で暮らすと、他の女たちから浮いてしまうんじゃないかな……）

美綾はついよけいな心配をした。年配の女たちによく思われないという気がしたのだ。

ユカラは一人きりで、神妙な顔つきで通りを歩いてきた。行者の小家の前で立ち止まると、ほつれ毛をなでてから、酒壺を両手に持ちなおす。

「追加の御酒《ごしゅ》をお持ちしました」

家の奥から、行者の長が答えた。

「すでに十分いただきました。ですが、どうぞお入りなさい」

顔を伏せて歩み入る少女を、長は琥珀色の目で見つめていた。鋭いまなざしだったが、声は深々と穏やかだった。

「お座りなさい。酒を届けるために来たのではないことは、わかっています」

「はい」

ユカラはおとなしく膝《ひざ》をついた。行者と目を合わせようとしないことに、美綾は気がついた。利口なふるまいかもしれない。行者が少し目を細めた。

「北風の匂いのする娘。私はあなたの一族を知らないが、山づたいに伝聞は届きます。北の地には、私どもを知る人々が残っているとか。話を聞きましょう」

「ありがとうございます、尊い山のおかた。命を救われた上、さらにたのみごとをするのは、分不相応かと承知しています。それでも、お願いしたく思うのです」

ユカラは床に両手をついた。

「どうぞ、将門さまを救ってください。お父君を殺《あや》めた呪いがその身に及ばないように。私は呪いがあるのを感じますが、北ではなじみのないものなのです」

「呪いがあるとは、どのように」

少女は顔を伏せたまま言った。

「下野国の土地には、悪いものが巣くっていました。泥に眠る悪い病《やまい》のようなものです。でも、それが疫病ではなく呪いだということはわかります」

「土地が呪われていたと」

「将軍さまが亡くなったのは下野でした。でも、土地のせいかどうか、今はわからなくなりました。この一帯も安心できないという気がします。あなたさまはご存じのはず。わざわざここまで足をお運びになったのだから」

少し間をおいて、行者の長が言った。

「私どもは、あなたがたを襲った影の者を追っています。あれは山の民だったので、身内として責任がある。しかし、それ以外のことは介入しません」

つき放した口ぶりだった。美綾は、どれほど会話できようとオオカミはオオカミなのだと、妙に納得できた。人間とは見るものが違うのだ。

ユカラはがっかりした様子で口をつぐんだが、改めて問いなおした。

「では、お聞きします。あなたは将門さまに〝しるし〟があるようだとおっしゃいました。何が〝しるし〟だったのでしょう」

「私どもの言葉には、方便《ほうべん》もありますが」

行者の長は、ことわりを入れてから続けた。

「あえて言うなら、匂いです。影の者を引きつけたのは、前に襲った人物と同じ血の匂いだと察せられます。襲撃を目にしたとき、やつらは将門どのに集中していました。二番目が真樹どのでした」

「ああ、やっぱり」

ユカラはつぶやいた。

「将門さまのご先祖は、京の帝《みかど》の血を引いておられると聞きました。それが原因なのではと、思ったことがあります」

「ミカド？」

知らない言葉を聞いたように、行者の長は口にした。

「なぜ、そんなものの血を追ったのでしょうな」

美綾も、帝の血をうんぬんするのはおかしいと思えた。たとえ影の者たちに、嗅《か》ぎ分ける能力があったとしてもだ。

（帝が特別なのは、人間にしか通用しない事情だろう。オオカミまで承知するとはとても思えない。遠い都に住んでいる帝の特徴が、関東にいてわかるはずないし……）

ユカラはしばらく考えてから、低い声でたずねた。

「山のおかたを操れる何かをご存じありませんか。人間わざでは不可能なことをなし得る何か」

行者の長は少し身じろぎした。これまでより興味をもった様子だった。

「操るものの心当たりはないが、呪いと言った意味はいくらかわかりました。何者かが呪いの力で山の民を従えたと考えるのですな。たしかに、影の者があのように正気をなくした原因を、この先のために知っておくべきかもしれない」

ユカラが口を開こうとしたが、行者はそれをさえぎって続けた。

「しかし、山のおきては、害をなす者の消去を優先します。たとえ原因がわからなくとも、私どもはあの者たちを始末することで解決します」

少女が黙りこんだのを見て、行者の長は少し口調を和らげた。

「私どもが〝えやみ〟を根絶すれば、将門どのを救いたいというあなたの願いもかなうでしょう。呪いの問題に立ち入ることはできないが、目的とするところは同じなのだから」

二

ユカラは行者のいる小家を出た。入り口に重ねてある膳《ぜん》に目をとめ、かかえて歩き出す。

美綾が後をついて行くと、母屋《もや》の裏の別棟まで運んでいった。男の袴をはいた身なりはどうあれ、下働きの仕事もこなすらしかった。

かまどのある土間にいた中年の女は、ユカラが膳を下げてきたことに気づいたが、褒めはしなかった。

「洗っといで。先に井戸端へ行くんだよ。井戸の使い方くらい、あんたでもわかるだろう」

「はい」

ユカラはおとなしく答え、きびすを返した。美綾が懸念したとおり、女たちの風当たりがきつそうだった。慣れっこなのか、腹を立てる様子もなく西側の井戸へ向かう。

つるべで井戸の水を汲《く》み上げ、木桶《きおけ》にあけているところへ、腰布をつけた若い女が走り寄ってきた。

「いっしょに洗うよ」

よく見ると、先ほど小家に膳を運んだ女の一人だった。

「助かったよ、下げてきてくれて。ずいぶん怖そうな行者さまだったから、もう一度行きづらくて」

屈託のない笑顔で言う。まるで別人に見えるので、運んだときはよっぽど硬くなっていたのだった。童顔だが、十六、七歳のようだ。ユカラも相手につられたようにほほえみ、青白かったほおに血色がもどってきた。若い娘らしい柔らかな表情になる。つまり、このユカラも、行者の前ではずいぶん緊張していたのだった。

「怖いおかたなのは、よくわかるよ。私も怖いと思った」

「それ聞くと、ちょっと安心する。ユカラでも怖いものがあるんだね」

「もちろんあるよ。ひたきとそう変わらないよ」

ひたきと呼ばれた娘は、慣れた手つきで食器を洗いながら言った。

「私とは違うよ。また小次郎さまのお供をしてきたんでしょう。お館《やかた》には、そんなことのできる女の子はいないよ。街道には盗賊が出るのに、すごく勇敢で、北国の人は怖いもの知らずだってみんな言ってる」

ユカラは言い訳のように言った。

「お供をしたのは、私が馬の扱いを心得ているから。お屋敷の裏手では、私にできることが少ないから。将門さまは、それをよくご存じってだけ」

「小次郎さまと親しいってことだよね。陸奥では、ずっとおそばにいたの？」

ひたきは関心を隠しもせずに聞いている。だが、裏のある質問ではなさそうだった。

ユカラも、気を悪くすることなく答えていた。

「私が仕えたのは、亡くなったお父君のほうだよ。蝦夷語の通訳をしていたの。将門さまも、ときどき私を通訳にお使いになって、蝦夷語をおぼえたいとおっしゃった。とても熱心で、短いあいだにお父君より聞き取れるようにおなりだった」

「あっ、そうか。ユカラって、私たちとふつうに話せるものね」

今さら気づいたように、ひたきは驚いた声をあげた。

「殿さまがおつれになった蝦夷の人は、話が通じないときがあって気まずいのに。ユカラはどうして大和《やまと》言葉をよく知ってるの」

「そういう家の生まれなの」

ユカラが言うと、ひたきは両手を合わせた。

「わかった。ユカラは高貴な家の人なんだ。料理や洗濯は、はした女《め》にやらせていたとか」

「ううん、蝦夷に、はした女はいない」

ユカラはかぶりをふった。

「大和の人とは暮らし方がぜんぜん違うの。私たちは都をつくらないし、土地の持ち主もつくらない。決まった身分もつくらない。ただ、ごく一部に神に仕える家があって、他の民とは違う生き方をするってだけ」

ひたきは困惑した顔で言った。

「うまく想像できないんだけど。とにかくユカラは、神に仕える家の子ってことでいいのね」

「うん。おばばさまが私に、鎮守府《ちんじゅふ》将軍のもとへ行けとおっしゃったの」

黒目がちの瞳《ひとみ》を遠くの景色へ向け、ユカラは続けた。

「おばばさまが何を見てそうおっしゃったのか、私にもまだよくわからない。けれども、災いを防ぐ必要があるとおっしゃった」

ひたきはユカラを見つめ、口をすぼめた。

「まさか、その災いって、殿さまがお亡くなりになったこととか？」

「そうだとしたら、私はしくじったんだと思う」

ため息をついて、ユカラは洗った皿に視線をもどした。

「このままでは、おばばさまのもとへ帰れない。せめて、将門さまに災いが及ばないことを、見届けてからでないと」

「まだ、これからも悪いことが起こるの？」

ひたきを怯《おび》えさせたことに気づいたユカラは、急いで声を明るくした。

「ううん、怖がらなくても平気。亡くなった人を生き返らせることはできなくても、まだ起きていないことは、これから防ぐことだってできるもの。

ひたきは怪しむようにたずねた。

「どうやって防ぐの」

「できるだけ、将門さまのおそばにいることで。そして、私の一族の知識をすべて使うことで」

二人は食器を洗い終え、木桶の水を庭木の根もとに流して片づけた。井戸端を離れるときになって、ひたきはためらいがちに口を開いた。

「あのね、ユカラちゃん……将門さまにはいいなずけがいらっしゃるの、知ってたかな」

「いいなずけ、何のこと?」

「家同士で決めた結婚相手のこと。小次郎さまの奥方になるのは、上総《かずさ》国の従妹《いとこ》の君で、幼なじみなんだって。殿さまのご葬儀で延びたけれども、じきに結婚の祝賀があるって、みんなが言ってる」

ユカラはまばたきしてひたきを見た。

「どうしてそれを、私に言うの」

「あっ、何でもない。知ってたほうがいいかなと思っただけ」

ひたきはあわてて言いまぎらし、膳をかかえて別棟へ向かった。


(うーん、どうなんだろう)

美綾は考えこんだ。ひたきが何を忠告したかったかは、美綾でも察することができる。ユカラが真剣に将門の安否を気づかうことは、オオカミとの会話を聞いた後ではよくわかった。ひたきも、ユカラの真剣さを感じとって言ったのだろう。

(いいなずけの件は私もよく知らなかったけど。でも、ユカラの場合、単純な男女の問題じゃなさそうだ。神の家の生まれ……蝦夷の神ってどんなものだろう。八百万《やおよろず》の神には入るのかな)

ユカラが大和との違いを強調したことで、美綾は、稲作文化の歴史を思い返していた。弥生《やよい》時代、西日本に稲作が浸透してからも、東日本では長いあいだ、人々が縄文《じょうもん》時代と同じような狩猟採集生活を続けたそうだ。蝦夷と呼ばれた民族は、移動しやすいよう簡素な家を建て、夏と冬で住み替える人々だった。国も都も必要とせず、森林や海岸を小集団でさすらって暮らしたのだ。

関東平野もまた、稲作の浸透が遅れた地域だったらしい。平地が広く沼沢が多いのだから、水田耕作が楽に見えるのだが、実際のところは、火山灰地質が稲作に向いていなかったのだ。土壌改良や干拓の技術が発達するまで、牛や馬の放牧のほうが上手な土地利用だった。十世紀の関東はまだこの段階だったと、目の前で見てよくわかる。

(だけど、この時代あたりから、都であぶれた皇族が関東に住み着くようになったんだ。土地の支配を望む人たちが……)

ユカラは別棟の前でひたきと別れると、悩む様子もなく前庭に出て、正門のほうへ歩き出した。

だれにも声をかけなかったし、だれからも声をかけられなかった。男の袴《はかま》姿で歩く少女に目を向ける人もいたが、すぐに顔をそむけている。ひたきのように無邪気に話せる人物は、やはり少数なのだろうと思えた。

板橋をわたると、常羽の御厩へ向かうのがはっきりしたので、今度は美綾もついて行った。ユカラは鍛冶《かじ》場のある丘には近寄らず、坂下の馬場へ向かっていく。目の前には、ところどころに細い木立を配した草原が広がり、その先に沼の水面が青く空を映していた。

馬場の手前には丸木の杭《くい》を配した柵《さく》があり、人の胸の高さくらいに横木をわたしてある。柵に沿って歩いたユカラは、まとまった木立が枝を茂らせている場所へ来ると立ち止まった。横木に手をかけ、身軽に登って腰かける。そばに留《と》まった美綾は、丘の板屋の人々から見えない位置を選んだのだと気がついた。

少女は草原を見わたしてから、襟もとに手を入れ、細い革紐《かわひも》を引っぱった。首に下げていたのは小さな木彫りの品だ。ペンダントに見えたが、どうやらそれは小さな笛だった。木彫りの端をくちびるへ持って行き、大きく息を吸って吹き鳴らす。

思いきり吹いた様子なのに、音色はか細いものだった。隙間を吹き抜ける風音に似ている。広々としたこの場所では、すぐにかき消されてしまいそうな高音だ。

しかし、これは美綾の思い違いだった。

馬場には、馬を乗り馴《な》らす男たちが数人ずつ、数カ所で訓練するのが見えていた。その一部の動きが急に変わった。それまで騎乗しなかった男も馬にまたがり、五、六頭がまっすぐこちらへ向かってくる。ユカラは当然という顔つきで待っていた。

最初に駆けつけた、灰色の馬に乗った男がユカラに声をかけてくる。

（あ、蝦夷語だ）

ユカラと同郷の男なのだった。美綾は急いで頭を切り替え、言葉尻《じり》をとらえた。

「……たら迎えに行きましたのに。下野の視察はいかがでしたか」

集まった男たちは、次々に馬の背から降りた。鍛えた体つきの人々で、全員が耳飾りをしているのを確認できた。だれもが彫りの深い目鼻立ちで、眉《まゆ》が濃く髭《ひげ》も濃い。一人一人を見ればそれほど目立たなかったとしても、集まると異民族として際立つようだった。

耳飾りは大きさも形もさまざまで、石を下げている者もいるが、ユカラのような透き通って輝く石を下げた者はいなかった。

少女は横木に腰かけたまま、かすかにほほえんで彼らを見返していた。美綾は、館《やかた》で下働きをした娘とも見えないことに気がついた。男たちがみな、敬愛をこめたまなざしで少女を見つめるからだ。

「無事のお帰りで何よりです」

「ユカラさま、何か有益な情報を得られましたか」

（ユカラさま、って言った……）

蝦夷語で、ユカラの名に敬称がついているのがわかった。ユカラ姫と訳してもいいところだ。驚きながら考えた。

（ひたきが言うことのほうが、正しかったじゃない。ユカラは蝦夷に身分はないと言ったけど、どう見てもこの人たち、年下のユカラにかしずいている）

少し雑談を交わしてから、ユカラは改まった口ぶりで言った。

「下野国で、この地方の山の民に出会いました。ねじろの山は違っても、故郷と同じかたがたでした。災いを起こすものを封じようと、このあたりまで探索に来ていらっしゃいます。顔を合わせたら礼を尽くしてください。敬うべきかたがたです」

中年の男がたずねた。

「では、災いの疑いは確かなものになったのですか」

ユカラはくちびるを結んでうなずいた。

「実情が見えてきました。一部の山の民が異常を見せたようです。山のおかたは、探し出して根を絶つおつもりのようです」

黒い頭巾《ずきん》を被《かぶ》った人影について、ユカラは詳しく語った。不思議と闇にまぎれずに見分けがつくこと。けもののように俊敏で、武器を持たなく見えても油断ならないこと。

「襲ってきたのは六名でした。けれども、この数がすべてではないかもしれない。異常の原因が何なのかは、まだわからないままです」

男たちは眉をひそめて聞き入ったが、ユカラが話し終えるとたずねた。

「では、おれたちのするべきことは。山のおかたとともに襲った者を狩り出しますか」

「時が来れば、いずれは」

彼らの顔を見回したユカラは、慎重に言った。

「山のおかたも、彼らが将門さまに引きつけられたことを認めていました。あの者たちは、必ずまた近くに現れるでしょう。私たちは、まず、将門さまに対する襲撃を阻止しなければなりません」

「若殿から目を離してはならぬと」

ユカラはゆっくりうなずいた。

「元凶を知る必要があるのです。人のしわざであれば、山のおかたの力を頼ることはできません。私たちが解き明かさなくては」

蝦夷の男たちは、しばらくしんとなった。それから、男の一人が言った。

「おれたちは、知恵をしぼるお役には立てませんが、どこまでもユカラさまの兵です。北へ戻るとおっしゃるなら北へ戻るし、この地に留まって何者かと戦うのであれば、何が相手だろうと戦います。お申しつけください」

ユカラは感謝のしぐさをした。

「期待しています。今にあなたたちの力を必要とするときが来ます。きっと、もうすぐです」

(ああ、そうだったのか)

美綾もいくぶん理解できた。ユカラという少女は、べつに孤立などしていないし、片意地を張って強がっているわけでもない。陰の実力者であり、誇りに見合うだけの立場をもった女の子なのだ。

その後、蝦夷たちの話題は馬に移ったが、男の一人が何かの拍子に言った。

「大和人《やまとびと》にしては、若殿ほど馬の不調を見逃さない人もめずらしいですね。今朝も別当どのが感心していたようです」

「今朝？」

　ユカラが意外そうな目を向けた。

「私より先に、将門さまが？」

「昼前に来られましたよ。熱心でおられる」

「まだ、こちらにいらっしゃいますか」

　すぐに向かうつもりか、ユカラは横木から飛び降りた。しかし、男は答えた。

「いいえ、小船に乗って対岸の幸島《さしま》郡へ向かわれました。あちらの放牧場を検分するとかで」

　沼の水辺を見やったユカラは、不審そうにつぶやいた。

「なにも、旅から帰ったばかりの日に……」

　少女が眉をひそめたのを見て、男はあわてて言った。

「供の必要はないとおっしゃり、真樹どのと二人だけで向かわれたのです。お供するべきだったでしょうか」

「いいえ、それでいい。従者はこの私の役目です。今から私も幸島へ行ってみます」

　ユカラはきびきびと指示を出した。

「先に船着き場へ行って、使える船を借りてくれますか。私にも付き添いは必要ありません。一人で乗れる小さな船があれば十分です」

岸辺には枯れ葦《あし》の茂みが続いていたが、近くまで進むと、一部を整備して桟橋ができていた。

そばには数軒の小家が軒を並べている。竿《さお》を立てて魚網を干してあるのが見え、ついて行った美綾はものめずらしく見つめた。

(漁師の家があるんだ。そうか、専用の渡し船があるわけじゃなく、漁船を借りて渡るのか……)

対岸は低い丘になって見えていたが、そう近くはなかった。少なくとも、人が泳いで渡る気になる距離ではなかった。

ユカラが船着き場に到着すると、年を取った男が竿を持って出てきて、古い小船を器用に桟橋に寄せた。本当に小さな船であり、美綾の目には観光地のボート並みと映った。これならたしかに娘一人でも操れるだろう。

船の手配をした蝦夷の男は、自分が漕《こ》ぐと申し出たが、ユカラは聞く耳をもたなかった。

「だめです。蝦夷は勝手に持ち場を離れると思われます。そこまで心配しないで。幸島郡に襲撃があるとは考えにくいから」

小船に乗りこみ、櫂《かい》で桟橋の柱をぐいと押す。ここで、美綾も心を決めないとならなかった――ユカラについて行くか、大事を取って見送るか。

モノクロが手配した、美綾が「うろつける」範囲とはどこまでなのか、詳しく聞いていなかった。『将門記』の内容に照らせば、沼をはさんだ幸島郡も将門の領地に違いないが、モノクロもそのつもりでいただろうか。

（大丈夫だろう……たぶん）

美綾としては、この時代にいつまでいられるかも気になるのだった。モノクロが帰る気をおこせば、すぐにタイムアウトだ。なるべく多く見物したければ、岸のこちらで時間をつぶすのはもったいなかった。心を決め、桟橋から飛び立つ。船を漕ぐ少女の頭上に位置を定め、水上を進んだ。

沼の水は、近くで見ると深い翠《みどり》色だった。穏やかな水面は、吹く風のさざなみに乱れる程度で、遠方で日光の破片をきらめかせている。ときおり鳴き交わす水鳥の声が水面をよぎり、岸の枯れ葦近くでカモの群れが餌をあさっている。今は漁をする人がいないのか、美綾の高さから見ても他に船の姿がなかった。人気《ひとけ》もなく静かだ。

（何かあれば、鳥たちが騒ぐだろう。ここで何か起きるはずがない……）

冷静に考えたのに、なぜか不安が胸をしめつけた。いつのまにか、美綾は恐怖をこらえて飛んでいた。ぞくぞくする寒気を感じる。意識体になってから寒さなど感じなかったので、これには驚いた。

（私、やっぱり来てはいけなかったのでは）

もとの船着き場をふり返ると、桟橋はすでに小さくなっていた。向かう先の陸地とほぼ同じ遠さだ。引き返すかどうかためらううちに、また少し遠ざかっていく。今は沼のほぼ中央で、どちらを見ても水面ばかりだと思うと、恐怖心がさらに増した。ようやくはっきり意識する。美綾は水が恐ろしかった。

（どうして。私、かなづちじゃないのに。泳ぎが得意とは言わないけど、プールも嫌いじゃないのに。意識体になったせい？）

もっともありそうなのは、モノクロの霊素の守りから抜けてしまったことだ。一人で水の上を引き返すことは考えられなくなる。ユカラが乗った木の小船の上にいれば、少しだけ怖さが薄らぐのだ。

美綾はそろそろと高度を下げ、自分が小船の艫《とも》にしっかり収まるようにした。いくらか気持ちが落ち着いたが、やがて、蝦夷の男が漕ぐと申し出た理由がわかった。いろいろ有能なユカラでも、船を漕ぐのはへただったのだ。

小船は蛇行ばかりしていた。美綾は、蛇行に合わせて自分で動かないとならなかった。早く岸に着いてほしいだけにじりじりする。高く飛び上がって前方を確認すると、対岸の船着き場はだいぶ近づいていた。

（いい加減まっすぐ向かってよ、すぐそこなのに）

勢いよく船に下りすぎたかもしれない。ふり返って前方を確認したユカラが、進路を変えようと体を倒すところだった。目の前にユカラがいた。

（あっ、まずい）

生体に触れるとショックがあるのを思い出す。だが、よけきれなかった。美綾の一部とユカラの一部が重なった。

視界に閃光《せんこう》が走った。

爆風に遭ったように感覚が四散し、痛いと感じることさえできなかった。意識が砕けて吹き飛んでいく。そして、宇宙のような暗黒が降ってきた。

三

（あれ……手足の感覚があるような）

美綾が真っ先に気づいたのは、そのことだった。

体のない状態がどれほどもの足りなかったか、今ではよくわかる。

（じゃあ、私、現代に帰ってきたのか）

ほっとするところもあるが、残念でもあった。つまらない操作ミスでいきなりゲームオーバーを迎えた気分だ。モノクロは何と言うだろうと考える。

まだ少し眠気があり、なかなか目を開けられなかった。急ぐ必要もないから、もうひと眠りしようと思っていると、次第に違和感がつのってきた。美綾の体は、リビングのソファーに寝ているのではないようだ。手で何やらいじっていたし、足はきびきびと歩いている。

歩く感覚は新鮮だった。舗装道路を歩くのとは違う、足跡が残るような柔らかい土の地面だ。薄い履き物で踏みしめると、膝下《ひざした》を草の葉がこする感触もある。

(これって、まさか……)

すっかり目が覚め、おそるおそる目を開けると、周囲はやっぱり千百年前の沼の岸辺だった。すでに陸の上だったが、同じ下総国の風景であり、吹きわたる風の匂いも同じものだ。だが、今の美綾は、肉体を持ってその場所を歩いているのだった。

わけを知ろうと見回したかった。ところが、首も顔も動かせなかった。顔や体の感触はあり、ほつれ毛が風にそよぐのも感じる。その顔にある目で景色を見ているのもわかる。けれども、美綾の意志は反映していない。

茫然《ぼうぜん》としているうちに、上り坂の草地がなだらかになった。やや下ったところに数軒の小家と木立、馬場と似たような柵《さく》の横木が見える。住人らしき二、三の人影も見えた。そして、柵のそばで話しこんでいる将門と真樹の姿があった。美綾の足が地面を蹴《け》った。

「将門さま」

声を出したのは自分だと感じたが、それは美綾の声ではなかった。将門が気づいてこちらを見やり、笑顔になった。

「駆けつけなくてもよかったのに。宿もとらずに帰ってきたのだから、今日くらい寝ていていいんだぞ」

「それを言うならお二人もです。すぐに牧の検分などなさらなくても」

ユカラが言い返した。美綾も疑う余地がなくなった。気絶する寸前、ユカラと自分が重なったのを思い出す。

(この体はユカラのだ。私、ユカラの中に入っちゃったんだ……)

仰天しながらも、少しのあいだ、ものめずらしさが勝った。安定した人の目線が心地よかったし、将門が自分を見つめるのも新鮮だった。

すでに将門の顔や体型を知っていても、間近で見上げたのは初めてだ。別人ほど違うわけではないが、どこかしら受ける感じが違う。美綾は最初に出会ったとき、思ったよりも平凡な男子だと見なしたはずだった。それからもずっとそのつもりでいた。けれども、はっきり笑顔を向けられてみると、彼にはどきりとするものがあった。

(こんな感じだったのか……)

意識体としてながめただけでは、わからないものがあった。なぜなら、人の体熱も静電気のようなものも不快に感じていたからだ。今、ユカラの内側から見つめると、同じものを笑顔の温かさと感じ、大きな活力を秘めていると感じる。

将門は、顔つきを見ても身ごなしを見ても、ぎらついた野心などは見えない男子だ。しかし、それでも内にかかえた熱量は大きいのだ。隣りにいる真樹と比べても顕著なほど、陽性で人を惹《ひ》きつけるものを持っていた。

「長須《ながす》の牧の検分は、今朝になって思いついたんだよ」

将門は少女に言い、真樹をちらりと見やってから続けた。

「ユカラにも話しておこう。おれは今後、在所を幸島に移すことに決めたよ。常羽の御厩を三郎に任せ、石井《いわい》の集落を整備して新しい拠点にする」

「ここをお住まいに？」

ユカラはあたりを見回した。小さな家と小さな田畑があるのみで、ほとんどが原野だった。堀や土塀を築いた豊田《とよだ》郡の館《やかた》と比べれば、更地のようなものだ。しかし、将門は何でもないように言った。

「本腰を入れて整備すれば、地形的にも悪くない場所だ。鎌輪《かまわ》の館とは別に住まいを建てることにする。父上の部下だった者で、新たな土地や役職を得たい者も多いだろう。声をかければ、それなりの人数が集まるはずだ」

声が力強かった。今朝がたの失意の様子はすでになく、方針を固めて自信をとりもどしたようだ。真樹も口を開いた。

「そりゃ集まるだろうよ。亡き将軍の部下たちは、小次郎を若大将と見なしているからな。へたをすると、豊田に残る者のほうが少ないんじゃないか」

「それはよくない。人選は考えるよ」

慎重さも見せて、将門はさらに言った。

「家族と争うつもりはないんだ。三郎がよい領主になるなら、それにも反対したくない。おれは父上に教わった技能を活《い》かし、馬を育てて収入があればそれでいい」

真樹が笑った。

「今のところは、そのつもりでいろよ。力関係をはっきりさせるにしても数年後だ。ただし、今現在、父君の仇討《あだう》ちができるのはおまえだけで、三郎じゃないぞ」

「わかっている」

ユカラは少し考えてから、控えめな口ぶりで賛成した。

「石井へ移るのは、よいことだと思います」

「そう言ってくれるか」

将門はほほえんだ。

「蝦夷の一同は、みんなでこちらへ移り住むといい。ここに新しい厩舎《きゅうしゃ》を設けたいのだ。それに、ユカラも石井のほうが気ままに暮らせるだろう」

「よいことだと思います」

少女はただくり返したが、声には隠せないうれしさがこもっていた。

かたわらの木の幹によりかかり、真樹が言った。

「決断が早いのが小次郎のいいところだ。奥方の通告が、よいほうに転んだと思っていいな。新しい屋敷を建てたらそこへ妻を迎えろよ。そうすれば、おまえもひとかどの男になれる」

「ああ、そうだな」

将門は応じたが、急に歯切れが悪くなった。真樹はいぶかしげに見やった。

「どうした。もの忌《い》みが明けたというのに、ことはに文《ふみ》も送っていないのか」

「いや、送った。ただ、まだ返事が来ない」

美綾ははっとして考えた。

(ことは……琴葉《ことは》かな。いいなずけの従妹《いとこ》のこと？)

将門が具合の悪そうな顔をする理由は、よくわからなかった。しかし、真樹は勢いよくけしかけた。

「会いに行ってやれよ。葬儀の前から顔を見ていないんだろう。向こうは不安に思っているぞ、屋敷に忍びこんでも会ってやれ」

将門が眉《まゆ》をひそめた。

「伯父《おじ》の家だぞ、夜《よ》ばいのまねができるか。それに、文の返事もないのにいつ行けるというんだ」

「おれに任せろ。大丈夫、琴葉の気持ちはよくわかっている。腹違いでも妹だからな」

真樹はおもしろがり、ほくほくした口ぶりだった。美綾は、ユカラはどう思うのだろうと気になった。体の中にいても当人の思いまでは伝わらない。モノクロといっしょにいても、考えが読めなかったのと同じだ。

(何となく、喜んでいない気がするんだけど。これは私が思うだけかな)

ユカラの表情が見たいと思った。中にいるせいで一番見えない部分なのだ。

体の外に出ようとしたが、うまく出られなかった。空中を動くときのように、意図しただけでは何も起こらないようだ。はたと気がついた。意識体の自分に、意図する以外に何ができるのだろう。

（もしかして、閉じこめられた？）

幽閉されたと思うと恐ろしくなり、しばらく他のことが考えられなくなった。脱出することだけを念じ、イメージが必要かとあらゆる想像をしてみる。

けれども、まるで型に塗りこめられたようだった。美綾の意識体は、ユカラの内部からどこへも行けなかった。一ミリの何分の一かでも外へ出ようと苦心するのだが、体はとんでもなく強靭《きょうじん》な障壁になっている。試し続けてから、ようやく気がついた。

（そうだ、水のせいだ……）

人間の体の七割は水だと聞いたことがある。

美綾の意識体も、水のある場所が本来の居場所で、空中をただよっているのは不自然なのだろう。囚《とら》われる危険があるから、本能的に沼の水を怖いと感じたのだ。

（生きものとは距離をとるべきってこと、ちゃんとわかっていたはずなのに。無難な観察には二メートル以上必要だったのに。忘れちゃいけなかったのに）

どんなに悔やんでももう遅い。自力で脱出できないと認めた後は、モノクロが救出してくれるのを待つしかなかった。

（このまま現代に戻れなくなった……なんてことは、ないよね）

思うだけでもぞっとしてしまう。しかし、八百万《やおよろず》の神であり、今は神の視座にいるモノクロであれば、たとえ他人の中にいようと見つけてくれるだろう。不安ではあったが、絶望的な情況とまで思わなかった。ただし、いつごろ見つけてくれるのかは見当がつかなかった。

美綾が必死で脱出方法を探しているあいだに、何日も過ぎていた。

将門と彼の側近の人々は、早くも石井へ移ってきた。住みこむ人数が最初から多かったので、即席の小屋がいくつも建てられた。将門の宿もだれとも同じ掘っ立て小屋で、雑魚寝《ざこね》するありさまだったが、当人は苦にしない様子だった。

佐五郎を始めとする年配の四、五人が、周辺の土地の人々を組織した。彼らが指揮をとって整地や建築が始まる。建材や人々の食料などは、川や沼を利用して船で運びこんだ。豊田郡側とも船がさかんに行き来した。

将門自身がもっとも力を入れたのは、長須の牧の整備だった。厩舎の設置や古びた柵《さく》の修復には、みずから労働力となって参加している。分担としては主に牧監《ぼくかん》——馬の頭数把握や乗馬用に見つくろう役——を務めていた。長須の牧は、これまで放牧する一方だったらしい。沼と川にはさまれた細長い土地にあり、柵がなくても馬が逃げ出さず、食べる草や水は豊富なので、何もしなくても群れが育つからだ。馬たちは気性が荒く、野性にかえったような一群だった。

蝦夷の男たちは、将門とともに馬を捕らえたり、乗馬として馴《な》らしたり、厩舎につないで世話したりしていた。ユカラもその一人だった。今は美綾にも、ユカラが男の袴《はかま》をはく理由がわかった。何かあったとき、すぐに鞍《くら》にまたがれるからだ。

日がたつにつれて、ユカラの目で外界をながめることにもなじんできた。自分の意志で動かせないのがしゃくだが、受け身覚悟でながめるなら、美綾にとっても空中より居心地がいいのだ。いらついてもしかたないと腹をくくった。

（ユカラになったせいで、結局、自分が見たいものを見ているし。この子、ひっきりなしに将門の居場所を確認するんだもの……）

将門の動向に詳しくなるのもそのせいだった。ユカラは、将門が乗る馬の世話を任されることが多いし、手が空けばいつも将門を探している。ただし、将門の従者はユカラだけでなく、たいていは複数の若者がいた。そして、衣食などの身の回りの世話は、地元の女たちが受け持っていた。他の者がそばに仕えているとき、少女は無理に競おうとしなかった。少し離れて様子をうかがい、ひっそり見守るのだった。

将門が馬に乗って出かけるときは、ユカラもお供した。将門と側近たちはよく遠乗りをした。領地の見回りをかねた馬と人の訓練なのだろう。ついでに狩りもして、キジやウサギ、若い牡鹿《おじか》などを仕とめて帰る。こういう外出に、同じ立場でついて行ける女子はユカラ一人だった。

美綾は乗馬を知らなかったので、巧みな乗り手に同調して体験するのは愉快だった。

ユカラは、よほどのことがなければ馬を責める乗り方をしない。美綾が見ていると、騎乗する男の中にはひどく責める者がいるのだ。

これは、ユカラが女子だからではなかった。蝦夷の男たちはユカラと同じだったし、将門の乗り方も同じだった。そして、早駆けしたときに速いのは彼らのほうだった。

その日、遠乗りから戻ったユカラが、数頭の馬の世話を終えたときだった。すでに夕暮れどきで、他の男はとっくに立ち去っていたが、将門がまだ厩舎のわきにいるのを見つけた。

ユカラははっとして足を止めたが、将門は厩舎の軒を見上げている。肩や姿勢に緊張は見られず、何かが起きた様子ではなかった。どうやら一人なので、少女はそっと歩み寄った。

「気になることがおありですか」

「急ごしらえの厩《うまや》だから、少し見回っていた。問題なさそうだな」

将門は機嫌よく答えた。

「このぶんだと、今年のうちにこの牧から献上品が出せるかもしれない。思った以上に良い馬たちだ」

「良い牧のおかげです。広くて、水に囲まれて」

「そうだろう。この草原の広がりを、ユカラたちに見せたかったんだよ」

将門は柵に向かい、その先に広がる草の波を見つめた。まだ枯れ色が多いが、日に日に伸びる若草の緑が土手のあたりから始まっている。

「坂東《ばんどう》の平野が、どれほど馬の飼育に適しているかを。天然の牧になる草原は、陸奥の山地にも少ないし、都のある西の国々にはめったにないものだ」

ユカラは、将門の横顔を見つめた。

「都とは、馬のいない場所なのですか」

「たくさんいるよ。けれども、どの馬も離れた地方からの献上品だ。それに、都では馬を走らせない。荷馬と同じで、人の歩く速さで進ませる」

首をかしげてユカラは言った。

「どんなところか、私には想像できません。前に言っておられた、牛が引く車もよくわからないけれど」

「そうだろうな」

将門は苦笑したが、相手をばかにしたところはなかった。こちらを向いた表情には、ユカラを仲間うちと見る気安さがあった。

「西の都には、美しい建物がたくさんあるが、せせこましいところだよ。馬を駆ったらすぐに端まで行き着いてしまう。何より、人と人の関係がせせこましい。細かい身分の上下やら慣例やら、おれには窮屈そうに見えたよ」

「帝《みかど》がおられる場所なのに、お好きじゃないのですか」

ユカラがたずねると、将門はあっさり言った。

「ああ。おれが陸奥を知っているせいかもしれない。従兄弟《いとこ》の貞盛《さだもり》は都の水が合うそうだから、同じ血筋でもそれぞれだ。おれは、むしろ北の水のほうが合っている気がするよ」

美綾は、ユカラがかすかに身ぶるいするのを感じた。将門の言葉がうれしかったのだろう。

「それなら、ずっと胆沢《いさわ》にいらしたらよかったのに」

将門は小さく笑った。

「この前は、おれもそう考えたよ。母上が三郎を跡取りに考えていると知ったときは。おれが領地を守る必要などない――どこへでも行っていいと思った。けれども、必要か必要ないかじゃなかった。おれはやはり、自分の生まれた土地が好きだ」

ユカラは、つぶやくように小さな声でたずねた。

「ここで、何が起ころうとも？」

よく聞こえなかったらしく、将門はそれには答えずに言った。

「ユカラたちには感謝している。父に従って下総国まで来てくれたこと、そして、今でも力を貸してくれることに。故郷へ帰りたいのを引き止めることはできないが、おれは、下総に居続けてほしいと思っている」

口先だけの言葉には聞こえなかった。ユカラは少し間をおいてから答えた。

「私たちは、将軍さまのお命を奪った者がわかるまで故郷へ帰りません。以前もそう申し上げました」

「そうだったな。父の死を悼《いた》んでくれることにも感謝している」

うなずいた将門は、ユカラの顔を見つめた。

「報いるためには、できる限りのことをするよ。待遇など、思うところがあれば言ってほしい。住みにくいところはないか？」

「いいえ……でも……」

ユカラは目を伏せ、手を握りしめた。言おうか言うまいか、ひどくためらった様子だった。

「……もし、もしも、ただならぬことが起きたら、将門さまは、私どもとともに北へ行くことを考えてくださいますか」

「なんだい、ただならぬこととは」

その口調からすると、自分が不気味な襲撃を受けたことなど、頭から抜け落ちているようだった。思い出させようと、ユカラがさらに何か言いかけたとき、従者の若者のあわてふためいた声が耳を打った。

「小次郎さま、どちらにおいでですか」

「ここだ」

将門が叫び返すと、家並みのほうから桐丸《きりまる》が走ってきた。あえぎながら報告する。

「小次郎さまに、一刻も早く南の船着き場へ来てほしいと、真樹さまからの伝言です」

「真樹どのは、今、南の船着き場にいるのか」

桐丸はせわしく何度もうなずいた。

「大勢で行ってはならないそうです。他の者に知らせず、一人二人で来るようにと。それに、客人用の馬を二頭つれてくるよう言いつかりました」

「何があった」

困惑して将門がたずねると、桐丸も困った顔になった。

「おれにもよく。船で来た人たちがいるのですが、真樹さまが見てはならないとおっしゃいました」

「とにかく急いで行ってみよう。ユカラ、馬の用意をたのむ」

「私も行きます」

即座にユカラは申し出た。そして、将門が顔をしかめてもたじろがず、言い切った。

「馬を引く者が必要なのだから、大勢のうちに入りません。最低限の人数です」

南の船着き場とは、豊田郡と幸島郡のあいだの沼ではなく、長須の牧の西側にある川の下流にあった。川が南で広がって、こちらも大きな沼をつくっていた。桟橋は古くからあったようだが、船の往来が前より多くなったので、新たな補修が始まっている。

豊田方面の船着き場より距離があったので、将門たちが到着したときは日も沈み、空に星がまたたいていた。しかし、ものが見分けられない暗さにはまだ間があり、桟橋の手前に立った真樹が黒い影となって見える。出迎えたのは真樹一人で、待ちかねていたのが察せられたが、顔の表情まではわからなかった。

「やっと来たか、小次郎。厄介なことになったぞ」

将門が近づくと、真樹は低い声で言った。かみしめるような口ぶりで、すでに動揺していなかったが、深刻そうに聞こえた。

「客人とはだれだ。厄介ごととは？」

「驚くなよ」

さらに歩み寄り、耳打ちする近さで真樹は言った。

「琴葉が上総から逃げてきた。夜中に乳母《うば》と屋敷を抜け出して、正体を隠しながらたどり着いたそうだ」

将門は絶句したようだった。間をおいてようやく言った。

「なんだって、そんな」

「わが父は、おまえと琴葉のいいなずけの取り決めを、一方的に破棄するらしい。妹に、常陸前掾《ひたちのぜんじょう》の息子の求婚を受けろと命じたそうだ。琴葉は、無理やり結婚させられそうなので、思いあまって家を出てきたと」

「本当なのか」

すぐには信じられない様子で、将門の声がかすれた。

「上総の伯父上《おじ》は、おれに一言もなく約束をたがえるお人ではないはずだ。父上とは一番仲のよい兄弟で、手厚い弔問もしてくださったのに」

「真偽はどうあろうと、妹は現にここへ来ている」

真樹がぴしゃりと言ったので、将門もはっとした。

「琴葉どのは、どちらに」

「人目に立つとまずいから、その先の納屋で休ませた。乳母がついているが、二人とも疲れ切ったようだ」

歩き出しながら、真樹はさらに言った。

「だから、早いところ上総の屋敷へ行っておけばよかったのだ。何かしら手が打てたのに」

将門はとまどう口ぶりだった。

「おれにその余裕はなかった。石井の整備にまだまだかかるし、実際のところ、ここには琴葉どのにふさわしい宿所もないぞ。鎌輪へ行くならともかく」

「ふさわしいかどうか、直接妹に聞いてみるんだな。知らずにおまえのもとへ逃げて来たわけではあるまい」

ユカラは耳がよかったので、美綾にも、小声で交わす真樹と将門の会話が聞き取れた。いいなずけの従妹《いとこ》が、父親が決めた婿を拒んで逃げてきたと知って、思わず感心する。

（勇敢な人だな。それほど将門と結婚したかったのかな。それとも、どこやらの息子というのが、それほど結婚したくない男だったのかな……）

どんな容姿の娘だろう、将門とどんな言葉を交わすのだろうと、興味がつのった。おそらくユカラも同じ思いだろうが、岸辺の小屋に入れたのは将門一人だった。美綾は、だれにも気づかれずに見物できたころに戻りたくなり、不満がつのったが、今はユカラとともに外で待機するしかなかった。

将門は、それほど時間をかけずに出てきた。納屋に馬を寄せるよう命じる。戸口からは、女二人が姿を現した。どちらも小袖《こそで》を着ただけの質素な装いだが、身もとを隠すための変装かもしれない。一人は小袖の上に、頭から膝下《ひざした》までを覆う大きな薄布を被《かぶ》っていた。布ひだに隠れて、顔や髪はほとんど見えない。もう一人は何も被らず、やや太り気味の中年女性だった。こちらが乳母なのは明白だった。

女たちが馬に乗るために、ユカラと桐丸が手助けした。乳母は桐丸の手を借りて鞍《くら》に横座りしたが、ユカラが手をさしのべても琴葉は動かず、その場に立ち尽くしている。礼儀正しくうながしても、返事もしない。

「ああ、気にすることはない。おれがやろう」

歩み寄ったのは真樹だった。異母兄が手を貸すと、布を被った娘もすなおに身をまかせた。真樹は、馬に乗せながら言いきかせた。

「警戒しなくていいんだ、この従者は女の子だよ。小次郎が、それほど配慮を欠いたまねをするはずないだろう」

琴葉が布の陰で何か言ったようだが、あまりにかすかな声なので、真樹の他はだれにも聞こえなかった。

（なるほど、良家のお嬢さまとはこういうものか……）

美綾は、ユカラとともに馬を引きながら考えた。気骨のある娘だろうと、それを下々の者に披露する気はないのだ。不用意に顔をさらすことはしないし、声ですら聞かせない。

（ユカラの立場でしか会えないとなると、どんな人か知る機会は少ないか）

石井へ戻った将門は、小家で一番ましな建物を見つくろい、住人をよそへ移らせて客人の宿所にした。急ごしらえの内装をユカラが手伝ったので、美綾も目にしたが、鎌輪の屋敷内部を見てきただけに、将門の気まずさはよくわかった。狭い室内はほとんどが土間で、奥に狭い板間が、やや大きめの寝台程度にあるだけなのだ。

もっとも、ユカラが掘っ立て小屋の寝起きを何とも思っていないので、今では美綾も、土間に干し草を敷いて寝るのがよくないとは思わなかった。将門自身もそうしているのだ。それでも、将門が従妹を、鎌輪の奥方と同レベルの待遇で迎えたく思うのは当然だった。

石井へ着いても、琴葉はたいそう寡黙だった。言いたいことは乳母を通して伝え、自分自身は語らない。そういうものだと納得しかけていたら、将門が話しかければ違うのだとわかった。

屏風《びょうぶ》や壁代《かべしろ》をできるかぎり整えた将門が、琴葉と乳母を中へ通したときだった。彼は粗末な宿所をわびてから言った。

「明日《あした》になったら鎌輪へ案内するよ。あちらにはふさわしい寝床があるし、ふさわしい衣なども用意できるだろう」

「いいえ、まいりません」

ユカラは戸口を出たばかりだったので、この声が耳に届いた。思わず足を止めると、娘がさらに意見を言った。

「お屋敷で過ごしては、父の手勢に簡単に見つかってしまうでしょう。叔母《おば》上にも迷惑がかかります。私はここにいます」

細い声だが、曖昧《あいまい》なところのない口ぶりだった。将門は説得する調子になった。

「ここには、満足な世話のできる女たちがいないのだよ。伯父上のお耳に入ったとき、いっそう不都合なことになるだろう。琴葉どのをこんな場所で過ごさせたとあっては、おれとしても面目が立たない」

娘の声が少し大きくなった。

「小次郎さまは、私が来て迷惑だったのですか。私が源《みなもと》家の太郎どのと結婚させられても、何とも思わなかったのですか」

「いや、それはないが」

「決死の思いで逃げてきた私を、父の目から隠そうと思ってはくれないのですか」

いくぶんたじろぎながら、将門は言った。

「たよってくれたことをうれしく思っているし、だれだろうと他の男にわたす気はなかったよ。昔から決めていたことだ。だから、伯父上のなさりように納得がいかない。どうして急に意向を変えてしまわれたのか」

琴葉は拗《す》ねた口ぶりだった。

「わかりきったことです。父上が、後妻として源家の息女を迎え入れたからです。縁談を裏で仕切ったのは、あの人にちがいありません」

将門は考えこんだ様子だった。少しして言った。

「何であれ、おれは長年いいなずけだった者として、一度伯父上と談判しなくては。上総へ出向いてみるよ。そこで話がはっきりするだろう」

「小次郎さまが行っては、私の居場所がわかってしまいます」

琴葉が反対する声を上げたが、ここは将門がゆずらなかった。

「おれは、できることなら、伯父上の承認のもとで琴葉どのを迎えたい。盗み取ったように隠しておくのは、あなたのためによくない。和解につとめるべきだ。このままにしておけないよ」

二人の会話を聞きながら、美綾は『将門記』を読んだ記憶をたぐっていた。

琴葉が結婚させられる相手が「源家の太郎」と聞いて、あっと思ったのだ。

（それなら、源護《みなもとのまもる》の息子のことだ。平国香の前の常陸の大掾《だいじょう》だったのが源護だ。平家より早く常陸国に土着した一族で、国香が娘婿になっている。護の三人の息子も全員が一文字名前だったはず。扶《たすく》と、隆《たかし》と、あと一人は何だっけ……)

太郎ならば扶だと見当をつけると、落ち着かない気分になった。『将門記』の戦記は、源扶と平将門の合戦から始まるのだ。

将門が小屋から出てくる気配があったので、ユカラはあわててその場を離れ、裏手へ回ったが、胸の鼓動が速い。しばらく暗がりにたたずんで気を静めようとしていた。

(……ユカラも、不吉なものを感じ取ったんだろうか)

美綾には、琴葉という娘が、ただならないものを運んできたように思えてならなかった。

四

将門は、琴葉を豊田側へ送ることをひとまずあきらめたが、上総の伯父《おじ》良兼《よしかね》を訪ねる意志は固く、行動を起こすのも早かった。自分に同行する者を三名ほど選び、文の使者が戻らないうちに出発日を取り決めた。

佐五郎などの年配者は、土木の監督があるので石井に残った。上総へ向かうのは若者ばかりだ。真樹はこの中に入っていたが、ユカラも蝦夷の男も供には選ばれなかった。

はずされたことを知ったユカラは、すぐさま抗議に出向いた。将門の居場所を探し出すと、近くの空き地で図面を手に佐五郎と相談している。従者の若者もいたが、今は控えめな態度を捨てて進み出た。口調もめずらしく憤っていた。

「なぜです。遠出のときには必ずお供していました。今、将門さまの馬に一番詳しいのはこの私です」

将門は、ユカラがはずされて怒ると思っていなかったらしい。少し驚いた顔で少女を見やってから、なだめるように言った。

「今回は、父上の件とは関係ない用事だよ。つれは少ないほうがいい。できれば一人で出かけたいくらいで、いろいろ穏便にすませたいんだ」

「無防備です。どこに危険があるか、今もわからないのに──」

少女の言葉をさえぎって、将門はさらに言った。

「ユカラに残ってほしい理由は、もう一つある。琴葉どののめんどうを見る女が少ないからだ。しばらくここで暮らしてもらうことになったが、慣れずに不自由することが多いだろう。女同士で気づかってほしい」

ユカラは口をつぐんだ。少しおいて、小声になって言う。

「私のような異族の者がお世話しても、お気に召さないのでは」

「同族だろうと異族だろうと、男がめんどうを見るわけにはいかない。乳母どのが近寄らせないだろう。ユカラなら大丈夫だ、だれにだって気に入られるよ」

将門は明るくほほえんだ。

「おまえは胆沢城で過ごしたから、大和の風習も心得ている。その上、昔語りやら歌やら、豊富な話題の持ち主だ。語って琴葉を慰めてやってくれ、おれに聞かせてくれたように」

美綾は、ユカラが反論できなくなったのを知った。視線を下げたままだ。抗議を取り下げたと見えたが、立ち去る前にもう一言試みた。

「それでは、私は留《とど》まりますが、せめて蝦夷の兵を一人加えていただけませんか」

今度は将門も少しためらった。そして、言葉を選ぶようにして言った。

「分け隔てをするつもりはないんだ。ただ、上総へ出向く用件が用件なので、なるべく目立たずに行きたい。伯父上の屋敷でよけいな難癖をつけられないためにも」

「私どもではだめですか」

「そうじゃない。ただ、伯父上たちは少しばかり頭が固い。亡き父上のことも変わり者と見ていたふしがあった。そのうちしっかり理解していただくが、今の時点では分が悪いのだ」

ユカラは小さくうなずいたが、落胆しているのは確かだった。その様子を見て、将門は急いでつけ足した。

「おまえたちの勇敢さは他の場所で期待している。この遠出は、蝦夷の護衛を必要とするほどのものじゃないよ。難があるとしたら、伯父上の機嫌の動向だけだ」

（じゃあ、将門自身は、もうほとんど危機感を持っていないんだ。影の者に襲われたこ

とも、遠くのできごとなのか）

美綾は、くよくよしないのが将門の長所だが、楽天家でもあると考えた。もっとも、オオカミの行者は早くに小家を出て行ったし、新しい拠点づくりの煩雑さの中で、記憶が薄れるのは無理もなかった。まして、上総国への旅は南東の方角だから、警戒する気が起きないのだろう。

上総国は房総《ぼうそう》半島の中ほどにあった。現代の千葉県の領域が、北から下総国、上総国、半島先端の安房《あわ》国に分かれている。美綾は良兼の館《やかた》の場所をよく知らなかったが、琴葉と乳母が石井にたどり着くくらいなら、下総国の国境《くにざかい》とそれほど離れていないのだろう。

（女だけでも無事に逃げてこられたんだから、それほど危険な道中じゃないか。ユカラの心配しすぎかも……）

そう思うところもあったが、将門について行けないのは美綾も残念だった。危険が少ないなら、なおさら見物したいではないか。

ユカラは将門と別れると、その足で馬場へ向かった。首に下げた笛を吹いて、同族の男たちを呼び寄せる。そして、手短に説明してから言った。

「そういうわけだから、私は残るし、だれもお供につくことはできません。けれども、簡単に目を離すこともできません。将門さまが忘れておいでても、この私は、黒い影の姿や山のおかたが語ったことを忘れるわけにいかないのです」

男たちの顔を見回して、ユカラは強い口調でたずねた。

「この中で二人ほど、将門さま一行にもさとられないようにして、陰で同行してくれますか。いざというとき助太刀できるように。われこそはと思う者はいますか」

たちまち数名が名乗りをあげた。言い合いが少し静まってから、ユカラは中年の男一人と若い男一人を選んだ。

「オシヌ、モロ、あなたたちにお願いします。何ごともなければそれが一番だから、くれぐれも気づかれないようにね」

オシヌと呼ばれた浅黒い中年男は、にやっとして言った。

「若殿は目のいいおかただが、狩りの獲物に忍び寄る技は、われらの水準から言えばまだまだです。みじんも気取らせずに後につくのは簡単ですよ」


将門が出発するまでの二、三日を、ユカラはふさいで過ごした。その気持ちは美綾にもよくわかった。

本当は自分が行きたくてならないのだろう。オシヌとモロの旅じたくを用意しながらも、自分の弓や小手を見つめていることもあった。

それでも、将門の期待に応《こた》える気持ちが強かったようだ。少しずつ琴葉の宿所で下働きを始めていた。琴葉はいつも衝立《ついたて》の陰にいて、その様子がまったく見えないが、乳母の辰女《たつめ》がどういう人物かは、数日顔を合わせればはっきりした。

石井の小家で暮らすことが本決まりになると、辰女はひどく居丈高な態度になった。女主人のためと思っているのか、何にでも最初は文句を言い立てる。

ユカラが膳《ぜん》を運んだとき、辰女が真っ先にとがめたのは彼女の耳飾りだった。

「なんです、その耳のちゃらちゃらしたものは。はずしてから来なさい」

「これは一族のしきたりで、はずすわけにいかないのです」

ユカラはていねいに答えたが、辰女は顔をしかめたままだった。

「野蛮な一族だこと、体に穴を開けるなんて。そんな風習をひけらかして、琴葉さまにお仕えできるとお思いですか。見苦しいとは思わないのですか」

「野蛮ではありません。私たちは子どものうちに、細心の注意を払って耳たぶに穴をつくってもらいます。一族の大人たちの祝福なのです」

辰女は小太りな体をそらせ、少女をにらみつけた。

「口答えは許しません。私の言葉は琴葉さまのお言葉だとお思いなさい」

ユカラの声音が硬くなった。

「将門さまが、はずせとおっしゃったことは一度もありませんでした。それほどお気に召さないならば、見苦しいお仕えをせずに遠ざかりましょう」

「辰女」

衝立の向こうで小さな声がした。その一言だけだったが、乳母は急に態度を改めた。

「しかたないですね、今は大目に見ますが、異族だろうと琴葉さまへの礼儀は守ってもらいますよ」

宿所を出てから、ユカラは大きなため息をついた。楽しい仕事にならないと気づいたのだろう。美綾の感想も同じだった。将門が出かけてしまい、気晴らしの遠乗りもなく、毎日辰女の顔を見て過ごすのでは、気鬱《きうつ》な日々になりそうだ。

ふと、自分は何をしているんだろうと考える。

（ユカラの体に入って何日たったんだろう。きちんと数えなかったけど、何週間もたっているのでは。モノクロはどうしたんだろう。どうして私を助けに来てくれないんだろう……）

これまでも心配になることはあったが、ユカラとして暮らすめずらしさが興味を引くあいだは、どうにか紛らしていられた。けれども、それも薄れてくると、救出されない情況に向き合わざるを得なかった。

（人の中に入った意識体を外へ出すのは、モノクロでも手間のかかることなのかな。だいたい、私がここにいるとわかっているのかな。わからなければ、連絡をとる方法ってあるのかな……）

戻れないと考えるのはあまりに怖いので、考えないようにする。それでも、じわじわと焦燥感がわいて来た。モノクロの最初の予定では、過去への旅はおそらく一日二日のはずだった。これはどう見ても長すぎる滞在なのだ。

（過去の時間にどれほどいても、出発した同じ時間に戻れると言っていた。けれども、

それにも限度があったらどうしよう。私のこれって、けっこう大きな事故なのだとしたら）

自分の居場所をモノクロが知っていることだけでも、せめて確認できたらと願う。ひょっとすると、外界のどこかにサインが出ているかもしれないと考えた。

（今は、ユカラの目で見ることしかできないけれど、なるべく周りに注意しよう。こちらからサインを出すことはできないんだから）

何とか不安をなだめながら、美綾もため息をつきたい思いだった。

将門一行が旅立つ日となり、石井の人々は出発を見送ろうと夜明け前から起き出していた。

彼らの旅は騎馬なので、南の船着き場へは向かわず、上流の川の渡り場を横切るらしい。ほとんどの人は集落のはずれで一行を見送ったが、数名の側近は馬に乗って渡り場までついて行った。

ユカラも集落のはずれで見送る人の中にいた。不本意でも、将門が琴葉の世話を望むからには、その先まで行くことができなかった。馬に乗った人々の背中を見つめ、彼らの姿が丘の起伏に隠れ、人々が散り始めてもたたずんでいる。

ユカラが注意深く周辺に目をやるので、美綾もそれにならった。おそらく、オシヌとモロの出立を思いやっているのだ。しかし、二人の姿はわずかも見えなかった。不自然な茂みの動きなどもない。小さく息をつき、集落に戻ろうと向きを変えたときだった。

琴葉の宿所の下働きをしている若い女が、大声でユカラを呼んだ。

「はやく戻ってきて。琴葉さまがお呼びだから」

小走りに駆け寄ったユカラは、顔をしかめて言った。

「また何かで、乳母どのに難癖をつけられるの」

「ううん、乳母どのじゃなく、琴葉さまがおっしゃったの。あなたを呼んで来いって」

ユカラは小さく息をのんだ。

「本当。琴葉さまご自身が？」

「そうなの。私、初めてじかにお声をかけられて、腰抜かしそうになっちゃったよ」

とりあえず宿所へ急いだが、半信半疑なのは美綾にもわかった。ユカラはまだ一度も琴葉の顔を見たことがない。声をかけられたこともない。他の女よりさらに疎遠にされていて、将門が言ったような慰め相手にはほど遠いと、身にしみて感じていたのだ。

小家の入り口で、いつものようにあいさつを述べ、辰女の応対を待つ。しかし、乳母が出てくる様子はなく、細い琴葉の声がした。

「かまいません。お入りなさい」

簾《すだれ》をめくって中に入ると、辰女がいなかった。一目で見わたせる室内なので、不在は明らかだ。

「あの、乳母どのは……」

「用を申しつけました。鎌輪の館《やかた》まで行かせたので、しばらく戻りません」

きっぱりした口ぶりで言うと、琴葉は膝《ひざ》をすべらせて衝立の陰から出てきた。今は袷《あわせ》の着物の上に上衣《うわごろも》を数枚重ねてはおり、身分のある女性が用いる幅広の袴《はかま》をはいている。だが、もう顔を隠そうとしなかったので、目鼻立ちがあらわだった。

美綾は、ユカラといっしょになって目を見はった。年齢はユカラとそれほど変わらなく見えた。よく手入れした艶《つや》のある黒髪が美しく、一重まぶたの切れ長の目をして、色白のほおがふっくらしている。白くきめ細かな肌は、異母兄妹《きょうだい》の真樹とは似ても似つかなかった。船着き場で接したとき、なよなよした娘ではないと感じたが、切れ長の目尻《めじり》をもつ目の光に接すると、予想よりさらに強靭《きょうじん》な性格と見受けられる。

ユカラは琴葉のまなざしを真っ向から受け止めた。しりごみせずにたずねる。

「お呼びとうかがいました。私をお名指しになるご用とは何でしょう」

琴葉は小さなくちびるに笑みを浮かべた。

「この私も、小次郎さまのお見送りがしたいのです。なので、あなたにたのもうと」

「残念ですが、将門さまはすでにお発《た》ちになりました。見送りの者たちが解散したところです」

ユカラがそう言っても、琴葉はがっかりしなかった。

「知っています。でも、まだ川の渡り場に着いていないのでしょう。あなたなら追いつ

ける はずです。今すぐに馬を出せば」

　思いも寄らないことを言われ、ユカラは息をのんだ。

「そんなこと、乳母どのがお許しにならないのでは」

「だからこそ、遠くへ使いにやりました。あれは、口うるさいから」

　琴葉は立ち上がっていた。はおっていた上衣を板間に脱ぎ捨て、小袖《こそで》だけになる。そして、以前に被《かぶ》っていた薄布を手に取り、同じように頭から体を覆った。

「さあ、急いで。あなたなら、だれにもとがめられずに馬を引き出せるのでしょう。そして、人々にないしょで小次郎さまを見送ることもできる。違いますか」

　ユカラはたじろいでいた。

「でも、私は、琴葉さまの身に何かあっては」

「私が命じたのだから、あなたの落ち度になりません。あなただって、渡り場へ行って小次郎さまのお見送りがしたいでしょう。ご無事を祈りたいでしょう」

　琴葉のその言葉で、ユカラも心を決めたようだった。それ以上反対せず、琴葉の手を引いて厩舎《きゅうしゃ》へ向かった。

（さすがは、実家を逃げ出してくるお嬢さまだ。考えることが大胆不敵……）

　美綾は、琴葉の行動力に感心するべきかあきれるべきか、よくわからなかった。けれども、ユカラは馬に鞍《くら》を置きながら、次第に気分が浮き立ってくるようだった。それだけユカラも渡り場へ行きたかったのだ。琴葉の提案を拒めるはずがなかった。

ユカラが乗る栗毛で鼻筋の白い馬は、この日、妙に気が立っていた。厩舎からたくさんの馬が出て行ったのに、自分が取り残されたせいかもしれない。琴葉を相乗りさせようとすると、なかなかじっとせず、ユカラが手を焼くほどだった。琴葉が怖がったかと何度も表情をうかがったが、このお嬢さまは意外に怯《おび》えていなかった。

「知らないでしょうけど、私にも乗馬の心得はあるのよ。家の外へ出たこともない、都の姫君とは違います」

琴葉の言葉に嘘はなかったようだ。二人乗りで走り出すと、後ろの琴葉も心得ているのがわかった。気の立った馬はすぐに早駆けに移ったが、ユカラに合わせてうまく体を使っている。美綾は密《ひそ》かに考えた。

（お付きの乳母が壁をつくっていたけれど、それさえなければ、この二人、案外似たところがあるような……）

ユカラも、将門の従妹《いとこ》に親近感を持ち始めていた。琴葉が背に寄り添い、腰に手を回していることに、当初あった硬さが急速に抜け落ちていく。身分差の遠慮をやめて気を許したのだ。

将門たちに追いつくため、ユカラは川沿いの道を通らずに高台を走らせていた。馬を飛ばすには丘陵の草地のほうが都合がよかった。やがて、ゆるやかに下った先に川岸の木立が見えてくる。たづなを繰《く》って馬の速度をゆるめ、後ろの琴葉に言った。

「あの林の先は急な崖《がけ》で、崖下に渡り場の河原が見えます。木陰から見守れば、将門さまも他の人たちも、私たちがいることに気づかないでしょう」

「そうね、だれも気づかないでしょう」

笑い声を上げ、琴葉は言った。馬が並足になると、蝦夷の少女の腰にしがみついていた腕をほどく。

「まだ、手を放しては危ないですよ」

ユカラが注意すると、琴葉は歌うような口調で言った。

「だれも知らないでしょう、だれも見ていないでしょう。今から何が起きようと」

そして、再びユカラの体に手をかけたが、腰に回したのではなかった。両手でのど首をつかんだのだ。ユカラはぎょっとしてたづなを引いたが、声を出せなかった。琴葉の指が驚くほどの力でのどにくいこんでいた。美綾も仰天した。

(息ができない……)

意識体の美綾までそれを感じた。ユカラと同じように命の危険を察し、同じショックにわなないた。相手をふり放そうと、やみくもにもがく。鞍の上でしばらくもみあい、重心がそれて琴葉もろとも落馬した。地面で左肩を強打したが、衝撃に琴葉の手がゆるみ、その隙に蹴《け》り上げることができた。

胸のあたりを蹴られ、琴葉はころがって少し遠のいたが、間をおかずに険しい形相で体を起こした。

「なんてことをするの。この私に向かって」

（こっちが言いたいセリフだよ）

美綾は思ったが、ユカラはすぐにものが言えなかった。のどに手をあてて咳《せ》きこみ、かすれた声をしぼり出す。

「なぜ、殺すの」

のどがつぶれそうだったが、左肩の痛みはそれ以上に深刻だった。起きようとしても左腕で支えきれない。吐き気のする痛みが続き、骨折か脱臼《だっきゅう》をしたようだった。美綾も、この危機に気づいた。琴葉はユカラほど負傷していない。蹴られてもひるまず、今は立ち上がっている。頭を覆う薄布をどこかへなくし、きれいに梳《と》かしていた髪が乱れ落ちているが、その隙間に見える目は異様なほど輝き、気迫に満ちていた。

「よくも、なぜなどと聞ける。おまえはじゃまだからよ」

美綾が以前に知った殺気の匂いが、今は琴葉からただよっていた。もっと早く気づかなかったことにあきれる。先入観が紛らせたのかもしれない。

ユカラは周囲を見回した。栗毛馬は逃げ去っていた。丘の草地には人の姿も見当たらない。人目を避けて高台を選んだのだから、それも当然だった。

「どうして、あなたのじゃまなんか」

「とぼけるのはやめて。おまえが小次郎さまを追いかけていることくらい、私だって知っている」

琴葉は胸の合わせに手をやり、細身の懐刀《ふところがたな》を取り出した。鞘《さや》を抜くと刃わたり十五センチほどの小刀だ。よく研がれた刃《やいば》が光り、十分殺傷力がありそうだった。

「蝦夷の小娘など、小次郎さまには必要ない。この私がいるのだから」

ユカラはくちびるをかんだ。今は自分の武器を身につけていない。急いで出てきたので装備する暇がなかったのだ。

「目ざわりなら、去れと言えばいいものを」

肩の痛みにかまってもいられず、ユカラは必死の思いで立ち上がった。対する琴葉は、小刀を握り直して切っ先をこちらに向けていた。

「いいえ、おまえは生きている限りじゃまになる」

相手がつめ寄るのを見て、ユカラは身をひるがえした。幸い足には余力があったので、思い切って木立へ向かって走って行く。身を守るもののない草地より分があると見たのだ。一歩ごとに痛みが襲い、美綾も声を上げたかった。だが、琴葉の刃にかかるよりはましだった。

ユカラは足が速かったが、琴葉は不思議なくらい追いすがってきた。木立にたどり着いたときには、もう少しで背中を刺されるところだった。危うくかわしたが、刃先がかすり、衣が裂けた。

木の幹のあいだを逃げ回ることで、しばらくは相手の攻撃を防げた。それでも、逃げの一方では悪あがきにしかならなかった。武器代わりになる枝が落ちていないかと目をやるが、適当なものがない。片腕が使えないとなると、できることも少なかった。

痛みと疲れで動きが鈍ってきて、かすり傷をあちこちに受けた。琴葉には、無尽の体力があるように見えた。目に狂熱を浮かべ、ひと息つく必要も感じないようだ。次の一撃が致命傷になるかと、美綾も何度も思った。

(この場でユカラは死ぬのかな……死ぬと、私はどうなるのかな)

うっすら考える。ユカラが死ねば、美綾も死を味わうのだろうか。死を体験したというのに、もとの美綾と同じ美綾でいられるのだろうか。

しかし、ユカラがまだ逃げること、一歩動くことだけ考えているので、美綾も深く考えられなかった。傷が痛い、足が重い、息が苦しい、汗が流れ落ちる、死にたくない……今の一瞬を共有することで精いっぱいだった。

このあたりに多い、細い落葉樹の木立でも、枝をはった木の下は薄暗い。鳴く鳥の声も消え、二人の攻防がたてる音だけが林に響いている。ユカラとともに目をこらし続ける美綾は、ふと、薄暗がりに琴葉の輪郭が見えるような気がした。

(……ついに、目がかすんできたのか)

最初はそう思った。だが、その輪郭は、気づくとさらにはっきり見えてきた。かすかな光の縁取りで、夜の暗闇ならもっと見えるだろうと感じる。

(なぜ、この人にも)

疑問を抱いたそのとき、ユカラの膝《ひざ》がくずれた。足が上がらず、木の根につまずいたのだ。倒れ込んだユカラに、刃物をかまえた琴葉が覆い被さってきた。

蝦夷の少女は、とっさに土と枯草をつかみ、琴葉の顔に投げつけた。目つぶしの役には立たなかったが、ふり下ろす刃先をずらすことはできた。琴葉の体重をのせた小刀は、ユカラの左の腕につき刺さる。そして、かすり傷とは言えない深さで肉にくいこんだ。

少女はたまらず悲鳴を上げた。琴葉は顔をふって枯草を除くと、ねらいがはずれたことに毒づき、刃を力いっぱい引き抜いた。激痛で息がつまり、悲鳴も出なくなる。琴葉は、血に染まった小刀を手にして薄笑いを浮かべた。今はユカラに馬乗りになっていた。のしかかられたユカラには、もう相手をはねのける力が残っていなかった。

「まったく手間どらせて。憎いから、息の根を止める前に切り刻んでやろうかしら。そうね、最初は、その不愉快な耳飾りを耳ごと削《そ》いであげる」

琴葉の口調は楽しんでいるようだった。ユカラは頭をふってもがいたが、琴葉は無慈悲に片耳をつかんで引っぱり上げた。どうすることもできない。

(こんなのって、ない)

美綾は叫びたかった。

(モノクロはどこ。どうして助けてくれないの。私がこんな目に遭っているというのに)

神様とは、こういうものなのかと思う。生きものに何があろうと、実際はほとんど関心がないのだ。生きものがどれほど切なく願おうと、聞き届けたりしないのだ。理不尽に死んでいくのが、この世では当たり前のものごとなのだ。

ユカラがついに目をつぶった。間近にある冷酷な顔をこれ以上見なくてすみ、美綾もほっとした。そのため、のしかかった琴葉に衝撃が走ったとき、何があったかわからなかった。

急激にユカラの体にのった重みが消える。

近くに倒れこんだ音が聞こえた。さらにもみあう騒音、唸《うな》り声、言葉にならないかん高い声が響く。悲鳴ではなく怒り狂った声音だ。ユカラがあわてて頭をもたげ、音がする方向を見やると、毛深く大きな灰褐色の生きものが二頭、琴葉とからみあっていた。

太い唸り声はけものが発していた。かん高い声は琴葉のものだが、こちらもけものじみて聞こえる。だが、その叫び声は長く続かず、ふっつり途絶えた。

けものの唸り声も同時にやみ、すべてのものごとが一瞬止まった。それから、灰褐色のけものが飛びすさり、琴葉はうつ伏せのまま残された。美綾は静止したけものを見て、初めて犬型なのを見て取った。

（あれが……ニホンオオカミ？）

だとすると、彼らは美綾が想像したよりずっと大きかった。現存するニホンオオカミの剝製《はくせい》や骨は、中型犬くらいの大きさと記載されていたはずだ。しかし、目の前にいるオオカミは、胴の長さが一メートル以上あり、さらに太い尻尾が長くカーブを描いていた。腰のあたりが絞られたほっそりした体格で、意外に脚が長い。体高は大人の腰くらいありそうで、毛の色は、首筋や耳などが褐色、他は灰色や白っぽい毛が交じっていた。

薄赤い舌を出して荒い息をしているので、鋭い牙《きば》の長さがよく見て取れた。牙の色は白くない。木陰では黒っぽく見える血に口全体が染まっているようだ。横たわった琴葉は身じろぎもしなかった。小刀は離れたところに飛んで落ちていた。

　ユカラは木の幹にすがって半身を起こしたが、それ以上は動けなかった。少しのあいだこの光景をながめてから、オオカミに向かって小声で言った。

「あなたがたの裁きを受け入れます。ですから、この私を同罪と見なすのであれば、私の命もお取りください」

　美綾はぎょっとしたが、ユカラは本気で言うようだった。琴葉の殺意には最後まであらがったくせに、オオカミにはみずからさし出すつもりなのだ。

　だが、二頭のオオカミは、すでに殺気を匂わせていなかった。ユカラが語るあいだはこちらをながめていたが、興味をなくしたように身をひるがえし、木立の向こうへすばやく走り去っていった。

(……食べるために仕とめたわけじゃなかったんだ)

　美綾は考えた。襲われた琴葉が息をしていないのは、いやでもわかった。うつ伏せに倒れて顔を横に向け、薄く目を開けたまま何も見ていない。出血はそれほど多くないが、首筋と小袖《こそで》の襟《えり》は血に染まっていた。オオカミが獲物を仕とめる要領で、琴葉の頸椎《けいつい》に牙を立てたのだと見えた。

　命びろいしたという思いが、少しずつわいてきた。オオカミが来なければ、死んで横たわったのはユカラだったはずだ。そうは思うものの、目の前で人が殺害された事実、その体がむぞうさにころがっている事実は、自分を殺そうとした相手だろうと胸にこたえた。死体を見るのがだんだん恐ろしくなってくる。早くこの場を離れたかった。

しかし、蝦夷の少女は、脱力したように座ったままだった。小刀で刺された最後の傷が深く、押さえていてもなかなか血が止まらない。今は、両手ともすっかり血まみれになっていた。他のかすり傷も合わせると、死体となった琴葉以上の出血量かもしれなかった。

木の幹に寄りかかったまま、倒れた琴葉を見やり、ため息とともにつぶやく。

「将門さまに、何と言えば……」

まだ命びろいしたとは言えないと、美綾も気がついた。今のユカラには薬の持ち合わせがない。自分を治療する気力もない。このままだれにも知られず時間がたてば、どうなるかわからなかった。

頭がぼんやりしてくるのは、美綾もユカラも同じだった。体の痛みに慣れてしまったのか、感覚が麻痺《まひ》したのか、だんだん傷の痛みが鈍くなり、体力を使い切ったせいで眠くなる。一度意識が途切れ、人の足音の響きにはっと目が覚めた。

「ユカラさま」

駆け寄ってきたのは、蝦夷の男たちだった。オシヌとモロ以外の馬場に残った連中だ。ありがたく思ったが、心も体もつらくて笑みを浮かべられなかった。

「どうして、私がここにいると」

「三峰の行者どのが来られて、助けに行くよう告げていかれました」

男は答えながらも、この場の惨状にぎょっとしている様子だった。

「早く傷の手当てを。あなたに何が起こったのです。そちらで死んでいる女は、いったいだれなんですか」

ユカラはすぐに答えられなかった。男たちに体を動かされて、再び激痛が走ったのだ。思わずうめき声を上げ、痛みをこらえるうちに気が遠くなりかける。ようやく顔を上げ、あえぎながら言った。

「その亡きがらを丁重に、従妹《いとこ》の君の宿所へ運んでください。それと、だれか、将門さまを追いかけてお知らせして。オシヌかモロに伝言してもいい、一刻も早く、従妹の君が亡くなったことをお耳に入れるのです」

だれもが信じられない面もちで、死体のほうを見やった。

「若殿のいいなずけどのが、なぜ、こんな場所で」

「きっと石井の人々は、私がつれ出して殺したと考えるでしょう。あなたたちが亡きがらを運べば、蝦夷全体が疑われるでしょう。そうした人々の疑惑を晴らす力があるのは、将門さまだけです」

切羽詰まった口調になりながら、ユカラは言い続けた。

「従妹の君の命を絶ったのは、私ではなくオオカミです。亡きがらの傷を調べればわかるはずです。けれども、将門さまがその目で確認され、信じてくださらなくては、たしかな証拠も意味をなしません。上総からのお帰りを待っては間に合わない。すぐに引き返していただかなくては」

「わかりました。何としても戻っていただきます」

聞くうちに表情を険しくしながら、男の一人が言った。

「このひどい傷を負わせたのは、従妹の君なのですね」

ユカラは何か言いかけたのだが、その内容は美綾にもわからなかった。急速に意識が遠のき、何も見えなくなったのだ。指示を出すためにふりしぼった気力が、あっという間に底をついていた。ユカラが気を失えば、自分も気を失うのかとぼんやり考えたが、いやほど苦痛を味わった後なので、感覚がなくなるのもありがたいと思えた。


ユカラは傷の手当てを受け、蝦夷の小屋に寝かされた。しかし、それから高熱を出して数日動けなかった。ユカラが熱に浮かされると、美綾も同じ体験をするらしい。周囲のことがはっきりせず、看病されることも夢うつつだった。

苦痛以外のことを考えられるようになったのは、おそらく三、四日後だった。

（……あれから、琴葉の遺体はどんな物議をかもしただろう。葬儀はどうなっただろう）

簾《すだれ》を半分ほど下げた戸口から、朝の光が明るく射し込んでいる。ユカラが屋根裏の木組みを見上げている。簾の外は静かで、人々の喧噪《けんそう》などは聞こえなかった。蝦夷たちの小屋は、集落の中心から離れたところに建ててあったのだ。

今は、ようやく熱っぽさを感じなくなっていた。けがの痛みもだいぶ引いたが、体を動かそうとするとやっぱり痛んだ。左腕には添え木を当て、肘《ひじ》から肩まで包帯でぐるぐる巻きにしてある。

しかし、意識がはっきりしてみると、じっと寝ているのはむしろ苦行だった。背中も腰も寝過ぎたせいで痛む。ユカラは、右肘をついてそろそろと体を起こそうとした。すると、まだ起き上がりきらないうちに、戸口の簾をめくって若い女が入ってきた。頭を布で包み、小袖にたすきをかけた姿だ。ユカラの様子に気づくと、持っていた容器をあわてて置き、そばにかがみ込んだ。

「起きられるの。大丈夫?」

「もう平気」

ユカラはほほえんでみせた。心を許せる相手のようだ。美綾は若い女の顔を見返して、ひたきだと気がついた。

(この子も石井へ移って来たんだ……)

ユカラは前から承知していたようだ。ということは、これまで看病してくれたのもひたきだったのだ。訪れた娘はユカラの額に手を当ててると、顔を明るくした。

「本当だ、熱が下がってる。傷から悪いものが入ったかと心配だったけど、このぶんだと持ちなおしたね」

「うん。私も、ちょっと覚悟したんだ。ひたきが世話してくれたおかげ」

ユカラが感謝すると、娘はかぶりをふった。

「たいしたことしてないよ。蝦夷の薬草がよく効いたんだと思う。よかった、最悪なことにならなくて。ユカラまで死なずにすんで……」

死んだ琴葉の姿が目に浮かんだのだろう、ユカラは一瞬言葉につまった。だが、すぐに声をはげまして言った。

「死なないよ。今はおなかが空《す》いてきたもの。それに、早く水浴びしに行きたい」

涙ぐんだひたきも、これを聞くと小さく笑った。

「水浴びは当分無理でしょ。でも、朝ごはんが終わったら、当て布を換えるときに体をふいてあげる」

ひさびさに空腹なのは本当だった。汗をかいた体が気持ち悪いのも本当。美綾はしみじみ考えた。

（生きているって、こういうことだよね……）

肉体を持たなければ必要ないことばかりだ。生きた体を維持するには、あれこれ手がかかるものなのだ。苦痛はありがたくないが、これがないと生きる実感もわかないのかもしれない。苦痛が去り、楽になった喜びも味わえないのであれば。

ひたきは、ユカラに雑穀の粥《かゆ》を食べさせると、桶《おけ》に汲《く》んだ水で体をふいて、別の小袖に着替えさせてくれた。厠《かわや》へも、体をささえて付き添ってくれた。そして夕方になり、熱や痛みがぶり返さないのを確かめると、いくぶん改まった口ぶりで言った。

「ユカラに話ができるようになったら、佐五郎どのに知らせる約束なの。小次郎さまが直接聞きたいことがおありだって。今はお知らせしていいよね」

ある程度予想のつくことであり、ユカラはすなおにうなずいた。だが、ひたきが小屋を出ようとすると呼び止めた。

「待って、ひたき。従妹の君は……もう埋葬なさったの」

「うん。私は立ち会っていないけど」

「石井の人たちは、これについて何と言っているの」

ひたきは困った様子になり、ほつれ毛をなで上げた。

「そりゃ、いろいろとね。みんな、小次郎さまをお気の毒に思っているもの。父君を亡くされたばかりなのに、いいなずけの君まで急死なさるなんて。しかも、石井にいらしてからでしょう。何があったのか、私たちにはわからないことばかりだし」

ユカラは静かにたずねた。

「ひたきは、私があのかたを亡きものにしたとは思わなかったの」

「本当のことを言うと、最初は少し思った」

ちらりと舌を出してから、ひたきは続けた。

「でも、すぐに思わなくなったよ。小次郎さまが、ユカラを看病するようおっしゃったから。あなたや蝦夷の人が関わっていたなら、私に命じたりできないでしょう」

ユカラはため息をついた。

「将門さま、すぐに引き返してくださったんだ」

「そう。おいたわしかったけれどね。戻るなり従妹の君の宿所に直行して、それから一晩中出ていらっしゃらなかった」

ユカラが何も言えなくなると、ひたきはやさしくつけ加えた。

「心配しないで。小次郎さまは公平なおかただよ。ユカラが話せるようになったことを、きっと喜んでくださるよ」

将門が蝦夷の小屋へやって来たのは、次の日の夕方だった。ユカラは前日よりさらに回復して、日中はずっと起きていた。将門と顔を合わせたのは小屋の前の空き地だ。蝦夷の男が篝火《かがりび》を焚《た》き、主人たちの腰掛けを用意していた。

将門は佐五郎を伴っていたが、他には付き人がいなかった。内輪の訪問にするつもりなのが見て取れる。蝦夷の男も彼らが来ると立ち去り、少なくとも見える範囲にはだれも出てこなかった。

将門たちが篝火に照らされて腰を下ろした場所に、進み出たユカラがぎこちなく膝《ひざ》をついた。頭を下げたままでいると、将門が口を開いた。

「別に尋問にきたわけじゃない。半分は見舞いのつもりだ。けが人がそうかしこまるな」

前と変わらぬ気さくな口調だった。それでもユカラが目を伏せていると、さらに言った。

「熱が下がってよかった。それほど深い傷でなくても、高熱を出して死んでしまう者がいるものだ。先に言っておくが、琴葉が死んだことでおまえを責めるつもりはない。どうしてこうなったのか知りたいだけだ」

ユカラはようやく将門を見上げた。火影に見る将門の顔は、以前よりやつれていた。そぶりに出さないよう努めているが、胸の内は沈痛にちがいない。

「申しわけありません」

思わず口から出てしまったように、ユカラはあやまった。

「私が至らなかったのです。琴葉さまのお気持ちが、私にはわかりませんでした。今も、どうしてなのか思いつかないのです」

「琴葉がおまえを殺そうとしたことを言っているのか」

ユカラはくちびるをかんで黙ったが、将門は静かに言った。

「そこは隠さなくていい。おまえの切り傷が刀傷なのは知っている。琴葉の小刀も見つけている。それに、おまえの首には指のあざが残っていた。看病したひたきも認めている」

小声になってユカラは言った。

「琴葉さまは、将門さまのお見送りに川の渡り場まで行くとおっしゃいました。それで、馬を出して後ろにお乗せしたのです。首を絞められたのはその最中でした……」

「乳母の辰女はどうした」

「不在でした。鎌輪の館《やかた》にお使いに出したとおっしゃいました」

将門は眉《まゆ》をひそめた。

「そこがおかしいのだ。乳母はあの日から行方知れずだ。鎌輪の者にも問いただしてみたが、姿を見た者はいない」

佐五郎が口をはさんだ。

「辰女も死んでいるのでしょう。琴葉どののお命を奪ったオオカミが、この付近をうろつくのであれば」

「オオカミが幸島に出没したというのも、今まで聞かない話ではある。だが、ユカラは見ているのだな。オオカミが琴葉を襲ったところを」

ユカラは最後に見たオオカミの様子を少し語った。琴葉の咬《か》み傷については、将門も目にしていた。

「オオカミが人を襲ったとしても、動けないユカラを見逃したのは不思議だな。けものはふつう、仕とめやすい獲物を先にねらうものだ。それだけユカラに天の加護があったのか、何かの判定だったのか」

そう言ってから、将門は重いため息をついた。

「しかし、琴葉とて、あのような死に方をしていい娘ではなかったはずだ。幼いころからじゃじゃ馬だったのは認めるが、心根はまっすぐな人だったと思う」

ユカラはつらそうに何か言いかけたが、思いなおして口をつぐんだ。佐五郎も黙っている。場がしばらくしんとした後で、再び将門が言った。疲れた声音だった。

「おれの落ち度かもしれない。琴葉がわざわざ石井をたよって来たというのに。おれの態度に不満があったのか、心づかいが足りなく見えたのか。よかれと思ってしたことは、すべて裏目に出たようだ」

たまらなくなったように、ユカラがさえぎった。

「違います。落ち度があるとしたら私のほうです」

（ユカラって、自分のせいにしすぎる……）

美綾は密《ひそ》かに気をもんだ。原因になることは何一つしていないのに、そう聞こえてしまうではないか。先ほども罪もないのにあやまっている。いっしょにいる美綾としては、これ以上苦しい立場に立ってほしくなかった。

（この子もわかっているはずなのに。異民族ってだけで、何もしなくてもぬれぎぬを着せられやすいことくらい）

案の定、佐五郎が厳しい口調で制した。

「気をつけてものを言うのだ。住人の中には、おまえのしわざと決めてかかる者もいる。若殿がお認めにならないからいいものの、蝦夷がオオカミを操《あやつ》ったとまで言われるのだぞ」

将門はユカラを見つめた。少女がすぐにうつむいたので表情はわからない。だが、ユカラにかけた声は意外に柔らかかった。

「おまえは、自分にどんな落ち度があると考えているんだ」

「琴葉さまはおっしゃいました。私が、将門さまを……」

ユカラの声が小さくなった。先を言えずに言葉がとぎれ、ついに言えないまま結論づける。

「私がいけなかったのです」

そのとき、近くの暗がりで声がした。

「それは違いますぞ。北の娘に過失はない」

将門と佐五郎が警戒して立ち上がったのと、声の主が火明かりの届くところまで歩み出たのが同時だった。長い杖《つえ》をついた痩《や》せた男が立っていた。染めない布の上下、腰には毛皮。結ばない長髪が肩に広がっている。

将門が驚いた声を上げた。

「三峰の行者どのではありませんか。いつ、幸島へいらしたんです」

ユカラはすばやく立てずにいたが、行者が将門の問いに答えるより早く、地面に手をついて平伏した。

「救っていただいたことを感謝いたします。あなたさまが同族に知らせてくださったおかげで、こうしてことなきを得ました」

将門はまばたきしてユカラを見、再び行者を見やった。

「それでは、あの日にすでに幸島におられたのですか」

「私どもは、影の者を追い続けています」

行者の長《おさ》は答えた。つれの二人の行者は姿を見せず、この場に出てきたのは彼一人のようだ。悠然と歩いてきたが、篝火からはだいぶ遠いあたりで立ち止まった。

「従妹《いとこ》どのが死んだことに、北の娘の責任はありません。将門どのにもありません。あの娘はすでに影の者になっていました。あれが人に乗り移るものだと、私どもも最近さとったところです。あなたがたは悲しまずともよろしい。山の民もみな同じようでした。息の根を止めることが慈悲なのです」

佐五郎が小声で言った。

「もしや、オオカミを放ったのは行者どのでは」

将門は信じられないようにたずねた。

「乗り移るとはどういう意味です。人がなぜ、そんなものになるのです。いったい何が起こったのですか」

「〝えやみ〟でしょう」

行者の長は低い声音で答えた。

「特殊な〝えやみ〟なのです。正気を失い、そばの者に殺意を抱きます。いつからか山の民がこの〝えやみ〟の運び手となったようです」

ユカラが大きく息を吸いこみ、そっとつぶやいた。

「琴葉さまが、影の者……」

美綾には少しわかる気がした。あのとき木の陰で、琴葉の輪郭が薄く光るのを見ていたからだ。ただし、これがどういうことかは思いつかなかった。

(伝染病だったら、もっと周りの人が罹《かか》っているはずだけど。でも、琴葉が人が変わったみたいになったのはたしかだった。何かが取り憑《つ》いたという意味だろうか)

将門がさらにたずねた。

「琴葉を〝えやみ〟にした者を成敗するには、どこを探せばいいんです」

「山の民であれば、私どもが始末します。八幡宮《はちまんぐう》前で遭遇した影の者たちのことです」

行者の長は杖を持ち直し、暗闇に光るまなざしで将門を見つめた。

「お気をつけなさい。私どもは人の呪いに慣れないが、影の者の動きには呪詛《じゅそ》があるのを感じます。あらかじめ害する標的を定めてあるかのようだ。関わらずにすませたいところだが、山の民が関わってしまったからには、私どもも成敗に尽力しましょう」

将門たちが言葉を返せずにいるうち、行者の長は暗闇に溶けこむようにいなくなってしまった。どんなしぐさをしたかも見えず、かすかな音一つたてなかったので、あっけにとられて木陰の闇を見つめるしかなかった。

しばらく立ちつくしてから、将門がため息をついた。

「さすがは浮世離れしたおかただな。行者どのの言葉で、おれにはのみこめなかったことも多いが、一つだけたしかにわかった気がする。琴葉どのの死をいつまでも悔やんでもしかたないということだ」

佐五郎がうなずいた。

「そうですな。琴葉どのが幸島におられただけでも、申し開きのしにくい事態だったのです。亡くなった今となっては、嘆くほかにもするべきことがあります」

「わかっている。上総の伯父上《おじ》とのつながりを、たやすく失うわけにはいかない」

将門は、思いめぐらせながら言った。

「今は伯父上を信じて、修復の努力をするべきだな。できるだけ率直な文を書いて送り、他意がなかったことを示そう。こちらの誠意の見せどころかもしれない」

「それでこそ、若殿です」

将門はユカラを見やった。

「おまえも嘆く必要ないぞ。それどころか、生きのびたことを誇りに思っていいのだ。行者どのに言わせれば、あれはすでに琴葉じゃなかったようだ。おれも、死んだのがユカラでなくてよかったと思っている。早くその傷を治して、前のように遠乗りについて来い」

彼らは立ち去ったが、将門のこの一言でユカラの胸のつかえが取れたのが、美綾にもよくわかった。急に体の血のめぐりがよくなり、呼吸が楽になり、痛んだ腕も軽くなったのだ。体調の変化は驚くほどだった。

（これって、つまり……）

ユカラの目で見るようになって長いので、美綾も意外だとは思わなかった。絶えず将門を追う視線から、うすうす感じていたことだ。将門の姿が視界に入るといつも快いので、その感覚に美綾までなじんでしまっている。ふり返ると、どこかくすぐったかった。

(最初は、神の家のおばあさんの指示だったはず。この気持ちは、ユカラ一人の秘密だろう。だからこそ、琴葉の死に過剰に後ろめたさを感じたんだ。将門が、琴葉の死を乗り越える決心をしたこともうれしくて……)

美綾が考えこんでいるあいだに、ユカラの周りには蝦夷たちが集まってきた。篝火《かがりび》を焚《た》いた空き地は、彼らのつどいの場所でもあったのだ。仕事を終えた人々が戻り、夕食の時間になっていた。

ユカラが起き出して座っているのは久しぶりなので、何人もがうれしそうに話しかけてきた。ユカラは明るく応じ、人々も安堵《あんど》した表情だった。和やかな空気が広場に満ちている。

美綾は会話のほとんどを聞き流していたが、ふと、ユカラの話し相手ではなく、その後ろに控えている若い男に注意が向いた。

(この人、耳飾りがない……)

ユカラとして過ごすうちに蝦夷の男の顔はぜんぶ見覚えたが、この若者はその中に入らなかった。しかし、周囲の人々がよそ者として扱う様子がない。特別な立場の人物なのだろうか。

　着ている衣服は他の人とあまり変わらなかった。垂領《たりくび》の両襟を紐《ひも》で結んだ黒っぽい直垂《ひたたれ》と、裾《すそ》をくくった白茶けた袴《はかま》だ。だが、頭に烏帽子《えぼし》を被《かぶ》っていなかった。後頭部で束ねた長髪が、そのまま見えている。そして、周囲の蝦夷の特徴とは異なる、滑らかな顔立ちをしていた。細い鼻筋と薄目のくちびる。すっきりした眉目《びもく》。どこかで見かけた顔のようでもある。

（将門や真樹にも似ていないけど、若い部下にこんな人いたっけ……）

　美綾が思いめぐらせるあいだに、その若い男は、美綾が注目したことに気づいた様子だった。ユカラは手前の男と話しこんで、そちらを見ていないのにである。

　男はこちらに手をふってみせると、小袖《こそで》を着た若い女をユカラの視界に引き寄せた。空き地にいるのは男ばかりだったので、若い女の姿は目立った。それなのに、集まった人々はだれも注意を払わない。すぐ隣りの蝦夷の男も目を向けない。美綾はこっそり息をのんだ。

（どうしてなの……）

　若い女は、もちろんひたきではなかった。ひたきより背丈のある十代の娘で、日焼けや肌荒れのない顔や手をしている。小袖は薄紅の染め模様もまだ新しく、型くずれせず、少し着慣れない様子だった。ゆるく束ねた髪は腰のあたりまであり、美綾が伸ばしたことのある最長より長い。

　それなのに、この娘の顔立ちは、以前毎日鏡に映していた渡会《わたらい》美綾の顔だった。

度肝を抜かれて見つめると、何が起きているのか理解できないうちに、招かれている感覚に打たれた。そして、美綾はごく自然な調子で飛び出していた。ユカラの体よりも親近感の強い、自分自身の姿に引っぱられたのだ。

「あっ」

おそらく数ヶ月ぶりに声が出た。しかし、自分の声なので違和感はなかった。若い男が美綾の右腕をつかんでいることを知覚する。視界がすっかり入れ替わり、耳飾りのない男はすぐ隣りにいる。顔をしかめて見上げ、見えたものに驚いた。

「黒田《くろだ》くん……なの？」

若い男は美綾を見下ろし、柔らかくほほえんだ。

「遅くなってごめん。やっと回収できた」

耳飾りのない男は、この時代にふさわしい扮装《ふんそう》で出てきたモノクロの未来型、３Ｄ映像なのだった。そして、薄紅の小袖を着た女は美綾自身だった。そのことがはっきりのみこめると、安堵と同時に怒りがわいてきた。

「遅いよ。こんなに時間がたつまで、いったい何してたのよ」

「ちょっと、いろいろ想定外で。ごめん」

「知らない。勝手に私を下界に放っておいて」

「ごめん。助けに手間取ったのは認める」

「遅すぎる。私がどんなにひどい思いを……」

言葉がつかえ、美綾はわっと泣き出した。自分の涙を自分のために流せることが、どれほどありがたいか身にしみて知ったので、それもあって遠慮なく泣いた。泣けば困る相手がそばにいるのも、同じくすばらしいことだった。

第三章　黒田

一

「あっ……」

篝火《かがりび》のそばに座ったユカラは、不自然に言葉をとぎらせた。まつげをまたたかせ、一瞬茫然《ぼうぜん》とした顔つきをする。

「大丈夫ですか」

話し相手の男が気づかうと、ユカラはあわてて言った。

「何でもない。ちょっとくらっとしただけ」

「まだ、無理をしないほうがいい。小屋へお戻りください、食事も届くころあいです」

ユカラは平気だと言いはったが、数人に抱えられるようにしてつれて行かれた。美綾《みあや》は3D男子に怒ったところだが、ユカラたちがまったく目を向けないことには気づいていた。泣き出してもやはり注意を引かない。この美綾の体は、周囲には見えないし声も聞こえないようだった。

しばらくは涙が止まらず、袖《そで》を顔から離せなかったが、だいぶ気持ちも治まってきたので、目をぬぐって確認してみる。

「今の私って、きみと同じもの？」

黒田《くろだ》は、あからさまにほっとした声音で答えた。

「そうだよ。みゃあには器が必要なんだとわかったからね。実体をもってくるのは無理だけど、映像をこしらえてみたんだ」

（この私が３Ｄ映像……）

またまた新たな体験だと考えながら、袖の湿ったところを指でなぞった。

「涙が出るし、布が濡《ぬ》れたし、生地の手ざわりもある。着物を着ている感じもあるし……」

「きみがそういう感覚を欲しがっているからだよ」

黒田は当然という口ぶりだった。

「容《い》れものの居心地が悪くて、また別の人間に同化されちゃかなわないから、そのへんはうまく特化しておいた」

「ユカラの中に入っちゃったのは事故だよ。好きでそうしたわけじゃないよ」

美綾は強調したが、黒田は取り合わなかった。

「一つ知識を増やしたよ。生きものに身体感覚は重要なんだね。モノクロは最初、きみが意識体にそれほどなじまないとは思わなかったんだ」

（……まあ、そうだろうな。神様は霊素が本来の姿だし。人を過去へつれて来たのって、

初めてだったのかな）

美綾が考えていると、若い蝦夷《えみし》の男が広場を走ってきた。二人がいるのを知らずに向かってくる。気づいたときはよけきれず、美綾と黒田の両方を突き抜けた。覚悟して息をつめたが、意識体のときのようなショックは起こらなかった。一瞬ぞっとしたけれども、それだけだ。

すぐに黒田が言った。

「大丈夫、きみの意識はプロテクトできている。物質に触れたくらいで壊れないから」

「えっ、でも、きみはいつも消えてたでしょう」

美綾は驚いて見やった。男子が平然とそこにいるのが不思議に思えた。

「ものにさわったら一瞬で消えたし、さわらなくても三分たったら消えたじゃない」

「それは、人間の目に映った状態を保つのが難しいんだよ。霊素で作ったものとしては、そう簡単になくならないよ」

黒田の目が美綾を見返した。たしかに、なくなりそうにない目鼻立ちだった。

「同じ側へようこそ。今はきみもおれの同類だから、急に見えなくするほうが難しいだろうな。でも、人間に突き抜けられるのは不愉快だから、場所を変えよう」

むぞうさに美綾の手を取って歩き出す。黒田の手が美綾の手より大きく指も長いのが触感で感じ取れた。体熱の温かさも感じる。驚くべきことだった。

（映像同士ならさわった実感があるんだ、黒田くん）

ポニーテールの男子を見上げる。すると、平安時代の庶民スタイルだということが、今さらながら気になってきた。

「ねえ、聞いてもいい。だれにも見えないのに、どうしてコスプレが必要だったの。モノクロのジョークなの。時間旅行のアトラクション？」

「いや、保険かな」

黒田は案外まじめに答えた。

「百パーセントだれにも見えないとは限らない。どの時代にも、思わぬ能力をもつ個体がいるものだよ。飛葉周《ひばしゅう》みたいな人間がいるかもしれない。未来の服装を見せるのはまずいよ」

「そっか、それもそうだね」

美綾は納得したが、黒田は思いついたようにつけ加えた。

「映像だから、同時代の範囲なら変更は簡単だよ。その格好がいやなら、平安時代のお姫さまにする？」

「けっこうです。重ね着が重くて動きにくいだけじゃない」

「映像だから、重量は関係ないんだけどね。でも、よかった。その小袖《こそで》姿のきみ、かわいいから。よく似合ってるよ」

（うわ、モノクロがお世辞言ってる）

初めてではと考える。それとも、黒田だから言えるのだろうか。手をつないでいることを意識せずにいられなかった。はにかむ思いを打ち消そうとして言った。

「どうせ、私は庶民顔でしょうよ」

黒田はにっこりした。

「そういう区分はよくわからないな。顔の判定やら美醜の評価やらは、知れば知るほど理解しにくい概念だよね」

口ぶりだけは愛想よく、ふつうの男子が言わないことを言う黒田だった。


少し歩いただけで、美綾にも、重量は関係ないということがわかってきた。ただしの足の裏に地面の反発があるにはあるが、とてもかすかなのだ。踏みしめて進むのではなく、歩くまねごとのようだった。

「もしかして、歩かなくても進めるの？」

「意識次第だよ。でも、みゃあは、生体と同じように動きたいんだろう」

今、美綾が、自分の足で歩いてうれしいのは事実だった。ここずっとできなかったことだ。隣りで黒田が、いかにも自然に歩いているのもうれしかった。だが、さすがに二人とも足音を立てない。落ちた枯葉を踏もうと小枝を踏もうと無音だった。

空き地を出て、大きなケヤキの木の下まで来ると、黒田は立ち止まって梢《こずえ》を見上げた。

「じゃ、人の来ないところへ」

気軽に言って、垂直に飛び上がる。手をつないだままなので、もちろん美綾もいっしょに飛び上がった。意識体のときに少し慣れたとはいえ、前おきもなかったのであわてた。枝をつたう必要すらなく、木の頂上までそのまま上昇したのだ。そして、本来なら座れるはずのない細い枝に、二人で小鳥のようにとまった。

集落のいぶった煙の匂いが遠ざかり、みずみずしい若葉の香りに包まれる。美綾は、あきらめ気分のため息をついた。

「黒田くんは、やっぱりモノクロだね。木の高いところが好きで」

「上下移動ができる利点は活《い》かさなきゃね」

バランスをとらなくても落ちないとわかってからは、美綾も少し気が楽になった。枝から手を離して乱れた髪をかきあげる。後ろ髪は束ねてあったが、額髪は少し短くして胸元にかかっていたのだ。

「これから、空の上にいるモノクロと合流するの？」

日が落ちて、すみれ色から紺色に移ろう雲を見上げた。もちろん、上空にモノクロがいるのが見えるわけではない。

「今すぐ合流したい？　もうすっかり懲りた？」

黒田は聞き返してきた。ケヤキの枝に片膝《かたひざ》を立て、思案するようにこちらを見やる。すねに脚絆《きゃはん》を巻いてあったが、足先は美綾と同じくはだしだった。

「そりゃあ、懲りたくもなるよ。痛かったし怖かったし」

文句を言いたい件はたくさんあったので、美綾はこの機を逃さなかった。

「神様なら、私がユカラの中にいるってわかってたよね。私が一人で出られないのもわかってたよね。それなのに、ユカラが死にかけても助けてくれないってどういうことよ。そのまま死んでたら、私、どうなったのよ。空の上にいたのに、何の予見もできないはずないでしょ」

剣幕に押されて、黒田は少し肩をすくめた。

「ユカラはあそこで死ななかったよ。オオカミが来るからそれは予想できた。だけど、痛い思いをさせたのは悪かった。パピヨンも脚を脱臼《だっきゅう》したから、生体の痛みならわかっている」

「じゃあ、私を放っておいたのは、手のこんだ映像作りでよそ見をしていたから？」

「そうじゃないが……」

黒田が黙ったので、美綾はまた髪を指ですいた。これほど伸ばしたことのなかったロングヘアが新鮮で、自分の髪らしい実感があるのもすてきだった。映像であっても美綾自身としてしっくりくる。思わず口にした。

「でも、この映像は本当に手がこんでるね。すぐ使わなくなるのはもったいないくらい」

「気に入ったならよかった。手をかけて用意したのには、ちょっとばかり事情があるんだ」

黒田を見やると、相手はいくぶん言いづらそうになった。

「じつは、すぐ現代に帰るわけにもいかなくなって」

「はあ？」

美綾は意表をつかれる思いだった。

「どういうこと。早く帰りたがったのはモノクロのほうだったじゃない」

「じつはモノクロが、以前のことを思い出したんだ。だけど、思い出したのは過去の転生がどのオオカミかということじゃなかった。以前にも見分けられなかったことなんだ」

「えっ、意味がわからない」

「モノクロは、前にもこの時代を確認しに来たことがあったんだよ。そのことを思い出した。将門《まさかど》の名前を忘れない理由を、前にも探したことがあった。そのとき、ここでは答えが見つからないのがわかって、さらに過去の時代へさかのぼった」

美綾は半笑いで言った。

「まさか、今度も同じルートで、ここからもっと過去へ行ってくるとか？」

ポニーテール男子は顔を明るくした。

「察しがよくて助かる」

「私たちも過去へ行くの？」

「いや、モノクロだけ」

「まさか、もう行っちゃったとか？」

「そのとおり。今、過去へ飛んでいる。長居しないはずだが、いつ戻るかははっきり言えない」

美綾はあっけにとられ、声を大きくした。

「あり得ない。私を置き去りにして行っちゃうなんて、無責任すぎる」

「だけど、きみ、ユカラと一体化して動かせなかったし」

「それだって無責任の一つでしょ。タイムトラベルに誘ったのはモノクロなんだから、もっときちんとフォローしてよ。こんなのって、デート中の置き去りと同じくらいひどい。だれだって怒るし誠意を疑うよ」

黒田は神妙な口ぶりになった。

「置き去りになんかしてないよ。おれがこうして残っているんだから。霊素を残して時間移動するのは、難易度が高いんだ。これはきみのフォローのためだし、手抜きもしてないよ」

さすがに美綾も口をつぐんだ。黒田がモノクロの一部なのは事実だった。置き去りに感じるのは美綾の主観の問題なのだ。

気持ちを切り替えようと、大きく息を吸いこむ。空気を肺に入れる感覚があった。身体感覚の模倣はじつに充実していた。

「モノクロは、どの時代へ行ったの。紀元前?」

男子は首をかしげた。束ねた髪がゆれる。

「いや、それほど遠くないと思う。百年か二百年くらいだろう」

「まあ、別の時代へ行きたかったわけじゃないけど。まだ時間があるなら、将門のこれからのほうが気になるし」

口にして、美綾は本心だと気がついた。ユカラとして過ごした日々のせいで、この時代の暮らしになじみ、人々を他人と思えなくなったところがあるのだ。今すぐ現代に帰れたとしても、やっぱり名残惜しく思えただろう。

黒田に確認してみた。

「モノクロが戻ってくるまでは、私の好きにしていい？」

男子はうなずいた。

「原則として制限する気はないよ」

気が晴れてきて、さらに念を押す。

「きみは私といっしょにいるの。放ってどこかへ行ってしまったりしない？」

「しないよ。そばにいるのが役目だ。モノクロの情報収集のためにも、みゃあが見るものを見ておきたい」

もう一つ深呼吸して、美綾は言った。

「それなら、私はこのまま石井《いわい》に居続けて、琴葉《ことは》の騒動のなりゆきを見たい。オオカミの行者の言ったことがどう関わるかも知りたい。さっきまで自分だったユカラのこの先を見届けたい」

「いいよ、それで行こう」

黒田は気軽に同意した。

夜はケヤキの木の上で過ごすことにした。鳥のように枝先で眠ることも、慣れてしまえばたいしたことなかった。どんな寝相をしようと落ちないのだから。

映像の体は眠りたければ眠れるが、必要ではないらしい。それでも美綾は、人並みに眠ったり起きたりしたかった。夜目が利くわけではないので、夜通し起きていても暇をもてあますだけなのだ。

（うん、いい朝……）

木の高いところで目覚めると、朝焼けの雲のうつろいや、輝く果実のような日の出をながめることができた。早朝の鳥の声が梢《こずえ》をにぎわせ、新しい一日を讃《たた》えているように聞こえる。

枝先で寝ても、鳥にわずらわされることはほとんどなかった。鳥たちは、美綾や黒田がいることを何となく察するらしい。すぐそばまで飛んできても、きれいによけて別の枝にとまっている。

あたりが明るくなると、木を下りてユカラの様子を見に行った。美綾が蝦夷の小屋へ向かうと、黒田もついて来た。

ユカラの体は順調に回復しているようだった。やがてひたきがやって来たが、笑顔で言葉を交わしている。ひたきも、もう病人用の薄い粥《かゆ》ではなく、だれもが食べる雑炊を持ってきていた。前の日まで当人として経験したものごとを小屋の外からながめるのは、まだ変な感じだった。

「そういえば、いつまでもお腹が空《す》かないね。さすがに食べものはいらないか」

美綾はつぶやき、男子を見やった。

「黒田くん、おいしいって感覚わかる？」

「知識はあるよ。〝空腹は最上の調味料〟」

「でも、空腹になったことがないよね」

「ないね。そういうめんどうは、生きものになったときまでとっておくよ」

知れば知るほど映像の体は便利だった。空中を飛びたければ飛べるし、食事をしなくても飢えないし渇かない。トイレの必要もない。着物も体もいつまでたっても汚れない。

ただし、不便な点もあった。しっかり身体感覚があっても、物体を動かすのは無理なのだ。ものの表面をなでることはできるが、少し力をこめて押すと簡単に突き抜けてしまう。忘れて何かをつかもうとしてしまい、歯がゆくなることが何度もあった。メリットとデメリットは半々ではと考える。

（割り切るしかないか。できることを活用しないと……）

ユカラに付き添っても、できることが何もなかった。ひたきの世話をながめるしかないのだ。そばに黒田もいるので、なおさら間が抜けた感じになった。

「もういい、行こう」

入り口に背を向けて歩き出したので、黒田がたずねた。

「行くって、どこへ」

「人が集まっているところ。ちょっと気になっていたんだ、石井の人たちがユカラのことをどう言っているか。琴葉が死んだ件で、微妙な立場になったのは確かだから」

黒田は少し考えた。

「〝微妙〟がよくわからないな。悪い意味？」

「うん、よくない。蝦夷は、将門のお父さんがつれて来た東北の人たちだから、言葉も文化も違うの。この土地の人には、ほとんど外国人だと思う。だいたい、蝦夷を制圧した歴史から陸奥に鎮守府《ちんじゅふ》将軍がいるんだし。だから、悪いことの原因を探すときは、蝦夷が槍玉《やりだま》にあがりやすい。気心の知れない人間に見えて差別されやすい」

美綾が説明すると、男子は顔をしかめた。

「不得意な方面だな。動物のなわばり意識の延長線上にあるという気はするが」

「人の顔の美醜もわからないようでは、理解できないよね」

当てこすりで言ったが、黒田はどこ吹く風だった。

「人間になるための情報収集も、おれの役目のうちなんだ。勉強するよ」

だれにも気づかれないのだから、どんな集まりでも大胆に割り込むことができる。ユカラだったときには、とうてい不可能なまねだった。美綾は、うわさ話に花を咲かせそうな人々をたずね歩いた。黒田は飽きもせずついてきた。

土木現場の男たち。水辺で洗濯する女たち。共同炊事場の女たち。日暮れの広場に集まる男たち。もちろん関係ないうわさ話が多かったが、根気よく数日続けると、美綾もかなり事情通になってきた。

人々は、琴葉が死んだ理由をはっきり知らないまま、漠然と不安を感じていた。作業の合間のむだ話には、将門が上総の従妹《いとこ》と正式に結婚してさえいればという、ぼやきの声が聞こえた。上総介《かずさのすけ》の職にある伯父《おじ》を後ろ盾にして、将門の立場も安定したはずなのだ。

ひそひそ話の焦点は、上総介の態度の険悪さだった。

「文の使者が、また門前払いをくらって帰ってきたそうな」

「ご息女の葬儀も耳に入れず、どうするおつもりなんだか」

「殿さまが亡くなったとたん、だれもかれも手の平を返したように」

(やっぱり、こういう話はあっというまに広まるんだな……)

美綾は考えた。奥方の意向の違いや平《たいら》一族内での立場の危うさも、だれもが承知しているようだった。黒田に言った。

「将門は、父親のかたき討ちどころじゃないかも。琴葉が石井へ来たとき、なんだかよくない予感がしたんだけど、将門にとっては災難だったって気がしてきた」

男子はぴんとこない様子だった。

「蝦夷の悪口を聞きに来たんだろう。　収穫あった？」

「それは、思ったほど聞かなかった」

話の端々でわかったのは、人々が盗賊の襲撃を恐れていることだ。この時代の関東は、群盗の出没が当たり前になっているのだった。どこそこの集落で倉を破られたという話はずいぶん多かった。将門たちが領地の見回りを絶やさないのもそのためだ。安全のためには、武力の誇示もある程度必要なのだ。

そうなると、将門の父親に忠実だった蝦夷の兵士は、一般の人たちにとってもありがたい存在のようだった。異民族で近寄りがたいとはいえ、領地にいてくれると助かると思っているようだ。

美綾は考えこんだ。

「ユカラが犯人だとか、蝦夷がオオカミを操ったとか言い出したのは、一般の人じゃなかったのかも。もっと身分が上の人物かも」

将門の屋敷はまだ完成していないが、土台の整備を終えた時点で、間に合わせに小ぶりな高床の家を一棟建ててあった。将門は最近そちらへ移り住み、表座敷を側近との会合場所に使っている。黒田と二人で行ってみると、従者が何人も階段下に待機していたので、数名が集まっていると見えた。

従者の頭上を通り抜け、簾《すだれ》を下ろした部屋の中をのぞいてみる。そう広くはない板間に、五人の男が座を囲んでいた。将門の他、佐五郎《さごろう》と真樹《まさき》の顔がある。

美綾は、あとの二人もユカラとして目にしたことがあった。常羽《いくは》の御厩《みまや》の別当《べっとう》と、将門が重五《じゅうご》と呼んでいる、佐五郎と同じような年代の男だ。重五は大男で、一同の中でも幅と座高が抜きん出ていた。

御厩の別当がここへ来ているのは、少し意外だった。別当も中年男だが、佐五郎と重五より若そうに見える。将門は多治《たじ》どのと呼び、尊重しているようだった。

そっと簾の端を抜け、座敷の隅に浮かんで会談に聞き入った。真樹がさかんに意見をのべていた。会談の案件は、上総介にどう対処するかだ。真樹がさらに続ける。

「つまり、だれかを遣《や》るならおれが行くしかないのだ。父が対話を拒否するなら、別の者が行っても同じだろう。琴葉の最期を伝えながら、立腹をなだめることができるのはおれだけだ。石井へ逃げてきたのは琴葉の意志だと、他人が言っても信じるまい」

御厩の別当が、穏やかに口を開いた。

「若殿が行くべきでないことには賛成です。真樹どのがもっとも適任だということも」

真樹が請け合う。

「おれなら屋敷に通される。血をわけた息子だ」

将門は眉《まゆ》をくもらせて座っていた。自分が行くつもりだったのに、他のみんなに反対されたのだろう。まだ渋っている口ぶりだった。

「しかし、真樹どのに押しつけてのうのうとするわけには。おれが起こした不手際だというのに」

佐五郎がいさめる口ぶりになった。

「従妹の君が亡くなったのは、若殿の不手際ではありませんぞ。それに、関係がここまでこじれた今、早まった行動を取れば命取りです」

真樹が自分の胸をたたいた。

「任せておけ、こういうときのためにおれがいる。向こうが実の親だろうと、立場は小《こ》次郎《じろう》と同じだ」

「それなら聞くが」

将門は真樹の顔を見て、ためらいながら言った。

「琴葉どのが亡くなったことに、どんな申し開きができる。恨みの矛先をそらす方便としてでも、この前のように、蝦夷がオオカミに襲わせたとは言わないか」

真樹もややばつの悪い表情になった。

「あのときは、頭に血がのぼっていた。琴葉が殺されたことが納得できなかった。今は蝦夷ばかりを疑っていないよ。信用できないなら、上総へ行くのに蝦夷の兵が同行してもいい」

重五が、うなるような口ぶりで発言した。

「石井の蝦夷は、亡き将軍の兵ですぞ。雑用に使えるものではない」

佐五郎も顔をしかめた。

「兵を率いて向かうおつもりか。かえってことを荒立てるのでは」

真樹はむっとして言い返した。

「おれは、ただの使い走りで出向く気はないぞ。それなりの付き人はそろえてもらう。この身にも体裁というものがあるし、付近をオオカミがうろつくようになったとあっては、武装して出るのが当然だ」

佐五郎がさらに渋っていると、将門がふいに真樹の肩をもった。

「真樹どのの言い分にも一理ある。蝦夷の兵を割くことはできないが、おれの部下から腕のいいのを五人出そう。伯父上への表敬と思えば悪くないだろう」

この発言で、会談にけりがついた様子だった。美綾と黒田は、彼らが解散するより早く高床の家を抜け出した。

黒田は、発見したように言った。

「おれにもわかった。あの男が蝦夷の悪口の主だ」

「あの人、琴葉の母親違いの兄妹《きょうだい》なの。よく考えればもっと早くにわかったはずだった。琴葉が死んで一番悔しいのは、真樹に決まってるのに」

美綾は浮かない気分で続けた。

「将門は真樹をたよりにするみたいだけど、ユカラにとってはいい人じゃないかも。蝦夷を疑っていないと口で言っても、ひと皮むいたら、琴葉が死んでユカラが生き残ったことに不満がありそう」

黒田が妙に感心した目で見つめてきた。この時代にふさわしい直垂袴《ひたたればかま》で、背景になじむ男子なのに、反応はいつも少しずれている。

「みゃあは、そういうのが好きだね」

「そういうのって、何」

「人間と人間の関わり具合かな。いつも考えてる」

美綾は眉をひそめた。

「好きだからじゃなくて必要だからだよ。人の社会で生きていくには」

「でも、きみ、この社会に生きていないよ」

言われてみれば事実だった。自覚しなかったので驚いたが、今もまだユカラとしてものを見ているのだと気がついた。

「私がしばらくユカラだったせいかも。ユカラに肩入れしてこの先が気になるのかも」

黒田は目をまるくした。

「まじで」

「人間にとって感情は大事なの。ユカラの目で見ていると、将門がかっこいい男子に見えてくるし」

「聞き捨てならないことを聞いた気がする」

黒田が断言したので、美綾は少々あわてた。

「どうしてよ」

「おれもそういう心境を学ぶには、どうしたらいいかな」

「知らない」

ふくれた美綾は、しばらく相手の顔を見ないことにした。

平真樹は、騎馬の兵士と徒歩の従者を後ろに引きつれ、意気揚々と上総国へ出発した。前回将門が旅立つときよりずっと派手で、装備がものものしい。人々は驚いた顔で見送っていた。着飾って馬を進める真樹はいかにも大将らしく、本人もたいそう気負っているのが見て取れた。

将門は、そういうことに無頓着《むとんちゃく》な性分らしい。作業用の着古した衣で彼らを見送っている。どちらが当主なのかわからない光景だった。

(真樹って人に、あまり気を許してはいけないのかも)

美綾はそう考えた。彼には彼の野心がありそうに見えた。将門を年下の従兄弟《いとこ》と見て、かさにかかっているところもある。

川の渡り場を進む隊列を見ながら、黒田にこれを話すと、提案が返ってきた。

「そんなに真樹が気になるなら、後について上総介の館《やかた》まで行ってみようか」

「そんなことできるの?」

「なぜ、できないと思ってるの?」

聞き返されて、美綾は目をぱちくりさせた。

「だって、川があるし」

黒田はおかしそうに口もとをゆがめた。

「関係ないよ。その気があれば、目的地までひと飛びで飛んでいくこともできる。ただ、それをやると、生きものが観察できないからおすすめしないが」

(水の上、関係ないんだ……)

沼を渡ったときの経験があまりに恐ろしかったため、美綾はこれまで考えもしなかったのだった。言われて急に思いついた。

「それなら、行きたいのは上総国より豊田郡《とよだ》のほうだよ。三郎将頼《さぶろうまさより》を見ておかなきゃ。気になっていたのに、どんな弟かまだ知らないの」

「どうして気になった?」

「鎌輪《かまわ》の館の奥方は、将門じゃなく三郎を領主にしたがってるの。三郎は奥方の子だけど、将門は自分の子じゃないから。将門自身は、弟が領主でもいいって言ってたけど」

黒田はまじめにたずねた。

「領主の人選ってどうなってるんだい。親の意向、本人たちの意向、それとも地域の有力者多数の意向?」

「私もよく知らない。父親は、将門を跡継ぎにするつもりだったみたい。でも、正式に決めないうちに死んじゃって、今なら奥方の意見のほうが通りそう」

美綾はさらに言った。

「将門の弟がどういう人物かで、これからの成り行きが変わってくるよ。甘やかされたお母さんっ子だったら、将門と仲が悪くなるだろうし」

「まあ、とにかく行ってみよう」

沼の桟橋には、夜明けの漁から戻った船が着いていた。網にかかった小魚が、船底で銀色に跳ね躍っている。女たちが籠《かご》を持って家から出てきて、次第に人だかりになった。

いざ水面を前にすると、美綾はしりごみしてしまった。翠《みどり》色の水に感じた恐怖心がまだ残っていたのだ。

「これ、途中でやめたくなったら、そのときはどうなっちゃうの」

「怖ければ目をつぶってもいいよ。おれがつれてってやる」

黒田は気軽な調子で言った。手を回して美綾の肩を抱きかかえると、勢いもつけずに飛び上がる。

ぐんぐん上昇するので、美綾も思わず手を黒田の体に回した。二人は水面のはるか上空に浮かんでいた。そのまま、ゆるやかな速度で前進する。

怖くなかった。目をつぶるのはやめた。

「変な感じ」

美綾は小声でつぶやいた。長い髪がなびいて風を感じる。着物の袖《そで》や裾《すそ》もなびいている。意識体のときとは段違いに空中にいる実感があるが、心細くはならなかった。肩を抱いた黒田の手の感触があった。すがることのできる脇腹も。自分以外の温かい体が、同じくらいの現実味をもって自分に寄り添っている。

向こう岸に目を向けたまま、黒田がたずねた。

「体をもって飛ぶのが変?」

「そうじゃなくて、現代と真逆なのが変。この世界の何一つ力を入れてさわれないのに、黒田くんだけ思い切りさわれるなんて、変だよ」

黒田は少し笑ったようだった。美綾が手を回していた脇腹がゆれた。

「たしかにね。ここでは、きみとおれだけが同じ波動をもった存在だ。モノクロがこのレベルの世界を作ってくれると楽しいだろうが、やらないだろうね。そうでなくても霊力をケチっているから」

美綾は少し考えた。

「この映像、霊力がたくさん必要だった?」

「大盤振る舞いだろうな。きみの意識を過去へつれて来るくらい、大したことじゃないと考えたのが甘かったんだよ。とはいえ、責任はモノクロにあるんだから、浪費に文句を言えないだろう」

黒田は他人事《ひとごと》のようにそう言った。

まもなく、何ごともなく豊田側の岸辺に着陸した。美綾は、これほど簡単なら自分にもできると思ったが、黒田には言わないことにした。

抱えられて空を飛んだとき、この時代へ来て初めての安心感があったのだ。知らない環境に放り出された怖さが、疼痛《とうつう》のように絶えず続いていたのを思い知る。安心できるシチュエーションは貴重だった。

しかし、必要もなくくっついているのは気恥ずかしいので、陸地に着いてからは離れて歩いた。下りた場所は桟橋の近くで、見回せば馬場の平地だ。石井にいるあいだに季節が進み、若草の緑が広がっている。蝦夷の男たちはここにいないが、馬の訓練をする人の姿は数ヵ所に見えた。

黒田がたずねた。

「館まで飛んで行く？」

「ううん、先にあそこへ行こう」

美綾は、高台に見える板屋の並びを指さした。

「三郎はこっちで働いていると思う。将門が、常羽の御厩を任せると言ってたもの」

板屋のそばへ来ると、人通りがにぎやかだった。かたわらの道を大小の荷を運ぶ人々が行き来していた。鍛冶《かじ》職人もあいかわらず槌《つち》の音を響かせている。美綾も近づいてよく見たのは初めてだったが、鎌輪の館に負けないほど活気のある場所だった。

このあたりに土塀や堀などは見当たらなかったが、通路は幅広くならされ、直線の道の向こうに田畑が広がっていた。雑木林の丘を背にした集落もある。小家の並びの奥にりっぱな高床の屋敷があるようだ。

「だれの家だろう。鎌輪のお屋敷みたいに大きく見える」

高屋根をながめた美綾がつぶやくと、思いもよらず黒田が答えを言った。

「常識で考えて、この地域のトップの家だよ。御厩の別当の屋敷と見るのが妥当だな」

「あ、そうか。別当というのは現地長官のような意味だっけ」

美綾は、石井で見かけた別当の顔立ちを思い浮かべた。思慮深そうなふんいきがあった。うっかりしていたが彼も地元の実力者なのだ。黒田に聞いてみる。

「ねえ、もしかして、ここを〝御厩〟と呼ぶ理由がわかる？　ただの牧場との違いはどのへんにあるのかな」

「モノクロが集めた知識をさらってみる」

ポニーテール男子はこめかみに指を当て、首をかしげた。大空に耳をすませているように見えた。

「敬称がつくのは、神に奉納する馬を育てるからだよ。時代が下ると、神宮や皇族に寄進した私有地——荘園《しょうえん》とも似た意味あいになってくる。国司が租税を取り立てる土地じゃないってことだ。寄進先へ貢ぎ物が必要だけど、いろいろな点で租税より融通がきくし、長官となった人物の裁量も大きい」

美綾はまばたきしてたずねた。

「この場所、将門一族の領地とは違うの？」

「たぶん、御厩の別当は、鎮守府将軍の部下だったんだろう。ここで別当職につけたのは、将軍の力添えかもしれない」

黒田は、博識なところを見せても自慢げにならなかった。そのことが美綾には、男子の態度として新鮮に思えた。答えの内容にはっとしたのは、少ししてからだ。

「でも、将軍だった父親はもういないのに。今までと同じように将門たちと連携できるの？　将門も三郎も官位は何もないよ」

この疑問には、黒田も答えられなかった。

「観察して調べるしかないね。別当の考えまでわかる材料はない」

二

少しすると美綾は、常羽の御厩に活気があると見た自分の感想が、のんきすぎたことに気がついた。

荷を運んだ人々が集まって言い合ったり、走って急ぐ若者がいたりするのは、何かが起きているからだった。やがて、従者らしき若者が板屋から駆け去り、後から壮年の男たちが四、五名出てきた。だれもが険しい顔つきで周囲に目をやり、言葉少なに歩き出す。彼らが通りに出たのを見て、後をついて行く人々もいた。

「何だろう。どこへ行くんだろう」

壮年の男たちの中に御厩の別当を見つけて、美綾は思わず黒田の腕をつかんだ。

「私たちもついて行ってみよう」

黒田は不審そうに言った。

「別当はわかるけど、あの中に三郎将頼はいないよ」

「知ってる。今は何があったか見るほうが大事。深刻そうだよ」

男たちが向かったのは川岸だった。下野国から南下するとき美綾も通った、荷車のわだちが残る本流沿いの土手道だ。起伏を越えて道筋に出ると、見通しのいい岸辺の上流側に、十数名の男たちが集まっているのが見えた。さらに進むと、従者の若者が走り寄ってきて何かを告げる。内容は聞き取れなかったが、彼らが前進したのでそのまま ついて行った。

細かなことが見えてくると、川岸の男たちが負傷者の手当てをしているのがわかった。けんか傷のようであり、男たちが武装していたのも見て取れる。腕や足の軽いけががほとんどだが、一人が重傷で横たわっていた。御厩の別当たちが立ち止まったところへ、武装した若い男が進み出てきた。

太刀を帯び、小手や脚絆《きゃはん》をつけて矢筒を背負っているが、矢は一本も入っていない。衣服には泥がこびりついている。ひと目見て、美綾にはこれが平三郎将頼だとわかった。眉《まゆ》のあたりが将門に通じる面影なのだ。

「この人が三郎だよ。将門の二つ三つ下かな」

美綾がささやくと、黒田はびっくりしたようだった。

「どうしてわかる。まだ名乗っていないよ」

「見ればわかるじゃん、同じ血の感じが」

黒田はしげしげと若い男をながめた。

「どこを見るんだい。その男、体は大きいじゃないか」

三郎はたしかに体格がよかった。十分な背丈があるし、横幅を言うなら将門よりありそうだ。けれども顔立ちが丸く柔らかで、年が若いのが明らかだった。他の男より色白で、ほおがふっくらして、笑えばえくぼができそうだ。

とはいえ、今の三郎には笑みの影もなく、悔しげにくちびるをゆがめていた。黒田に説明してやってもよかったが、三郎が口を開いたので、美綾は黙って耳をすませた。

「謀られました」

御厩の別当を見やってから目を伏せ、三郎は言葉を続けた。

「思いもよらない手勢の多さでした。荷揚げ場を襲われてすぐに駆けつけたのに、こちらの矢が尽き、弥四郎《やしろう》が深手を負いました。無念です」

別当が低い声でたずねた。

「被害はどれほどに」

「馬四、五頭と、積み荷のほとんどをなくしました。やつらは、炭俵を川に投げ込んで引き上げました。もの盗《と》りというより嫌がらせかもしれません」

別当はゆっくりあごをなでた。

「たたら場を機能させないつもりなら、楽観できないですな。船荷の襲撃は二度目だ。どうやら三度目もありそうだ」

若者はこぶしを握りしめた。

「今度こそ、撃退してみせます。こちらも手勢を増やして」

「とりあえず、けが人と残った荷を運びましょう」

別当はそう言って、まわりの男たちに指示を出した。そして、人々が散って二人だけになると、静かな口調で三郎に言った。

「人数を増やせば、合戦になりますぞ。国府に話が伝わるのはまずい。私的な武器の数は役人に伏せておかないと」

三郎が眉をひそめると、将門を思わせるものがあった。

「そうも言っていられません。襲った連中の中に、見覚えのある顔を見た気がするんです。向こうは覚えていないだろうが」

「いったいどこで見たと」

「常陸の伯父《おじ》上を訪ねたとき、祭りの会場にいました」

少しためらってから、三郎は続けた。

「あれは源《みなもと》家の郎党《ろうとう》でした。当主の息子といっしょにいた男です」

別当は苦笑いを浮かべた。

「驚きはしません。街道の群盗を、それなりの家の子息が仕切る場合があるのは、今や公然の秘密ですよ」

三郎はくちびるをかんで言った。

「おれは、伯父上の屋敷に滞在したとき、源家の息子と遠乗りに出かけたことだってある。こともあろうにその領地を襲うとは。父上が亡くなったのをいいことに」

別当がふとたずねた。

「三郎どのは、兄君のいいなずけの君に、源家の息子との結婚話があったことをご存じですか」

「琴葉どのですか？」

「求婚したのは、源扶《みなもとのたすく》どのとか」

「それは、おれが知る息子の一番上の兄です。真樹どのくらいの年齢で……」

三郎は言葉をとぎらせた。

「まさか、その遺恨から？」

別当は抑えた口ぶりで言った。

「ただの盗賊ならば、守りが堅ければあきらめもするでしょう。しかし、遺恨があれば話が別だ。執拗《しつよう》に攻撃してくるかもしれません。これは小次郎どのに相談なさるべきでは」

三郎は、少し考えてからかぶりをふった。

「いや。琴葉どのが亡くなり、兄上はいろいろ苦労を抱えておられる。常羽の御厩はおれの管轄なのだから、この件くらい、おれが収めてみせます」

別当も強く主張しなかった。ふんぎりをつけたように言った。

「では、人数をそろえて襲撃にそなえましょう。たしかに手加減できないことはわかりました」

彼らが負傷者のほうへ向かったので、見送った美綾は言った。

「気負っているようだけど、あの奥方の息子にしては嫌みの少ない子かも。将門への対抗心はありそうだけど、どう思う？」

黒田は両手をかかげた。降参のつもりのようだ。

「その判断、どこでするの」

「声とか口ぶりとか顔の表情とか。相手への態度やしぐさとか」

当たり前のことを言っている気がして、たずねたのがまちがいだと思いなおした。

「三郎のことは抜きにしていいから、何か気づいたことがある？」

「あるよ」

男子は急に勢いづいた。

「聞いただろう、常羽の御厩には〝たたら場〟があるんだよ。鉄を自分たちで生産できるんだ。だからこの土地には価値があり、他の人間もねらっているんだろう」

美綾は、彼の熱心な顔のほうに目を見はった。

「たしかに、別当が〝たたら場〟って言ってたけど」

「自然界の鉄鉱を、高温で溶解して精錬する技術は、人間最大の発明の一つだ。よく見ないでおくのはもったいないよ。どんなところか行ってみよう」

熱意に圧《お》されてうなずいた。美綾もなるほどと思わなくはなかった。黒田は美綾との最初の出会いに、大学の理工学部の場所をたずねた男子だった。

周辺の土地の様子を知るため、黒田は美綾と手をつないで飛び上がった。川べりの人々があっというまに頭の点になる。黒田が言った。

「たたら場は、家や田畑の近くには作れないはずだ。少し離れた丘陵地を探して」

迷うほど手間はかからなかった。別当の集落からやや東へ向かった丘に、ひと目でそれとわかるむき出しの赤土が見える場所があった。中腹を削って小さな台地にしてあり、そこに簡素な雨よけが設置してある。台地から下方には狭い溝を掘ってあり、溝の底が黒く色変わりしているのも見えた。

「あれかな」

美綾が声に出すと、黒田も応じた。

「あそこへ下りてみよう」

丘の中腹に続く坂道も作ってあったが、台地そのものはあまり広くなかった。雨よけの屋根も、小家の二軒ぶんくらいしかない。そして、働く人はだれもいなかった。屋根の下をのぞいた美綾は、何もなさに拍子抜けした。稼働していなくても溶鉱炉はあると思ったのに、それすら見当たらなかったのだ。

ただ、中央に長方形に掘り下げた穴があり、底に黒い灰が残っていた。周辺には土くれが散らばっている。屋根の柱や板は黒く煤《すす》け、灰と金属の匂いを感じた。けれども、すべてのものが完全に冷えきっていた。

「製鉄、やめちゃったのかな」

黒田を見やると、興味深げに四角い穴をのぞきこんでいた。

「いや、やめちゃいない。溶鉱炉は、製鉄のたびに作って壊すんだと思う。この焼けた土くずが前の炉の壁だったんだよ。材料の粘土もここにあるし、製鉄前の砂鉄も積んである」

美綾も、雨よけの下に赤っぽい土の山や黒っぽい砂利の山があるのは見ていた。工事現場のような感じだった。木炭の俵も積んである。粒の粗い黒砂に近づいて、表面にそっとさわってみた。

「これを溶かしたら鉄になるの？」

「自然界の鉄はすべて酸化鉄だから、木炭を燃やして一酸化炭素で還元するんだ。ただし、純度百パーセントの鉄は柔らかすぎて、人の道具として使えないものだよ。炭素などの不純物が混じってこそ硬度が生まれる。それに、一つの溶鉱炉で作った鉄も炭素含有率は一律じゃないんだ。大半は硬くもろい銑鉄《せんてつ》になり、その一部分だけ、炭素が二パーセント以下の伸びのいい鋼《はがね》になる。刃物に加工するのはこの鋼の部分だよ」

化学教師のような説明だが、黒田はそのことに気づかないようだった。少し上の空の様子でほほえんだ。

「炉を燃やすところが見たいな。人間が身近な材料を工夫して、地球のまねごとを始めるところを」

（モノクロの言いぐさに近いけれど、ちょっと違う……）

美綾は密《ひそ》かに考えた。モノクロなら、たたら場の作業を見たいとは言わない気がする。黒田もモノクロの一部なのに、違いがあるのが不思議だった。

黒砂の山をなでながら言ってみる。

「これだけの砂鉄を溶かすのに、どのくらい時間がかかるのかな。何人くらいで製鉄するんだろう」

黒田が意外な返事をした。

「砂鉄があっても、ここには木炭がないよ。だから新しい炉を作れないんだ」

「えっ、木炭もそこにあるよ」

「足りないんだ。製鉄には、生活用とはけた違いに大量の木炭が必要なんだよ。八百度以上の高温を保ちながら、数日間燃やすことになる」

美綾がまばたきしていると、黒田は残念そうに言った。

「さっき、三郎将頼が、炭俵を川に捨てられたと言ってただろう。このあたりは樹木が少ないから、山地で作った炭を船で運んでいたんだろう。製鉄用の木炭だったんだ」

美綾も、三郎と御厩の別当の会話を思い返した。

「嫌がらせって、そういうことか。妨害して鉄を作らせないってこと」

「私有のたたら場を持っているのは、この時代にはかなり有利なことだよ」

黒田は考えながら言う。

「馬が貢ぎ物ならなおさらだ。馬具には金具が不可欠だから鍛冶《かじ》職人がいる。鍛冶《かじ》職人がいれば、やりくりして武器も製造できる」

「刀とか、よろいかぶととか？」

「たくさん作りたいのは、まず矢尻《やじり》だろうね」

美綾も考えこんだ。

「源家の郎党が盗賊の中にいたのは、たまたま加わっていたんじゃなくて、源家がこの土地に目をつけていたから？」

「ありそうに聞こえるね。将門の領地は、内部統制がゆらいでいるところだし」

黒田が同情もなく言ったので、美綾は思わずにらんだ。けれども、悔しいことに否定できなかった。父親の急死で、次期当主がだれかも意見が分かれ、将門は館《やかた》を出て石井に住むようになったのだ。この状態で、結束が固いとはだれにも言えないだろう。

（将門の立場の危うさは、近隣に知れわたっているのか。この機に乗じて支配権を奪おうとする勢力が出てきても、おかしくないのかも……）

ため息をついて美綾は言った。

「史実がわかっていたらよかったけど。将門のお父さんがどうして死んだのかもわからないし」

黒田は悩む様子がなかった。

「最初からわかっているなら、見物しても退屈だと思うよ。みゃあは何がしたいの」

（そうだった、三郎将頼の人柄を知りに来たんだった）

くちびるをすぼめた美綾は、気を取りなおして言った。

「三郎が屋敷へ帰るのについて行く。このことを母親に報告するでしょ。親子の会話を聞けば、三郎がどんな男子かもっとわかると思う」

夕方になり、三郎は側近や従者を率いて帰路についた。後につく必要もないと判断した黒田は、上空に飛び上がった。美綾もいっしょだった。黒田は習慣づいたように美綾の肩を抱えて飛んだが、美綾も文句を言わなかったのだ。

高みから見下ろすと、鎌輪の館の土塀の形や集落のありさまが一目瞭然《りょうぜん》だった。今まで気づかなかったが、館の北側には蛇行した川の本流が流れている。北門から遠くない岸辺に大きな砂州ができていた。川筋が曲がって浅瀬が生まれ、南北の渡り場になっているのが見て取れる。対岸には筑波山のふもとへ向かう道が延び、なだらかな平地が続いていた。

このながめを黒田が評した。

「ああ、鎌輪というのは古くから人間が住んだ場所だね。常羽の御厩のような開拓地とはわけが違う。将門は関東に住みついた人物の孫だというが、このとりでは三代より古いな。正妻が親の土地と言ったというのは、嘘じゃないね」

「どうしてわかるの」

「わかるよ。ここは河川に沿った交通の要所だ。正妻の家系は、かなり古い一族に違いないよ」

美綾は黒田の横顔を見やった。

「人間関係以外だと、すっごく鋭いね」

「モノクロはけっこう勉強しているんだ、人間関係以外では」

「じゃあ、はやく、その一番大事な部分を学んで」

美綾は地上の風景に視線をもどした。

「源扶の父親は源護《まもる》といって、平国香《たいらのくにか》の前の常陸大掾《ひたちのだいじょう》だった人物だよ。大掾っていうのは国府の役職名。源家の領地は筑波山のふもとで、平国香と重なるあたりにある。もし、常羽の御厩を襲った盗賊が常陸側からやって来たなら、この渡り場を通って鎌輪の館を素通りするのはおかしいね」

黒田もうなずいた。

「帰り道もね。情況からして、盗賊が引き上げたのはどう見ても川上だ」

「川上は、下野国の方角だね」

国境《くにざかい》のあたりに渡り場があったことを思い出しながら、美綾はつぶやいた。源家が関わっていたとしても、そう簡単にしっぽを出さないのだろう。

二人は鎌輪の屋敷の前庭に降り立った。すでに勝手を知った場所なので、美綾は気安く見て回った。働く人々の顔ぶれが少し変わり、人数が少し減っているかもしれない。けれども、ほとんどは前と同じで、職人たちが手工芸に精を出していた。しかし、正門をくぐった騎馬の一行が姿を見せ、厩舎《きゅうしゃ》から馬番たちが駆け寄ると、だれもが仕事を止めて不安げに目をやった。川岸で起きた戦いの詳細は、すでに伝わっているようだった。

美綾は、屋敷の女たちが三郎の様子をうかがっているのに気がついた。東側の簾《すだれ》の前には年配の侍女の姿もある。さすがに奥方本人は出てこないようだが、侍女二人は扇をかざして見つめていた。

「やっぱり、心配する度合いが違うよね。将門が帰ったときと比べると」

「じゃあ、勉強しに行こう」

美綾の言葉に、黒田は意欲を見せた。

母屋《もや》に侵入するのは二度目だが、前の美綾は空気のようなものだったので、だれにも見えないとはいえ、気分的には別ものだった。黒田と二人づれなのも大きい。場所を取っている気がして「おじゃまします」と言いたくなる。

東の座敷へ行ってみると、大きな火桶《ひおけ》はもう片づけてあった。だが、陶製の香炉があり、屋内に香りがただよっている。美綾と黒田は、屏風《びょうぶ》の内側のどこに落ち着くかで、しばらくうろうろした。

やっと居場所が定まったとき、はやくも三郎が簾の外にやって来た。汚れた衣服を着替えもしないで来たようだ。縁側で片膝《かたひざ》をつき、その場で報告しようとしたが、侍女たちが簾をめくり上げ、せきたてて座敷に入らせた。

三郎は疲れた顔で母親の正面に腰を下ろしたが、その距離は将門よりもずっと近かった。畳に座った奥方の態度も異なる。気づかわしげに声をふるわせていた。

「今回は危なかったと聞きますよ。御厩が襲われるなどあってはならないのに。本当にけがはなかったのですか」

「ただのすり傷です。でも、手負いが何人か出ました。今もまだ御厩で手当てを受けています」

「すり傷とて油断できません。母のもとでもう一度手当てなさい。薬湯も飲んで」

三郎の口調が苦くなった。

「おれは大丈夫です。それよりも、警備体制を立て直さないと。今以上に戦える者を動員して、見張りの人数を増やします。やつらは必ずまた襲ってきます」

盗賊に源家の郎党がいたことを語ると、奥方の眉間《みけん》のしわが深くなった。

「よくないうわさを耳にしていました。それでも、国香どのは源家と密接です。護どのの長女の婿になり、弟君の良正《よしまさ》どのにも妻の妹をめあわせました。最近はご自身の長男も、源家の娘と縁組みさせています。さらには上総の良兼《よしかね》どのの後妻にも源家の娘をとりもたれたとか。亡き殿は、これらを憂えておられたものでした」

はっとした様子で、三郎は顔を上げた。

「父上は何とおっしゃっていたのです」

「平家の者として、独自に関東を開拓すべきだと。殿は、鎮守府将軍になられてから北の馬を関東に入れ、並ぶもののない馬牧を経営なさいました。源家にはおもねらず、太《た》郎《ろう》が生きていたころ、いいなずけの話が出ても首を縦にふらなかったのです」

奥方は、肩を落としてつけ加えた。

「そういうかたでしたから、兄君がたとは、少し折り合いが悪かったかもしれません」

三郎は座席から身を乗り出した。

「少しでしょうか。母上は、盗賊が父上のお命を奪ったことをどうお考えですか。そのあげくの御厩の襲撃ですよ」

さらに口調を強めてたずねる。

「父上が不意討ちにあったのを、常陸の伯父《おじ》上の指図と見る者もいます。母上は、そのことをどうお考えですか」

奥方は閉じた扇を手にとったが、そのまま握りしめた。

「たとえ、そのうわさが事実だったとしても、ことを起こしてはなりません」

「なぜ」

「殿のお考えがまちがっていたからです」

奥方は少しのあいだ口をつぐんだが、思い切ったように言葉を続けた。

「殿は、進取のご気性でした。蝦夷の技法をよいと見なせば、まわりが批判しても気にせずに採用なさいました。結果として、下総一の牧になさったのだから、私も蝦夷がここで暮らすことに異議をとなえません。けれども、型にはまらないお考えによる誤りもありました。小次郎を跡取りにしようとなさったことです」

三郎は、居心地悪そうに身じろぎした。

「母上、そのお話は、今は」

「いいえ、この事態になったのも、もとは小次郎のせいではありませんか。下野国をうろついて、いかにも陰謀を疑う態度をとり、国香どのを挑発して。その上、良い関係だった良兼どのの娘御を死なせ、弁解もできないではありませんか。小次郎のせいで、私たちは孤立するはめになったのです。源家の勢力に対抗することなど、残された者にできるはずがないのに」

三郎は、驚いたようにたずねた。

「どんな暴虐にあっても、源家には刃向かうなとおっしゃるのですか。父上を殺されたことも黙って受け入れろと」

「小次郎さえいなければ、こんなことにはならなかったのです」

奥方はかたくなにくり返した。

「おまえが太郎の次の子であれば、亡き殿も、先の長さを思って自重なさったはずなのです。けれどもこうなった今、私たちは、おまえがりっぱな当主になるまで波風たてずに暮らすしかありません。争いは極力避け、源家と手を打つべきです。多少損失が出ようと、体面を保っての和解ができなくはないのですよ」

三郎はかぶりをふった。

「それはおかしい。それでは武人だった父上が浮かばれません。おれは、父上の子がふぬけだと思われたくない。こちらに手負いの者が出たのですよ、人々の手前もある。報復なしでは引き下がれません」

奥方が大きなため息をついた。

「おまえのために言っているのが、わからないのですか」

「母上こそ、おわかりになっていない。父上は優れた馬飼いでしたが、それ以上に武将としての度量がおありでした。職名だけの鎮守府将軍が多い中、父上は異なっておられると、別当どのもよく語っていました」

三郎の言葉に、奥方はいくらか目を見はった。

「どういう意味です。別当どのは何を」

「常陸の伯父上も源家の者も、おそらく知らないことがあります。常羽の御厩には私有の倉がある。父上は、こうした場合のそなえを始めておられました。おれたちは、源家に媚びを売って暮らすほどひ弱じゃないんだ」

言いながら三郎は立ち上がった。疲れた様子が消え去り、光る目をして母親を見下ろす。

「やつらに、この地所をねらったことを後悔させてやります。母上はよけいな心配をなさらず、悪漢が撃退されるのをご覧になればいいのです」

「お待ちなさい、三郎」

奥方の声を聞かず、息子は簾の外へ出て行った。年配の侍女たちにも止められなかった。白髪の侍女が、ふり返って奥方をうかがった。

「いかがしましょう。血は争えぬのでは」

奥方は、処置なしというように目をつぶっていた。

「母の言葉も耳に入らないとは。真っ向から戦う道をとれば、血縁同士のいがみ合いも表沙汰《おもてざた》になってしまうのに」

もう一人の侍女がとりなした。

「三郎さまのお気持ちもわかるようです。領主の自覚がおありだから、報復をと言っておられるのですよ」

眉《まゆ》をひそめたまま、奥方は言った。

「あの子は若すぎます。小次郎だろうと若すぎるのに。源家ほどの大家を向こうに回して、無事ですむはずがありません。領地をすべて失いそうな立場にいるのに、賢明な導き手がどこにもいないなんて」

屋敷の外に出てきた美綾は、こっそり感想をのべた。

「三郎はお母さんっ子かと思ったら、そうでもなかったね。思いきりお父さんを尊敬していたみたい。見かけより血の気が多そう」

黒田が聞き返した。

「血液量が問題？」

「この場合、けんかっ早そうってこと。『血は争えない』って言われてたっけ。武将へのリスペクトがすごいよ」

黒田はあいまいにうなずく。

「たしかに、母親とは話がかみ合わなかったね」

「あの奥方、将門を目のかたきにするから気にくわないけど、心配の内容はわかるような気がする。源護の一族って、それほど関東で幅をきかせているんだ。国香がすり寄ってもおかしくないくらいに」

奥方の話からは、将門の父親がどんな人物だったかも見えてくるようだった。美綾は言葉を続けた。

「でも、将門のお父さんは、地元のボスとなれ合わなかったんだね。一人で新しいことを始めて成功してしまう人だった。源家に頭を下げないから、生きているころから衝突が多かったんだと思う。本当の発端は、将門の父親にあったのかも。殺されなかったら父親が合戦を起こしていたのかも」

「御厩の倉に、武器を貯蔵したのも父親だしね」

意外にまともなあいづちを打って、黒田が言った。

「きっとその見方が正しいよ。将門でなくてもだれかが戦ったんだ」

三

平真樹の一行が戻ってくる知らせが、石井に届いた。

穏やかな帰還ではなかった。

美綾と黒田は、ユカラとともに長須《ながす》の牧の厩舎《きゅうしゃ》近くにいた。動けるようになったユカラは、まだ左腕がうまく使えないものの、少しずつ馬の世話を始めていたのだ。

板囲いの中にいる馬たちは、ユカラが来ると喜んで足ぶみした。服や髪の端を口にくわえ、親愛を示そうとする馬もいる。美綾もその感触を覚えていたので、ユカラといっしょになってほほえんだ。

（はやく乗馬がしたいだろうな。将門の従者に復帰して）

けがをしてから、ユカラは前より一人でいることが多くなった。人と会えば話をするし笑いもするが、表情のどこかにいつも小さなかげりがあるように見える。ユカラの体を離れてしまった美綾には、もう痛いところがなく、琴葉に殺されかけた実感も日に日に薄れるが、この少女にとっては消えない傷になったのかもしれなかった。

ユカラは今も、髪を後頭部に高く束ね、裾《すそ》をくくった男ものの袴《はかま》をはいている。けれども、以前よりしぐさが柔らかくなったようだった。けがをかばって動作がゆっくりになったのはたしかだが、それだけでなく、耳飾りをゆらす横顔にも、前には見なかったしっとりした静けさがある。

（初めて見たとき、男の子とまちがえそうになったのに、今は遠目に見てもまちがえないだろうな……）

そんなことを考えながら、美綾がユカラのそばを動かなかったので、黒田は暇そうにしていた。彼は、美綾の姿が見えないところへはけっして行かなかったが、縦方向にうろつくことはあった。今も上空へ行ってあたりをながめていたが、急に美綾の隣りへ下りてきた。

「何かあったみたいだよ。将門が何人かつれてこっちへ来る」

美綾はまばたきして黒田を見た。

「将門が馬に乗りに来ても、おかしくないでしょ」

「走ってはこないだろう、何でもないなら」

ユカラがはっとした様子でふり返った。同時に美綾も複数の足音に気がついた。あわただしく言い交わす、興奮した声も聞こえてくる。美綾たちが見に行くより先に、男たちが姿を現した。中の数人は武装している。将門自身も胸当てや小手、矢筒などを身につけていた。

佐五郎が大声で馬番を呼び立て、鞍《くら》の準備を命じた。男たちがあわてて馬囲いに散っていく。将門はユカラがいるのを見て、抑えた声音で告げた。

「蝦夷の兵を出したい。四騎だ、人選はユカラに任せる」

「何があったのでしょう」

ユカラが問うと、将門は早口に言った。

「真樹どのに追っ手がかかったようだ。応戦しながら近くまで戻ったが、丘で動けなくなったと使いが来た。今すぐ加勢に出る」

「上総の追っ手なのですか」

「けが人を増やさないため、精鋭が必要だ。急げ」

将門は言ってから、いくぶん力を抜いてつけ加えた。

「戦闘じゃない。相手に不利を知らせ、めんどうが起きないうちに追い返すだけだ」

「承知しました。オシヌたちに行ってもらいます」

ユカラは硬い口調で応じたが、背を向けたとたんに表情がゆるんだのを、美綾は見逃さなかった。将門の言葉にほっとしたのだろう。彼女が牧のほうへ走ったので、ついて行こうか迷っていると、黒田がのんびり感想を言った。

「なるほど、さっき将門の家に入っていったのは、救援を乞《こ》う使者だったのか。どうりでぼろぼろになっていたよ」

あきれて文句を言う。

「そういうの、見ていたなら私にも教えてよ」

「きみは、他の人間といっしょにびっくりしたいのかと思って」

「緊急事態は別でしょ。時と場合を考えてよ」

黒田は挽回《ばんかい》を試みるように提案した。

「じゃあ、将門について行ってみるかい。何が起きるかその場で知るために」

「そうする」

美綾はうなずいた。まだ馬に乗れないユカラの代わりに、自分が将門を見守ってこようと思ったのだった。


川の渡り場を過ぎると、将門たちはすぐに早駆けに移った。将門の側近が三騎、蝦夷の兵が四騎、徒歩の付き人はいなかった。機動性を重視したのがわかる。

美綾は黒田といっしょに川の上空を飛んだので、走る馬を見下ろしながら追った。早駆けの馬と同じ速度で飛んだのは初めてで、顔にあたる風に爽快感《そうかいかん》がある。青草を茂らせた土手がみずみずしく香り、若芽を広げた雑木林の色が明るかった。

春の大地を、赤茶や黒や灰色をした馬の背がたくましく駆け抜けていく。乗り手が巧みなせいか、喜んで駆けているように見えた。

たたら場を見たせいで、美綾は前より金具に注目した。大きな鐙《あぶみ》、鞍の覆輪《ふくりん》、轡《くつわ》など。将門たちは、馬具に色鮮やかな組紐《くみひも》や皮革を使い、面懸《おもがい》や胸懸《むながい》や尻繋《しりがい》の飾りなど、自分の衣装より華やかに仕立てていた。だが、金具がなければ用をなさないのだ。

「あの鐙、現代の乗馬なら、あんなに足掛け部分が大きくないと思う」

馬具の話をしてみると、黒田はすぐに答えた。

「馬上で弓を射るためだよ。この時代の武人といったら弓と馬だ」

「刀じゃないの？」

「見ていればわかるよ。向こうに丘陵地が見えてきた。たぶん、真樹があのへんで追いつめられているんだろう」

美綾をつれたまま、黒田は馬を追い越して丘の方へ飛んだ。見たいと思えばそのぶん速く動けるのだから、この体は便利なものだった。あっという間に丘の林が迫る。落葉樹の木々は幹が細く、それほど密生していないようだった。

「あっ、あそこ」

丘の斜面にかかる手前、少し南へ回ったあたりに、草むらに立つ騎馬の姿が見えた。そちらへ飛ぶと、見える馬は三騎だが、さらに十人ほど弓矢を手にした男たちがいた。

どうやらこれが追っ手のようだ。

彼らは斜面を上ろうとして、矢が飛んでくるので前進できずにいた。騎馬の男が指図して一斉に矢を射かけるが、木々にさえぎられて効果が出ないようだ。上空にいる美綾たちも、木陰にひそんだ真樹たちの姿はよく見えなかった。しかし、矢の応酬はかなり間遠だ。どちらかというと、にらみあいの状態だった。

美綾は顔をしかめた。

「こんなふうに追われるなんて、真樹は何をして来たんだろう。実の息子だって大いばりで出て行ったくせに」

そのとき、遠方から矢が飛んできた。美綾にも、アーチを描いて飛ぶ矢羽根のうなりが聞こえた。上総の追っ手がぎょっとして体の向きを変える。将門たちだった。走る馬の姿はまだ小さかったが、次々に矢が降ってくる。

上総勢はにわかに浮き足だった。返し矢を放つことができずにいるうちに、将門たちの馬が迫った。

ユカラになって遠乗りしたとき、将門や蝦夷たちの馬術が優れているのを見てきたが、美綾が本当に実感したのはこのときだった。上総の三騎があわてて馬首を向けたが、技量にあまりに差がある。将門たちは自由自在に動いて彼らを取り囲み、さらに矢を打ち込むことで、徒歩の男たちにも弓を引かせなかった。

たいして時間もたたないうちに、追っ手の一人が弓を放り出した。すると、他の男もつぎつぎに弓を地面に落とした。騎馬の者は馬を降りる。降参の態度だった。馬上から彼らを見わたした将門は、そのとき初めて口を開いた。

「こちらから丁重にさし向けた使者を、なぜ、そのように追いたてる。正当な理由があるなら耳をかそう。言ってみるがいい」

将門の声はよく通ったが、上総の一団は押し黙っていた。言えない事情がありそうに見えた。

「このままおとなしく国に帰るなら、われわれは追わない。だが、上総介どのに申し伝えよ。敵対するいわれもないのに、この仕打ちは残念でならないと。再び文を送るから、この次は受け取っていただきたいと」

年配の一人がつぶやくように答えた。

「あいわかった」

彼らが南方へ遠ざかるまで見送ってから、将門たちは馬を降りた。手綱を蝦夷たちに預け、将門と側近が斜面をのぼる。真樹の一行も下ってきて、丘の半ばで出会った。

「危なかった。加勢があと少し遅かったら、斬り合いになっていた」

真っ先に真樹が言った。浅黒いほおをひきつらせ、目を血走らせている。着飾った衣装も汚れ、あちこちが破れていた。他の男たちも似たようなものだ。だれの矢筒にも矢は一、二本しかない。将門はすばやく見回し、眉《まゆ》をひそめて真樹にたずねた。

「どうしてこんなことになった」

「おれにもわからん。館《やかた》の門前で早くも矢を射かけられた。幸島《さしま》から来たと伝えたら問答無用だ。おれがだれかを見分けようともしなかった。何が起きているのか見当もつかん」

「伯父《おじ》上と話ができなかったのか」

真樹はうなるように答えた。

「顔も出さなかったよ。父が指図しているかもはっきりしない。ただ、やぐらの兵の剣幕で、引き下がるしかなかった」

将門はさらにたずねた。

「人数が欠けているようだが、あとの者はどこにいる。吉安《よしやす》や実見《さねみ》は。計人《かずと》もいないな。それに、馬をどうしたんだ」

この質問に、真樹はますます肩を落としたようだ。

「夜半に、馬番をしていた者ごと馬が消えてしまった。偵察に出た者も戻ってこなかった。日が昇ったら、あの追っ手が近くに迫っていたのだ」

将門は険しい口調でたずねた。

「吉安たちが、馬を盗んで離反したというのか」

矢筒を空にした部下の一人が、黙っていられなくなったように言った。

「そんなはずありません。あいつらは、役目を忘れて勝手なまねをする男じゃない。何かあったのです」

別の一人が言った。

「計人は、複数の人影を見かけたと言っていました。偵察してすぐ戻ると言い残したのに、そのままになってしまったのです」

将門はうなずき、はげます声音で言った。

「おれも、あいつらの心根を疑ってなどいない。このまま真樹どのと石井へ向かってくれ、三人のゆくえはおれたちが探してくる」

その後、将門たちは馬を駆ってあたりを見て回った。しばらくすると、馬具をつけたままの馬を数頭見つけた。仲間の馬が来たのを知ってみずから寄ってきたのだ。切れた引き綱を垂らしていたが、特にけがはない様子だった。

彼らはさらに捜索の足をのばしたが、姿を消した男たちは見つからなかった。とうとう日没が近づき、打ち切るしかなかった。

美綾と黒田は上空から捜索を見守っていたが、さらに高く上って見わたしても、やはり何の手がかりも見出《みいだ》せなかった。将門たちが帰路につくのを知って、黒田にたずねた。

「何があったんだと思う。いなくなった部下たちって」

ポニーテール男子は、首の後ろに手をやった。

「ちょっとわからないな、意図して逃げ出したのかそうでないのか。率いたのは真樹だったしね。でも、少なくとも、死体を見つけることにはならなかったよ」

「そうだね。真樹なら、自分に落ち度があったとは言わないだろうし」

美綾は少し考えてから言った。

「だとしても、おかしなことばかりだから、話を聞いたほうがいいよ。将門が石井に戻ったら、真樹ともっと詳しい話をすると思う。聞きに行ってみよう」

将門が夕食をとったのは、かなり遅い時刻だった。

高床の家の奥座敷は暗く、油皿の火が将門の座るあたりだけを照らしている。簡素な直垂袴《ひたたればかま》に着替えた将門は、浮かない様子でただ一人箸《はし》をはこんだ。侍女が膳《ぜん》を下げていくと、入れ替わりのように真樹が姿を見せた。旅の汚れを落とし、顔つきがいくらか落ち着いたように見える。将門の正面に腰を下ろすと、低い声で言った。

「見つからなかったのだな。今、聞いてきた」

将門は従兄《いとこ》を見つめた。

「馬を見つけたよ、全部ではなかったが。馬たちは、単に草原をうろついていたかに見えた。今でも馬番が盗んだと考えているのか」

「いや、最初から、そうは考えなかった」

「ならば、なぜ、あのような言い方をしたのだ」

真樹は屋根裏を仰いでから、ため息とともに言った。

「そのほうが、まだしも気が休まるからだ。馬たちが急に騒いで、馬番とともに消え失せたことで、おれは思い出していたよ。下野国で起きたことを」

将門は、少し口をつぐんでからたずねた。

「宮の前で襲ってきた黒い集団のことか。同じものがここに？」

「確かなことは言えない。おれは何も見なかったのだ。だが、暗くなってから起こったこと、馬が怯《おび》えたこと、情況がやけに似ている。けれども、助けてくれる行者は今回どこにもいなかったわけだ」

将門は声を殺して言った。

「真樹どのは、吉安たちがもう戻らないと思っているのか」

「勘ではそうだ。だが、おれを見限って上総勢についたとしても、無事じゃないよりましかもしれん」

真樹が神妙に答えると、将門は、気を取りなおすように声音を変えた。

「見もしないことで言い合うのは不毛だ。それより、伯父上の館で起きたことを聞かせてくれ。何がまずくて門前払いをくうことになったのだ。こちらに戦う意志がなければ、なぜ追討の兵まで出た。真樹どのの顔を見分ける者がいなかったというのは本当なのか」

「おれは……」

大きくため息をついた真樹は、ひどく気落ちした声になった。

「どうやら親父どのに縁を切られたらしい。今度という今度は思い知ったよ。琴葉がいなくなれば、もう取りなす者もいない。いるのは源家の後妻だけだ」

「上総の伯父上は温厚なお人柄だ。たとえご機嫌をそこねたとしても、会話もなく武器を向けるかたではなかったはずだ」

真樹も小さくうなずいた。

「おれもそう思っていたよ。息子に生まれたことを誇りに思っていた。祖父の君の領地を引き継いだのも、長兄の国香どのより人物が優れるからだと信じていた。だが、変わってしまわれた。よからぬことを吹きこむ者がそばにいるからだ。あの若い後妻だ」

将門は眉を寄せた。

「たしか、琴葉どのも言っていた。源扶との縁談には、陰で継母《ままはは》の思惑が働いていると か」

「おれも聞いた。最近の親父どのは、何でも後妻の言いなりだと怒っていた。小次郎の文を拒絶したのも、おれたちに矢を放ったのも、おそらくあの女の差し金だ」

「何のために」

「知れたことだ。上総とのつながりを断って、おまえを孤立させるためだ」

真樹が身を乗り出したので、いまだに目が血走っているのが明かりに映った。

「わかっているのか、小次郎。源家には国香どのがいるんだぞ。今や源家の同族と言ってもいい国香どのが」

将門も厳しい表情になったが、返事は短く応じただけだった。

「考えておく」

真樹が出て行った後、将門はしばらくその場を動かず、思いにふけっていた。それからおもむろに席を立ち、外にいる従者を呼び寄せた。

「まかない所へ行って、ひたきがいるかどうか見てくれ。いたら、ここへつれて来るように」

美綾は、これを聞いてぴんときた。すぐに黒田に言う。

「先にユカラのところへ行こう。将門と会うみたいだから」

黒田は目をまるくした。

「えっ、呼んでいるのはひたきだよ」

「だからでしょ」

美綾はそれだけ言って高床の家を出た。結果として、美綾が予期したとおりだった。将門のたのみを聞いたひたきは蝦夷の集落へ走り、月が高く昇ったころ、ユカラはこっそり自分の小屋を出たのだった。


ユカラがケヤキの木に向かって歩くので、美綾は少し驚いた。今でも美綾は毎晩ケヤキの枝で眠っていたからだ。

しかし、よく考えてみれば、この木の下は待ち合わせに最適だった。蝦夷の広場からほどよく離れ、ほとんど人目につかない。付近にこれほど大きなケヤキは一本だけなので、場所をまちがえることもないだろう。

少し待っただけで、早くも将門が姿を見せた。ケヤキは葉を広げ、月影をさえぎって、近づいてくる人物の細部は闇に隠れている。だが、背の高い体の輪郭は見て取れ、姿勢のいい歩きぶりから将門本人だとわかった。

ユカラが先に口を開いた。

「話は同族から聞きました。真樹どのが伯父君《おじ》に会わずにお帰りなのも、同行の人が行方知れずになったのも。そして、馬だけ見つかったのですね」

（密会する男女の口ぶりじゃないな……）

美綾はこっそり思ったが、応じる将門も同じような口ぶりだった。

「合点《がてん》のいかないことばかりだ。上総の伯父上のふるまいもだが、三人が逃げ去ったことが解《げ》せない。真樹どのが、下野で襲われたことを思い出したと言ったよ。助けてくれる行者どのがいなかったと。それで、ユカラがどう思うかを聞きたくなった」

言葉を切った将門は、ユカラが答える前に続けた。

「おまえは、いっしょに行者の長《おさ》どのの言葉を聞いている。おれたちを襲った者を影の者と呼び、山の民とも呼んで、よく知っているようだった。琴葉どのが影の者になっていたと言い、影の者は〃えやみ〃を運び、人に乗り移るとも言っていた。何のことかよくわからなかったが、豹変《ひょうへん》する人々を見ると、あのときの言葉が浮かんでくる。計人は、複数の人影を見たと言って偵察に出たそうだ。行者どのが言った、影の者と関係があるのだろうか」

「私も、気になっていました」

ユカラは左腕を手で押さえた。痛みを思い出したかのようだ。

「行者さまは、私が呪いと感じるものを影の者とおっしゃるのかもしれません。疫病のように無差別に害するものではなく、何かの意図をもって運ばれるとおっしゃっていました。将門さまに〝しるし〟があるとおっしゃったのも気がかりなのです。琴葉さまがなぜ乗り移られたのか……わずかに思い当たるとしたら、将門さまの従妹《いとこ》の君ということです」

将門は驚いたようだった。声が少し高くなった。

「どういう意味だ。〝しるし〟とは血のつながりなのか」

「これも、推測でしかありません。けれども、影の者が現れて真樹どのを襲ったのだとしたら、真樹どのにも〝しるし〟があったことになります」

将門が黙ってしまったので、ユカラは静かに言葉を続けた。

「部下のかたがたは、真樹どのを守り抜いたのでしょう。だからこそ、真樹どのは〝えやみ〟に乗り移られずにお戻りになったのでしょう」

ため息をついて将門は言った。

「あいつらが任務もはたさず身を隠すのはおかしいのだ。だが、そうだったとすれば、気軽に供を命じて気の毒なことをした」

「遺体は見つからなかったと聞きます。生きておられるかもしれません」

しばらく間をおいてから、将門が再びたずねた。

「ユカラが考えるように、影の者がおれの一族を特別にねらうものだとすれば、上総の伯父上も〝えやみ〟になったと考えるべきなのか」

「確かめるすべはありません。けれども、これはとても悪いものです。山のおかたが根絶にかかるほど、このままにしておけない害悪なのです。天のもたらす災いではなく、人の呪いが原因だからです」

「呪われているのか。おれも、おれの家族も」

将門がつぶやくと、ユカラは口調を強めた。

「いいえ、将門さまを呪わせたりしません。そのために私がいます。災いを取り除くためにここへ来たのです」

「そのため？」

ユカラはひるまず、あごを上げた。

「おばばさまは予見していらっしゃいました。私に、神のしわざかどうか見定めるようお命じになりました。天の災いには逆らえなくても、そうでなければ阻止できるとおっしゃいました。私は、忌むべき人の呪いと見ています。呪いならば呪い主がいます。それを解明できれば害毒を祓《はら》えます」

「今になって知ったよ。だから、ばばさまはユカラを手放したのか」

将門は声を和らげた。

「おれはあまり神仏を拝まないし、その方面に弱いから、支援がたのもしいと言っておくよ。話して気が晴れたようでもある。影の者がまた出てきたら、また相談にのってくれ」

少女は、急に自分の態度に気がついたようだった。たじろいで少し後ずさった。

「出過ぎたことを言ったようでした。おゆるしください」

「なぜ、そこでわびる」

将門はおかしそうに言った。

「おれは、神の家の者にしかわからないことを聞きにきて、助言を求めたのだから、意見があって当然だ。これからもたのみにしている」


将門が引き返し、ユカラも小屋へ戻ったので、美綾たちはケヤキの木の上に移動した。しかし、さすがにすぐ眠る気になれなかった。

黒田は、今初めて興味をもった様子だった。

「ユカラはおもしろい子だね。モノクロが勘のいい子だと考えていたが、将門たちとは素養が違うな」

「蝦夷は文化が違っているし、おばばさまというのは、地元で尊敬される神の祭司なんだと思う。将門のお父さんがつれてきた蝦夷の兵士たちも、陰ではユカラの護衛に来たようなものだよ」

美綾は黒田に説明しながら、ユカラになったときのあれこれを思い返した。兵士たちと同じ行動のできる身体能力の持ち主だった。地面で寝ることも粗食も苦にしないし、馬術や弓が得意で、小刀で獲物をさばくのもすばやかった。植物を見る目が鋭く、稀少《きしょう》な薬草をよく見つける。しかし、調理場での煮炊きはへたで、機織りや裁縫にも手を出したことがなかった。

「女兵士みたいでも、本質は巫女《みこ》っぽいのかもしれない。もともと将門のお父さんを災いから守るために来たと言ってたし」

「将門たちには見えないものを見る、というのはありそうだね」

黒田が評したので、美綾はたずねてみた。

「ねえ、呪いって、厳密にはどういうものなの。現代でも使っている言葉だけど、つきつめて考えたことがなかった。呪いには呪い主がいるのって本当？」

うなずいて黒田は答えた。

「呪詛《じゅそ》を言うなら、本当だよ。災いや不幸が、特定のだれかまたは集団にふりかかるよう、神仏に祈願する行為が呪詛だからね」

「神仏に祈願。じゃあ、他人の不幸をかなえてくれる神様仏様がいるってこと？」

「そうなるね」

美綾は顔をしかめた。

「モノクロが言ってたことと違うじゃない。八百万《やおよろず》の神々は人の願いを気にかけたりしないって、何度も言ったよ」

「気にかけることとは別だよ」

「何それ」

ケヤキの枝に座ったポニーテール男子は、少し考えにふけってから言った。

「意図しなくても生じることはある。この世の現象に、起こり得ないことはないんだ。八百万の神が下界に降りる現象だってそうだ。因果とはまったく関係なく、ただ成立してしまうことだってある」

「言いのがれに聞こえるんですけど」

黒田はまた少し考えた。

「現代とはフェーズが違うんだよ。ええと、この時代にはユカラのように考える人間がまだたくさんいるから、人間サイドの事象がそのように映る。平安時代なら、呪法《じゅほう》はハイレベルな戦法でもあったよ。朝廷のトップの人間だろうと、寺院に敵の調伏《ちょうぶく》を依頼するくらいだ。調伏というのも呪詛の同義語だよ、仏教的に言い換えただけ」

（まあ、いいか……）

まだ釈然としなかったが、美綾も、黒田に文句をつけてもしかたないと思えた。

「呪詛する人物が源家にいて、それをユカラが見つけ出してくれるなら、そのなりゆきを見るのもいいかもね」

四

美綾と黒田は、ユカラや将門のそばをひとまず離れ、豊田郡へ来ていた。下野方面から新しい船荷が届く話を耳にして、三郎の動向が気にかかったのだ。

働く人々の様子をうかがうと、常羽の御厩でも鎌輪の館《やかた》でも、以前よりいっそう不安げだった。よるとさわると襲撃のうわさをしている。前回の盗賊一味に源家につながる男がいたという話は、もうだれもが承知していた。

屋敷内で語られたことも外の人々に筒抜けだと、美綾も思い知る気がした。使用人だって耳があるのだから、三郎にその気がなくても簡単に漏れ出すのだろう。館の前庭に、ひそひそ言い合う男たちがいた。

「やはり、三郎どのが率いるおつもりのようだ」

「小次郎どのは傍観なさるのか」

「源家を相手どるとなれば、小次郎どのが前面に立たれては大ごとになるからだ」

「しかし、三郎どののお年では」

「いやいや、別当の多治どのがついておられる。あのお人もなかなかの武人だ」

（そうか。だから将門は、弟に常羽の御厩を任せたんだ……）

美綾はうなずいた。そういえば御厩の別当も馬の扱いが巧みだった。将門の父親の配下として、もとはかなりの兵士だったのかもしれない。

川沿いの道を上流へ向かい、前回襲撃のあった船着き場まで行ってみる。船はまだ影も形も見えないが、川岸には早くも武装した男たちが集結していた。

「武器庫を開けたみたいだね」

彼らをながめた黒田が言った。男たちの装備がこの前より格段に上がっていたからだ。集まった人数も多く、別当や三郎などの主だった者は、胴よろいを着てかぶとを被《かぶ》っていた。他の者は烏帽子《えぼし》を鉢巻きで押さえ、矢のつまった矢筒を背負い、胸当てや小手をつけている。弓の他に矛などの刃物を持つ者が多かった。

「御厩の別当は腹をくくったみたいだね。もう一歩も引かないかまえだ」

黒田がそう言ったとき、美綾は、自分が少しわくわくしていたことに急に気づいた。

「殺し合いになっても、一歩も引かないという意味？」

「この場合当然だよ。相手がこちらの武器を見て退散しないなら」

「黒田くん、楽しそうじゃん」

思わず言うと、男子はけげんな顔でこちらを見た。

「けなされてる？　人間は、好んでスポーツ観戦をするじゃないか。映像のおれたちにとって、両者にほとんど差はないよ」

「それでも、スポーツで人は死なないよ」

「ああ、命の重さの話か」

黒田はマイペースに続けた。

「この時代、人間の命はずいぶん軽かった。とはいえ、オオカミの命だって軽かったし、小鳥の命だって軽かった。虫たちの命だって軽かった。すべての生きものが同じ比重ってことで、世の中が公平だったよ。現代では見えづらくなっているが、本当はその事象が変化したわけじゃない」

（変化したわけじゃない……）

少しとまどってから、美綾はたずねた。

「私の命も軽いってこと？」

「気にすることないよ。今のみゃあは意識だけだし、もとの体に戻るまでは霊素に守られているから」

ほほえんだ黒田は、それから勢いよく言った。

「この際、戦闘する人間の臨場感を体験しておくといいよ。なかなかできることじゃない。きっと貴重だよ」

「えっ、ちょっと」

美綾はあわてたが、黒田は美綾の肩を抱いて河原の男たちのただなかに降り立った。

以前のように遠巻きに見ることしか考えなかったので、間近に立つ武装の男たちに目を白黒させてしまう。金物の匂いが血気にはやる男たちの匂いと入り混じり、美綾が今まで知らない匂いになっていた。

三郎の指示で男たちは散らばった。船着き場近くの灌木《かんぼく》の陰に、三々五々に待機する。

午後遅い時刻であり、太陽は丘陵の側に傾いていた。日暮れが近づくと、水辺にうっすら川霧がただよい始める。柴《しば》などを積んだ小船が何艘《そう》か着いた後、川上にかなり大型の船が、霞《かす》んだ灰色の姿を現した。

そして、大型船に気づくのとほぼ同時に、複数の馬のひづめの響きが聞こえてきた。かすかな地鳴りに聞こえたものがみるみる大きくなる。

弓矢を手にした男たちが物陰から飛び出し、三郎の合図とともに川上へ矢を放った。

（襲撃だ。本当にやって来た……）

映像の体だというのに、美綾は心臓が早鐘を打つ気がした。おそるおそるたずねる。

「馬の数、ずいぶん多くない？」

黒田も同意した。

「向こうも増強してやって来たようだね。歩兵には不利かもな」

敵の数を見極めようと少し上空に出たとき、相手側も矢を放った。尖《とが》った矢尻《やじり》がうなりをあげて向かってくるので、美綾は思わず黒田の背中に回った。

「おれを盾にしても、矢が刺さるときは刺さるよ。突き抜けても別状はないけど」

「別状なくても見たくないよ、私たちに刺さるところ」

「じゃあ、後ろにいて」

黒田は、美綾に言われて初めて飛来物をよける気になったらしい。そうと決めると意外に敏捷《びんしょう》で、一度も矢に中《あた》らなかった。美綾に同じまねはできず、後ろから両肩をつかんだら二度と放せなくなったが、ありがたいと言っていいかは微妙だった。その代わり、黒田と同じ行動をすることになり、彼が臨場感を味わうのを止められなかったのだ。

覆面した男たちが乗る馬は十数頭いた。船着き場を守る人々はそれより多かったが、勢いをつけた馬のひづめに蹴《け》散《ち》らされ、灌木の陰へ逃げ込むしかなかった。しかし、騎馬が桟橋前の広場にたむろするようになると、彼らも木陰を出て果敢に応戦した。盗賊の数人が鞍《くら》から射落とされ、矢と刃《やいば》が入り乱れる戦いになっていく。

（馬は、なかなかいい馬だ……）

ユカラほど目利きになれたわけではないが、栗毛や葦毛《あしげ》の馬を見やって、美綾はそう評価した。しかし、背中に乗る男たちは着るものも不ぞろいで、だらしなく不潔そうだった。

将門の領地の人々も、褒められるほど清潔とは言えなかったが、衣の破れを繕うし洗濯もしている。襲撃の男たちにはそれがなく、上等そうな衣も汚れて裂けていた。一人として同じ装いの者がいない。頭や口もとを布で覆って隠していることだけが同じだった。

（この人たちは、オオカミじゃない……）

影の者の戦闘を見たとき、美綾には何もわからず、ただ恐ろしいばかりだったが、今回人間の強盗を目にすると、何倍も憎らしく思えた。攻防に気がもめる。

あちらこちらで血しぶきがあがっていた。夕闇が迫るとともに川霧が濃くなったが、見ないですむほどには霞《かす》まなかった。怒号や悲鳴が河原のしじまをかき乱し、新しい血の匂いがする。美綾はたびたび黒田の後ろに顔を隠していたので、戦況の変化はよくつかめなかった。

「まだ撃退できないの。だめなの？」

小声でたずねると、黒田が考え深げに答えた。

「このままではね。でも、馬のひづめが聞こえる」

争乱の中、近づくひづめの音に気づく者はいなかっただろう。美綾もまさかと思ったが、空耳ではなかった。岸に沿って疾走する馬が数頭現れる。見極められるほど近づくと、先頭に立つ黒馬は、胴よろいに身を固めた将門を乗せていた。半馬身ほど下がった二頭の馬にオシヌとモロが乗り、将門の両わきを固めている。

「将門は傍観したんじゃ……」

美綾は目を疑った。沼の向こうにいるはずの将門が、あろうことか川上から駆けて来るのだ。黒田が評した。

「戦術だね。わざとこの場に騎馬を置かなかったんだ。相手はかさにかかって乗り込んできて、退路を断たれるわけだ」

将門の騎兵は七名ほどで、頭数は少なかった。けれども、盗賊たちがあわてふためいたのは、はたから見ても明らかだった。御厩の別当が、常羽の男たちに下がるよう命じる。

盗賊たちが態勢を立て直す前に、将門たちの馬が迫った。蝦夷の男が正確に相手二人を射貫《ぬ》き、真っ先に駆け抜ける将門が、すれ違いざまに一人を斬り伏せた。すぐさま馬首を返し、別の男と打ち合ってこれも落馬させる。

みるみるうちに形勢が逆転した。騎馬に近寄れずにいた常羽勢は、落馬した男にここぞとばかり集まり、武器を取り上げて生け捕った。逃げおおせた者はほとんどいなかっただろう。少なくとも、将門が来てからはだれも逃げることができなかった。上総の追っ手を追い返したときとわけが違い、なかなか容赦がなかった。

（この人、いくさ上手なんだ）

美綾は将門を思った。ふだんは温厚な青年に見えても、ある一線を越えたとき、相手を再起不能にする非情さを持ち合わせている。そういう人種なのだと実感できた。

無事な盗賊は一人もいなくなり、攻防にけりがついた。もやった大型船では、船べりに頭を隠していた船人が、そろそろと動き出している。

黒馬の鞍を降りた将門は、真っ先に弟のもとへ急いだ。大きなけがのない様子を知り、ちらりと歯を見せる。

「危険な役目を負わせたな。よくこの場を持ちこたえてくれた。けが人はどのくらい出たのか」

「重傷者はおりません」

三郎将頼は、声をつまらせて言った。

「兄上がいなければ、それもかないませんでした。おれには策を思いつかなかった。兄上のおかげです」

「蝦夷の戦法だよ。馬をどう使えば負けないいくさができるか、おれも北で学んできた」

将門はほがらかに応じ、三郎の腕のあたりを親しみをこめてたたいた。

「おまえはよくやっている。常羽の御厩はやはりおまえに任せられる。さあ、不届きな盗人《ぬすっと》の人相を検分しようじゃないか。身元が知れる者がいるかもしれない」

「兄上」

三郎はすぐに動かず、将門を見上げた。顔色が悪く、目ばかり光って見えたが、それは戦いの反動だけではないようだった。

「身元のわかる者がいましたが、死にました。捕らえようとしたら襲いかかってきて。覆面をはいでみると、源三郎《げんざぶろう》……源　繁《みなもとのしげる》でした」

将門ははっとして弟を見返した。

「おまえと仲のよかった源家の御曹司《おんぞうし》のことか」

「最近は疎遠でしたが、おれもどういうことかわかりません。けれども、見まちがいじゃない。あいつの顔ならよく知ってます」

「確認しよう。居場所へ案内してくれ」

美綾たちは、将門たちから少し離れたところに降りていた。足が地面についたので、美綾も自分自身で立っていた。二人の会話を聞いて、黒田が美綾にたずねる。

「御曹司とはなんだい」

美綾はやや上の空で答えた。

「偉い人の息子で、まだ親の屋敷に住んでいる子のこと。たぶん、源扶の弟だよ。『将《しよう》門記《もんき》』には源護の息子が三人載っていた」

「この前は、源家の郎党を見たと言ったんじゃなかったか？」

美綾も、三郎の言葉を思い返した。

「常陸の祭りのとき見かけたと言ってたよね。その男、御曹司の付き人だったんだと思う」

「主人こみで盗賊団に入っていたというわけか。どういう家なんだろうね」

美綾は、ショックを隠せない三郎の顔色を思うと、まずいことなのだと思わざるを得なかった。

「殺しちゃいけなかったのかも。せめて生け捕りじゃないと」

「偉い人の子は命の重さが違うってこと？」

美綾が返事をしないので、黒田は少し控えめにたずねた。

「将門たちが死体を検分するのを見に行くかい。それとも、このへんでやめておく？」

顔をしかめたものの、美綾はきっぱり答えた。

「見に行く。もう琴葉の死体だって見てきたんだし、今さら、死んでるだけで怖がったりしないよ」

戦いが勝利で終わったのを知り、御厩の人々も河原へ出てきて、船の荷下ろしが始まった。蝦夷の男や牧の人々が、馬たちの世話をするために坂道を引いて行く。取り押さえた盗賊には縄をかけたが、重傷者には手当てもしてやった。彼らが引っ立てられて行き、地面に散った矢柄などが回収されると、人馬に踏み荒らされた河原には、筵《むしろ》をかけた三体の遺体だけが残された。

将門たちの会話に耳をすませると、将門自身はそれほど繁と親交がなかったらしい。平国香の屋敷に滞在したことも、ほとんどなかったようだ。母親が違うせいかもしれないし、領地を離れて過ごす期間が長かったせいかもしれなかった。

二人が筵を取りのけて見守る遺体は、まだ若い男だった。御曹司と呼ぶからには、結婚前だったのだろう。身につけた着物は汚れていても上等だった。肩から斬られた刀傷があり、刺さった矢傷もあるが、衣を染めた血のりは少なく、目をそむけたいほど凄惨《せいさん》な遺体ではなかった。

将門は、遺体の襟元を開いて傷を調べ、それから、首の後ろを手で探った。弟に念を押す。

「確信は変わらないか。今もこの男は源三郎だと思うか」

三郎は、くちびるをかんでうなずいた。

「顔のほくろが同じです。別人じゃありません。勝算もないのに打ちかかってきたのは、捕まるわけにいかなかったからでしょう。もう少し早く気づけば殺さなかったものを」

将門が低く言った。

「おまえに落ち度はない。近ごろ界隈《かいわい》を荒らしたのはこの一味だろう。下野にねじろをもつようだが、息子がその一人と知られた以上、源護どのも言い逃れはできまい」

三郎は遺体を見つめ、のどのつまった声を出した。

「やはり、そういうことでしょうか。それでは、父上を殺した盗賊も」

「前よりはっきりしたと思う。父上を襲ったやつらは、下野を通る街道沿いに出た。同じ顔ぶれじゃなかったとしても、必ず関わりがあるはずだ」

将門はかみしめるように言った。三郎は兄を見上げた。

「首謀者はだれだったのでしょう。護どのだったのか、それとも常陸の伯父《おじ》上だったのか……」

「ぶつかってみるしかないな。ここまで無法なまねをされて、おとなしく引き下がることなどできない」

将門は硬い口調だったが、弟を見やると、それまでの顔つきを和らげた。

「少し休め、あとの指示は別当どのに任せればいい。おれも、もうしばらくこちらにいる。別当どのとも話があるのだ」

「休むことはできません、おれの仕事です」

三郎は否定したが、顔色はまだ青白かった。年配の従者に装備を脱ぐよう勧められ、結局は木陰へ向かったが、その場を去る前に、将門の前に立って改まった声音になった。

「兄上、鎌輪に戻ってくれませんか。おれに御厩の仕事ができたとしても、父上に味方した人々をまとめられるのは兄上だけです。母上がどう思われようとです」

将門は意表をつかれたようだった。

「その気持ちはもらっておくが、今すぐどうこうすることじゃないだろう」

三郎は真剣な面もちをくずさなかった。

「いいえ、そうは思いません。兄上が常陸の人々と対決するときは、おれも兄上とともに戦います。そのときはおれを加えてくれますね」

やや間をおいてから、将門はうなずいた。

「わかった。はずしはしないよ」

三郎を見送った将門は、その場でしばらく考えこんでいた。やがて周囲を見やり、自分の従者にたずねる。

「オシヌはどこへ行った」

「盗賊の馬を引いて牧へ向かいました」

「そうか」

若い従者は気を回して言った。

「別当どのは、盗賊たちを引いて倉町へ向かわれました」

「それなら、おまえたちは倉町へ行って、捕虜の尋問を聞いてこい。おれは牧へ行っている」

従者たちは少しけげんな顔をしたが、指示どおりに駆け去った。一人になった将門は、筵をかけた遺体に背を向けて歩き出した。

美綾たちは将門の後をついて行った。牧へ抜ける小道は丘の雑木林を通ったので、木立をくぐって将門の背中を見ながら進む。河原に集まった人々は、荷運びの道からそれた方面へは足を向けなかった。林のあたりはほとんど人気《ひとけ》がなかった。

（わざと一人になったみたいだ……）

不思議に思っていると、やがて理由が判明した。草原にある牧の柵《さく》の手前、林が途切れる最後の木々のあたりに、小柄な人影がたたずんでいた。少年のような髪型、小さな石を下げた耳飾り。ユカラだった。薄闇の中だが、透明な石がかすかにきらめいて見える。

蝦夷の少女は、将門が自分に気づくと頭を下げた。

「ご無事で何よりでした」

「来ているると思ったよ」

将門は当然のように声をかけた。

「戦闘に加わったことを、軽率だと思っているんだろう。非難には甘んじるが、三郎を放っておくことはできなかった。悔いるつもりはない」

ユカラはとりすまして言った。

「あなたさまはそういうおかたです。非難はむだな労力なので、初めからいたしません」

将門が短い笑い声をたてた。笑いの奥には、消え残った火花があるようだった。胴よろいもまだつけたままの姿だ。たそがれで見えないとはいえ、よろいにも直垂《ひたたれ》にも他人の血が散っているのだろう。

「戦いを見ていたか」

「はい、一部始終」

「ならば、どう見る。あそこに源護の末息子が死んでいることを」

ユカラは少しためらう調子になった。

「遠目でしたし、見届けたとは言えませんが……」

「かまわない。もう少しはっきり聞こう。ユカラは、戦いの最中にオオカミの姿を見ていたか」

少女はかぶりをふった。

「見ていません」

「おれも見なかった。だが、繁のうなじには、琴葉どのとそっくりな傷跡があった。致命傷になる咬《か》み傷だ。どう解釈すればいい」

声にいらだちがあった。困惑をユカラにぶつけているようだ。

将門を見つめてから、ユカラは言い含めるようにゆっくり答えた。

「私には見えなかったし、だれにも見えなかったのかもしれません。それでも、オオカミはいたのでしょう。そして、三郎さまをお救いしたのでしょう。見えないオオカミは、山のおかたの使者だと思えます。きっと、三峰《みつみね》の行者さまが遣わしたのです。悪い兆候ではありません」

「見えないオオカミ？」

将門はまばたいた。

「そんなものがこの世にいるのか。おまえには、それも当たり前なのか」

「蝦夷は、山のおかたを尊ぶものです。ご意志に逆らうことさえしなければ、山々の恵みをもたらしてくださいます」

ユカラの神妙な言葉を聞くと、将門はしばらく口をつぐんだ。それから、重い声でたずねた。

「どうして、繁の命を奪う必要があった。オオカミを遣わしたのが行者どのだとしたら、その思惑はどのあたりにあるのだ。おれにはわからない。おれたちに味方しているのかどうかでさえ」

ユカラは自分の左腕を手で押さえた。

「少なくとも、私は救っていただきました。あのときオオカミがいなかったら、今ここに立ってはいません」

「それはそうだ。今日も、そのままでは三郎が繁に殺されたのかもしれない。感謝するべきかもしれない。だが……」

大きく息をついてから、将門は続けた。

「父上の死からこちら、おれは、見えない何かに仕向けられている気がしてならないのだ。新たな死人が出るたびに。父上を殺した下手人に報復をと思い続けたが、これから先、源家も息子の死の報復を言い出すのだろう。対決せずには終われなくなっている」

ユカラが悲しげに見つめた。

「私も、将軍さまを殺した者の正体を知りたいと思い続けてきました。けれども、将門さまだけは、どうか冷静な分別をおもちください。まだ、親族のかたのしわざと決まったわけではないのです」

将門は捨てばちな口ぶりになった。

「ならば、おれを駆り立てているものも、呪いのうちなんだろう。おれは、伯父たちに屈して終わることができない。泣き寝入りするほうが利口な手段だとしても、死なずにすむ者が多いとしてもだ。親族との戦いが避けられないよう、三峰の行者たちにことを運ばれている気がするくらいだ」

けんめいな口調でユカラがさえぎった。

「違います」

「山のかたがたは、他の何であろうと呪いの主にだけはなりません。呪いのゆがみを正すため、私たちの前に現れたのです。それに、将門さまは呪いにかかってなどいません。もし、かかっていたら、見えないオオカミがお命を奪ったでしょう。将門さまは正気です。強力な守護神がついておられるのです。そばにいると感じられます」

将門はしばらく口をつぐんだ。それから、ぽつりと言った。

「ユカラは、ばばさまが成り代わったような口をきくな。ばばさまの小屋でそう言われるのを聞くようだ」

ユカラは一度顔を伏せ、また見上げた。

「すみません。私はこのために育てられた子どもなので、しかたないのです」

将門は、ふと興味をもった様子でたずねた。

「前に、ばばさまの血縁ではないと言っていたな。おまえの生みの親は、今も息災なのか」

いきなりだったので、ユカラは数回まばたきしたが、すなおに答えていた。

「両親のことはよく覚えていません。おばばさまに才覚を認められた子どもが、幼いうちに神の家にさし出されるので」

「生まれた家も、きょうだいが何人いるかも、おまえは知らないのか」

ユカラは、何となくほほえんでうなずいた。

「蝦夷はよく移住して暮らすので、生まれた家はもう立っていないでしょう。両親もきょうだいも息災だと思いたいですが、今はどこにいるのやら」

「そうか。しがらみを持たない生き方というのも、強さの一つかもしれないな」

将門は低く言い、牧場の上に広がる日暮れの空を見やって続けた。

「だが、このおれは、身内の生死を背負う宿命のようだ。そして、亡き父を慕った人々の暮らしを守る。そのためには、だれと争おうと領土を死守して、みんなに安らかな生活をさせる。それしかないようだ」

将門が道を戻っていくと、美綾は肩で大きく息をついた。黒田に確認する。

「今の戦いに、オオカミがいたって本当？」

ポニーテール男子は、悪びれもせず肯定した。

「うん、そういえば、いたね」

「どうして教えてくれないのよ」

「みゃあは、戦闘を見たくないようだったから」

「それとこれとは話が違うでしょ」

黒田はびっくりしたように見返すだけだった。自分勝手な言いぐさなのかと、美綾も少し反省した。

「ユカラは見えないオオカミと言ったけど、そういうオオカミっているの？　きみだけ見えたの？」

「いや、オオカミは人に化けていた。行者ではなく、ふつうの郷《さと》の男だよ。少し霧がかかっていたから、だれも気づかなかっただろう。だけど、三郎を助けたのがオオカミだったのは、まずまちがいないね」

美綾は顔をしかめた。

「影の者は、将門の血筋に乗り移るんじゃなかったの。今回、オオカミに殺されたのは源繁だけど、繁も〝えやみ〟になったの？　法則性がないよ」

「前提がまちがっていたということだね」

黒田が指摘した。

「影の者がねらうのは、将門の一族とは限らないらしい。つまり、〝しるし〟の解釈がまちがっていたんだ。呪い主が呪う標的はもっと大きいんだよ」

美綾は、雲をつかむ話にじれったくなってきた。

「ああ、もう、呪い主ってどこのだれ。源家の人かと思ったらそうじゃなかったし、平国香も源家の息子は呪わないだろうし」

黒田がおかしそうに見やった。

「そのあたりの人間が呪い主ってことはないね。なにしろ、オオカミまで動いているんだ。人間の枠に当てはまらない、そうとう異常な霊的事態なんだよ」

美綾はまばたきした。

「呪ったのは人間じゃないってこと?」

「そこまではおれにも見えない。ただ、今の時点でわかるのは、将門がこれから常陸勢と戦う運命だとしても、本当の敵は違うかもしれないってことだね」

「本当の敵、どういう意味?」

黒田は一度空を見上げてから、まじめな表情をして言った。

「本当の敵に向かっているのは、将門じゃなくオオカミだ。今、オオカミたちが戦っている」

美綾は、少しぽかんとして見つめた。自分と黒田の見るものがだいぶ違うことに、改めて気づいたのだ。たしかに美綾には人間しか見えていなかった。三峰の行者がオオカミだと知っても、彼らを主役と見なしてはいなかった。

「黒田くんは、どうして人に化けたオオカミを見分けられるの。区別できるのは、モノクロが以前オオカミだったから?」

男子は首筋に手をやった。

「うーん、それはあるかも」

「教わったら、私も見えるようになれる?」

「どうかな。おれの場合、人型になっていても少しは犬の感覚も使えるし……」

二人が話しこんでいたのは、まだユカラのそばだった。将門が去った後、ユカラはその場にしばらく留《とど》まっていたのだ。あたりは宵闇に沈んでいたが、西の空には薄黄色の残照があり、なだらかな丘の稜線《りょうせん》がくっきり見える。

「守護神さま」

ふいにユカラが口を開いたので、美綾たちは話をやめてふり向いた。ぎょっとすることに、ユカラのまなざしはまっすぐ美綾の顔を見ていた。

「どうか私に力をお貸しください、木の女神さま」

第四章　モノクロ

一

蝦夷《えみし》の少女は、両手の指を組み合わせて立っていた。

夕暮れの木立の下にただ一人たたずみ、語りかけるようにつぶやく。

「南の地にいらっしゃる、うるわしい木の女神さま。あなたさまの気配を、私は感じることができます。こうして私のそばに来てくださるとき……」

（えええっ）

美綾《みあや》はあわてふためいた。これまで、ユカラが気づいたそぶりを見せたことはなかった。だが、見えないものと思いこんで、美綾が注意しなかったのかもしれない。

何の気なしに一メートルほど宙に浮かんでいたことが、急にきまり悪くなり、あわてて地面に足をつけた。今さら意味がないと下りてから気がつく。黒田《くろだ》は空中を動かず、腕を組んで見守っていた。

ユカラはただ真剣な表情で美綾のほうを見つめ続けている。

「あなたさまは、将門《まさかど》さまの守護神でいらっしゃいます。それでも、私のことをも庇護《ひご》してくださいます。オオカミに救われたのも、あなたさまのお力でしょう。けがをしてからさとりました。女神さまが私のとるべき道を示してくださることに」

「それ、ぜんぜん違うから。私の力じゃないし、女神でもないから」

思わず両手をふって答えてしまった。目線の高さが同じになると、女子同士という気持ちが強くなるのだ。

「あのね、私、人じゃないみたいに見えるとは思うけど、それでもただの人なの。今、実体をもっていないだけ。だから、何かしてあげることはできないの」

ユカラは、行者に見せたような感謝のしぐさを行っていた。

「清浄な木の女神さま。あなたさまがおいでになるから、将門さまはいまだに呪いから守られています。三郎《さぶろう》さまも守られました。どうぞ、私にその道をお示しください」

（通じないんだ、私の言葉……）

会話にならないことに気がついた。だいたい、今のユカラは蝦夷語でしゃべっている。美綾はその内容を翻訳して聞き取るが、話せるのは現代の言葉だけだった。声が聞こえたとしても、ユカラには理解できないだろう。

困惑して立ちつくす美綾をよそに、黒田が蝦夷の少女に近づいた。

地面に下り、間近から顔をのぞきこむ様子は、束ねた髪も直垂袴《ひたたればかま》の装いも実在して見える美綾にとって、不謹慎としか思えなかった。非難の言葉が出かかったが、ユカラがまったく反応を示さないのでのみこんだ。

美綾の隣りへ戻って来た黒田は、納得した口ぶりだった。

「どうやら、見えていないよ。聞こえてもいない。ただ、きみの気配を感じ取れるんだ。それもみゃあの気配限定で、おれには気づかない」

「何が違うの。私が人間だから？」

「推測だけど、きみがあの子の体に入ったせいじゃないかな。きみはそのせいで、ユカラに人一倍親近感をもっているだろう。ユカラのほうも同じなんだよ。相互作用が生まれて、近くにいるとわかるようになったんだ」

黒田はおもしろがるように続けた。

「もともと勘のいい子だったし、なぞめいた現象をそのまま受容する素養もある。ユカラが思う世界では、きみも神のうちなんだよ。グレードアップしたね」

「でも、なぜ、木の女神？」

「ケヤキの木で寝るからでは」

ユカラが語りかけたのは、祈願の作法であるらしかった。美綾は的はずれが気恥ずかしいものの、祝詞《のりと》の原型はこういうものかと思ったりした。

願いの核心に入ると、ユカラは少し口調を強めた。

「お力をお貸しください。山の行者さまの居場所へお導きください。もう一度行者さまに会うことができ、呪いの原因が見つかるならば、この身を捧《ささ》げてもかまいません。どうぞ願いをかなえてください」

ケヤキの木に戻ってからも、美綾はまだ驚いていた。

ここをねぐらに決めたのはたまたまだったのに、そのせいで、ユカラにとっては木の女神になったのだ。

「いつからわかるようになったんだろう。体に閉じこめられたときでも、ユカラに何かが伝わったことは一度もなかったのに」

「そのへんは、モノクロでも未知の領域だね」

黒田は、細い枝先で器用にひじ枕をしている。考え深げに言った。

「きみを神と同じに考えるなら、体に入れば憑依《ひょうい》になるんだろうな。人間たちの言う憑依現象は、神の側としてはあまりよく理解できないんだ。モノクロは転生するタイプだから、取り憑《つ》くケースになじみが少ないし」

「憑依が理解できない？」

美綾はうさんくさく見つめた。

「神がかりするシャーマンは世界中にいるものでしょ。神のお告げを語る人はたくさんいるのに、神様にはわかってないの？」

「あり得ない現象とは言わないよ。ただ、理解しづらいって話」

美綾も神がかりに詳しいとは言えないので、話をもとに戻した。

「ユカラに話しかけられて、急に、私もこの時代のこの場所にいるんだって実感した。けっこう長くいることになったけど、これまでずっと、私が何をしても関係ないと思っていたのに」

「きみも過去の現実に加わったってこと?」

美綾は思わず強調した。

「だって、そうでしょう。私は過去を見物にきただけで、何も変えられないってモノクロが言ってたのに、ユカラにさとられちゃったんだよ」

黒田は少し考えた。

「たしかに、変えられないのは本当だよ。すでに起きた時空の事象は、未来を知るきみが変えようと異変を起こしても、代替物で自然に穴埋めしてしまうんだ。結果として現象には差がなくなる。どんなことをしてもね」

「私がユカラにどんな影響を与えても、ユカラに協力しても、将門の運命は変わらないって意味?」

「そうだね。将門の運命には強度があるから」

目をつぶって黒田は続けた。

「将門の生死が起こした事象は、簡単に変わらない部類だよ。彼が死ななかったら、その後の武士政権まで変わってしまうだろうし」

「それはそうだけど」

美綾もしぶしぶ認めた。『将門記《しょうもんき》』には、将門を討ち取った人物に平清盛《たいらのきよもり》の先祖、将門を朝廷に訴えた人物に源頼朝《みなもとのよりとも》の先祖が出てくるのだ。

(私だって最初から承知していた。平将門は早世する人物だとわかっていた。でも、こんな気持ちになるとは思わなかった……)

ユカラの心を思うと、美綾も胸が痛むのだった。

「将門を動かせなくても、ユカラが探そうとする呪いのことは、歴史に見えてこないよね」

美綾が言うと、黒田は起きなおった。

「みゃあは、何がしたいの」

「将門を助けられないのはしかたない。それでも、せめて、ユカラが私に願ったことをかなえてあげたい」

くちびるをかんで、美綾は言葉を続けた。

「オオカミの行者がどこにいるか知りたい。探す気になれば、この体は楽に広範囲に動けるはずだし。ユカラをもう一度行者に会わせてあげたい」

「きみがそうしたいなら、おれも探そう」

黒田はあっさり引き受けた。

「おれの場合、オオカミの居場所を探すのはかなり簡単だよ。そっちの感覚が使える」

「そっちの感覚？」

「着替えれば、オオカミの匂いをたどれるってこと」

美綾はあっけにとられた。

「どんな着替えよ」

「映像だから、簡単に変更できると前にも言っただろう。みゃあの場合は着物くらいだが、おれにはオオカミのデータもある。モノクロの仕込みだから」

にこやかに言われても、目をまるくするしかなかった。

「黒田くん、オオカミになれるの？」

「その気になれば、オオカミのコミュニケーションもできる」

まだ茫然《ぼうぜん》としている美綾に、男子は元気よく言った。

「じゃあ、さっそく始めよう。会いに行くなら夜のうちだよ。オオカミは明け方になると狩りに出かけるから」


美綾は、心の準備ができない思いでケヤキの根もとに下りたが、いっしょに下りた黒田がいなくなっていた。とまどって見回す。

すでに夜は更け、闇に重さがあった。夜鳴く鳥やカエルの声が耳に届くが、かえって静けさを深めている。最近の美綾は暗さになじみ、わずかな月明かりや星明かりで黒田がいるのを察せられたので、見失ったのが不可解だった。

(それだけ黒田くんは、必ず私のそばにいたんだ……)

初めて気がついた。髪を束ねた黒田に出会ってから、美綾は彼の姿を見失ったことがほとんどなかった。

そのとき、美綾の腰骨のあたりを、温かいものがかすめて通り過ぎた。はっとして目をやると、木陰を離れた前方の空き地に、月光を浴びた一頭のけものがいた。最初は太い尻尾《しっぽ》と背中を見せ、それから美綾をふり返る。

尖《とが》った耳、黒い鼻先、たてがみのある首。以前に見たのと同じ巨大なオオカミだった。毛並みは月下で灰色に見え、瞳《ひとみ》がきらめく。頭の位置を低くかまえた立ち姿であり、いつでも獲物に襲いかかれるように見えた。

「どうしたんだい。おいで」

美綾がひるんでいるので、オオカミが言った。パピヨンの言葉が聞こえるときの、頭に直接届く声音だった。モノクロの声と黒田の声は同じものだとよくわかる。ほっとして歩み寄った。

「これ、モノクロがオオカミだったころの姿？」

「そこまで知らない。ただの理想型かも」

「さわってみていい？」

オオカミの首筋は、美綾の腰より高くにあった。触れてみると毛の感触はかなり硬い。剛毛の下には、美綾が強く押しても突き抜けることのない体があった。

「しっかりさわれるね、このオオカミ」

「同じ映像だからね」

「どうしてもっと早く、オオカミになれるって教えてくれなかったの」

オオカミが口を閉じたまま言う。

「おれの役目は、みゃあが見たいものにつきあうことだ。関心ないものまで提供しないよ」

美綾は、人間関係ばかり関心があると言われたことを思い返し、文句を言えないと思った。

「オオカミに会いに行くには、オオカミになる必要があるの？」

「正直なところ、映像はあまり役に立たない。視覚にたよらず、嗅覚《きゅうかく》に特化した生きものだからね。実際は別の世界で生きているようなものだ。人を化かすことはあっても、オオカミたちは見かけを信じない。そして、匂いは嘘がつけないものだよ」

「じゃあ、なぜ、わざわざオオカミになるの」

「自分の都合で」

黒田のオオカミはさらりと言った。

「匂いを追うには地面をたどるしかないんだ。けもの型のほうがずっと効率がいい。それに、きみとはぐれずにすむ。夜中の森へ行けば、目にたよるみゃあははぐれる確率が高いよ」

反論できずにいると、オオカミがあごを上げて示した。

「背中に乗ってるといい。なるべく障害物をよけて進むようにするから」

（実体だったら、ぜったいにできないことだ……）

美綾はおそるおそる平らな背中に乗ってみた。自重がないので、ふんわり接した感じだ。それでも、つかんだ首筋の手ざわりは鮮明で温かかった。

美綾がしがみついたのを知ると、オオカミは走り出した。身を低くした走り方はなめらかで静かだ。ただし、ふいに大きく跳躍することがあるので、背中の美綾も気が抜けなかった。あっという間に草の丘を越え、黒く光る小川の流れを飛び渡っている。めまぐるしく変化する景色のほとんどは闇の中だった。見当をつけるのはあきらめ、顔を伏せて指に意識を集中させた。夜の草木の香りのする風にあおられ、うっかり手を放したらどうなるかわからないのだ。

（本当にオオカミっぽい……）

走り出すと一言も話さなくなったので、黒田が消えたようで不安になった。しかし、美綾が強くしがみつける相手は黒田以外にいない。

（ユカラは、私を将門の守護神と言っていた。自分の守護神と見ないところがユカラしい。それに、ある意味正しい。ここへ来たのは将門を見るためだったもの。でも、私は守られて行動するだけだ。守護神と呼べる何かがいるとしたら、黒田くんのことかも……）

美綾がぼんやり考えるうちに、オオカミは木立に入り込んでいた。見えなくても、あたりにやぶが続くのがいやでもわかった。細い枝先が体を通り抜けるのだ。障害物を避《よ》けられないほど狭い場所を通っている。

植物が体を通り抜けるのは、動物が通るよりは不快感が少なかった。熱感はなく痛くもないが、それでも長く続くといらだたしい。こらえて息をつめていると、しばらくぶりに黒田の声が聞こえた。

「見つけたよ。このやぶの向こうに少し大きな群れが集まっている。見当がついたから、この先は上から行くよ。いいね」

美綾がうなずくと、オオカミはそのまま上空へ飛んだ。

体に触れる枝先がなくなり、しばらくぶりに星空が見えた。黒い梢《こずえ》を空から見下ろす位置まで来ると、木々が覆った山肌に小さな空き地がぽっかり見える。淡い月明かりが崖《がけ》と草地を照らしている。

「オオカミが見えるかい」

「空き地なら見える。ここはどこ、三峰山《みつみねやま》？」

「そんなに遠くまで来てないよ。下総国を少しはずれただけだ」

美綾は少し驚いた。

「行者たち、今も将門の近くにいたんだ」

「そのようだね。山から仲間を呼び寄せたようだよ、倒木や岩陰に十頭以上いる」

「数を増やして、どうするんだろう」

黒田のオオカミが耳を動かした。

「彼らも思い切ったことをしようとしている。ユカラにはいい兆候かもしれない」

「ユカラが居場所を見つけたらの話？」

美綾は不満げにたずねた。案内もなく探し当てられる場所とは思えなかったのだ。

「私には見つけられないし、ユカラにもとうてい無理だよ」

気の進まない提案をするように、黒田は言った。

「リーダーに、おれがユカラのたのみを伝えてもいい。鳥やけものには、霊素を察する能力があるんだ。だから、おれがオオカミ型の霊的存在だということは、オオカミに伝わる。コミュニケーションも何とかなるだろう」

美綾はまばたきした。

「人に化けて会話するわけじゃないの。そんなに違うの？」

「オオカミ本来のコミュニケーションに言葉はないし、彼らに通じるのはそちらの伝達だけだよ。人に化けて人と対話するように思うのは、接した人間の脳内の幻想だ。それらしい内容を組み立てて聞こえたと信じている」

「何それ。行者の長《おさ》が教える内容も幻想で、事実じゃなかったの？」

美綾は思わずうろたえたが、黒田の口ぶりはゆるがなかった。

「事実だよ。ただ、オオカミの話をどこまで理解できるかは、接した側の能力によるんだ。ユカラは対話ができるし、行者と意志をかよわせるところまで行くが、できない人間が多い。多くの人は行者姿を見て考えるのをやめ、行者らしい言動をしていると解釈するだけだ」

（そういえば、行者の長の話を聞いても、人によって受け止める深刻さが違っていた。佐五郎《さごろう》など、すぐ忘れてしまったようだった……）

ふいに気がついた。行者の言葉を聞くのも、美綾が言葉を翻訳して聞くようなものなのだ。自分の理解の範囲に当てはめるので、聞く者によって違いが出るのだ。

一人でうなずいていると、黒田のオオカミが言った。

「おれがオオカミに伝えに行くなら、きみをここに待たせることになるけど、それでもいいかい」

「私もいっしょに行く。行きたい」

美綾は急いで言ったが、これぱかりは黒田が承知しなかった。

「その選択肢はない。オオカミは敏感だから、きみに違和感をもつはずだ。穏当なコミュニケーションになる保証はない。ここで待っているか、今すぐおれと引き返すかだ」

美綾が黙ってしまうと、黒田は重ねて言った。

「みゃあを一人にしない約束だった。だから、あまりやりたくないんだが、きみがユカラの願いをかなえるほうを選ぶなら、おれもそうする。どうしたい？」

しばらくためらったのち、美綾は答えた。

「ユカラの願いを選ぶ」

黒田の声音に「やっぱりね」という響きがあった。

「おれが戻るまで、この杉の木のてっぺんから動かないように。それより下へ行ってはだめだよ」

美綾が約束すると、黒田のオオカミは空き地をめがけ、吸いこまれるように下りていった。

美綾は空き地に目をこらしたが、すぐに黒田の姿も影にまぎれ、上空から見えるオオカミはいなかった。野生の生きものなら、身の隠し方を心得ているのだろう。待つと決めたものの、待ち時間が長くなるとやはり気がもめた。

(私もオオカミになれたらよかったのに……)

言葉によらないコミュニケーションで、相手に意志を伝えるにはどうするんだろうと考える。黒田には簡単なのだと思うと、どこか悔しい気分だった。黒田がオオカミの姿を披露したときから、ずっと感じている不満だ。

(……同じ立場を味わいたかったのに)

妙に寂しいのは、この世界で二人だけが同質の存在だと、そのつもりになっていたからだった。しかし、やはり黒田は、美綾とは根本的に違っているのだ。

「終わったよ」

ぼんやり星をながめていたので、黒田が戻ったことにすぐ気づかなかった。ふり向くと、ポニーテール男子が隣りに立っていた。

「うまくいかなかったの？」

「いや。リーダーのオオカミはユカラを信用している。行者として会って話すつもりだよ」

美綾はため息をついた。

「よかった。人に戻っているから何かあったのかと」

「オオカミを見つけたのに、これ以上オオカミでいる必要ないよ。帰りは空を飛んだほうが早い」

たしかに、もう一度やぶを突き進むのはごめんだった。黒田に抱えられて星空の下を飛行する。肩をささえてもらうと気が休まった。それに、会話も楽にできた。

「オオカミの行者は、いつ、どこでユカラと会うつもり。石井《いわい》まで出てくるの？」

「明日《あした》の夜、ユカラがオオカミを見た木立へ来るよう伝えた。川沿いの崖の上だよ」

「ユカラには、そのことをどう伝えるの」

「それはみゃあの役目。ユカラはきみに任せた」

美綾はぎょっとした。

「私、気配以外何も通じないよ」

「ユカラが親和性をもったのはきみだから、きみのほうが伝えられる可能性が高いよ。何とかして伝えるんだ。オオカミに会わせたいのはきみの考えだろう」

（何とかしてと言われても……）

美綾がどうしていいかわからないうちに、早くも翌日の夕暮れになっていた。一日中ユカラのそばをうろうろしてみたが、ユカラが気配を察した様子すらなかった。

この日、ユカラはひどく忙しかったのだ。将門や多くの部下がまだ豊田《とよだ》郡にいて、今後の対策を練っていた。厩舎《きゅうしゃ》の人手が少なく、仕事が山ほどあった。人々は情勢が緊迫したのを察し、いつもの作業をしながらもどこかぴりぴりしている。

ユカラが一人になったのは、あたりが暗くなってからだった。他の人と別れ、小屋へ戻ると見えたが、急に方向を変え、広場を抜けてケヤキの木までやってきた。根もとに立ち止まり、幹に向かって両手を組む。

「うるわしい木の女神さま。どうぞ力をお貸しください」

（今だ。もう、今しかない）

美綾は、試すしかないと考えた。以前の激烈なスパークを思い出すので、恐ろしくて手を出せなかったが、もう一度ユカラの中に入ってみるしかなかった。

祈るユカラの隣りへ下りた。あれから、手を伸ばせば触れる位置へ来たことはなかった。ユカラの肩を見つめながら、しばらくためらってしまう。思い切って右手を肩に置いたときには、ぎゅっと目をつぶってしまった。

(大丈夫、もう混じらない……)

ほんのわずかにぴりっとしたが、恐れた衝撃は来なかった。目を開けると、すでに手の指先がユカラの肩に沈んでいた。美綾は、息をつめてしばらく待った。

ユカラは目を閉じて祈り続けている。特に異変を感じた様子は見られなかった。美綾自身の体も同じだった。映像の器が壊れてしまうことはない。

(とりあえず、二人とも具合悪くなっていないから……)

勝手がわからないままそう考え、さらに深く肩をユカラに重ねていった。そのとき、触れている部分から何かが伝わった。

(不思議だ。左肩が温かい……)

自分がユカラの温かさを感じているのかと思ったら、そうではなかった。自分のものではない思考や感情なのだ。

(肩のけががこわばらなくなった。今日は疲れて痛み出したのに、温かさで和らいでいく。女神さまが癒《い》やしてくださるの?)

ユカラの考えだと気がつき、美綾はまばたきした。ユカラの中にいたとき、ユカラが考えることは伝わらなかった。それなのに今ではわかる。

(前は溶けこんでしまって、自分と他人の区別ができなかったのかも。今は重なっても混じらないから、こうして他人の存在に気づくのかも)

ユカラの意識は、言葉で伝わるのとは少し違っていた。感情の波の強さ弱さ、写真や絵を見る感覚が合わさっている。画像はおそらく記憶や想像だった。人間は視覚にたよって考えていることが、よくわかるようでもあった。

(きっと私の意識も、同じ形で伝えられる……)

美綾は急いで気持ちを整え、同じ要領で自分の思いを送ってみた。

(今夜、あなたの祈りに応《こた》えてあげる。あなたが願ったとおり、もう一度行者の長《おさ》に会わせてあげる。オオカミを見かけた川べりの林へ行ってみて)

崖《がけ》の木立の景色を、なるべく鮮明に思い浮かべて伝えると、ユカラの感情がさっと波立ったので、画像が伝わったのがわかった。

ユカラの心に浮かぶものがすばやく移り変わる。美綾がついて行けないほど目まぐるしく、鋭敏さや思考の速さがわかるようだった。蝦夷の少女はお告げに驚き、少し恐怖も感じていたが、こうしたことへの耐性もあった。やがて心の波は静まり、安定して打ち寄せるようになった。

(あれは不吉な場所。恐ろしいことのあった場所。それでも、お告げを信じて行ってみる価値はある)

(わかってもらえた……)

美綾は胸をなで下ろし、そっと少女から離れた。ユカラは目を開くと、決意をこめて顔を上げ、もと来た方角へ歩き出した。

見送っていると、黒田が近づいてきてにこやかに言った。

「うまくいったね。かなり女神っぽかったよ」

美綾は、お気楽な男子をにらんだ。

「やり方を教えてもくれないんだから」

「やり方なんて、この世のどこにもないんだよ。本来あり得ないことなんだから」

黒田は当然という口ぶりだった。

「ユカラを手助けしたいという、きみの意志がものごとを変えたんだ。ユカラのほうも同じだけど」

急にわからなくなって、美綾は考えこんだ。

「これは私の意志なの？　それともユカラの意志？」

「どちらもだよ。相互作用とはそういうものだろう」

期待する口調で黒田は言った。

「おれたちも林へ行ってみよう。お膳立《ぜんだ》てした密会で、オオカミがあの子に何を伝えるのか、確認しておかないとね」

ユカラが川べりの林へ行きたくない気持ちはわかった。美綾でも不吉に思えるからだ。しかし、石井の住人がだれも近づこうとしない点では、その場所を選んだ黒田が賢明だと言えた。

ともあれ、ユカラもすでに迷ってはいなかった。小屋でしばらく待ち、周囲の人々が寝静まったのを見て取ると、すばやく厩舎へ行って馬を引き出した。

風が強くなり、夜空を雲が流れていた。雲間に月が現れるとかなり明るい。ユカラは難なく馬を駆り、草原を越えて林へ向かった。黒田と美綾はあまり高く飛ばず、ユカラの馬の高さでついて行った。美綾としては、ユカラに一人じゃないと察してほしかったのだ。

木立の際に到着すると、ユカラは端の木に馬をつなぎかけ、思いなおしてつなぐのをやめた。栗毛馬の首筋をなでてやってささやく。

「危険を感じたら、すぐお逃げ」

美綾は、ユカラの馬が前回あっという間に逃げ去り、その後、自分から厩舎へ戻ってきたのを思い出した。癇《かん》が強いが利口な馬なのだった。

ユカラは、馬から離れたところへ歩いていったが、木陰の奥へ入る気になれないようだった。林のふちに沿って進んで行く。ときおり突風が吹き、落葉樹の梢《こずえ》が大きくしなり、葉ずれの音が高まった。月がかげって暗くなり、少しするとまた明るくなる。明暗が数回過ぎてから、ユカラの前方で何かが動いた。月光を浴びると、それは長い杖《つえ》を持った行者の姿になった。

ユカラの声がふるえた。

「ありがとうございます。おいでくださって」

「あいさつは抜きにしましょう。あなたのことはもう知っている」

響きの低い、聞き覚えのある声音だった。ユカラに歩み寄りながら言う。

「北の娘が何を望むか、もう知っています。答える前に聞きたいのは、あなたは今でも将門どのを救うため、災いのありかを知りたがっているのかということです」

「今も同じです」

すばやく応じてから、ユカラは不思議そうに聞いた。

「なぜ、おたずねになるのです。私の気が変わるとでも？」

行者は一つ息を吐いた。

「人里に出た影の者を、私どもは始末せざるを得ません。しかし、あなたには好んで関わる理由がない。呪われた人間の血筋はいまだに関東にしかいません」

「理由はあります。将門さまをお救いすることは、今後の大きな災いを封じることなのです。北の地でおばばさまがそう占いました」

ユカラは口調に力をこめたが、行者はやんわり言った。

「あなたの一族は、山の民に近い心性をもっています。そういう人々は、私どもにも貴重です。お互い数を減らしつつあるが、できるだけ長く栄えてほしい。関わりのない呪いなどにつきあう必要はありません」

少し間をおいたものの、ユカラはひるまず訴えた。

「関わりがないかどうかは、私自身が見極めます。呪いの正体を知らないことには、その判断もできません。ですから、どうかお教えください。その知恵をお貸しください。どのような者が呪ったのでしょう。何のために」

行者の長は、あきらめたような口ぶりで告げた。

「下野国に、墓があります」

「墓？」

「何のための呪いかはよく知らない。だが、古いものです。墓の下で長く根をはっていたのでしょう。どのようにしてか、将門どのの血筋がそれを呼び覚ましたと見えます。目覚めてしまえば、山の民が巻きぞえになるほど邪気のあるものです」

ユカラは目を見はった。

「呪い主は、死んでいるとおっしゃるのですか。そのように古いものが、どうして新しい血筋を呪うのですか。将門さま一族は、祖父君の代にこの地へ移られたと聞いています」

「私どもは〝えやみ〟の影響を消し去るのみです。山の民は、里人と生活圏を分けて暮らしてきたのに、影の者は人里に邪気をまき散らす。いずれ、人々が山の民を憎むときがきます」

行者の長は、杖を突きなおして続けた。

「影の者が、常陸国に達したのがわかっています。呼び覚ました人物がそこにいると見当がつきます。〝えやみ〟が乗り移る人間も常陸に多いようだ」

ユカラが小声でつぶやいた。

「将門さまの伯父君《おじ》？」

「私どもは、山の仲間を呼び集めました。多くはないが力をもつ民です。邪気をこれ以上広めないよう〝えやみ〟の者を消さねばなりません。将門どのが常陸国へ向かうとき、私どもも同行します」

行者の言葉に、けげんな顔を上げてユカラがたずねた。

「どうして、将門さまが常陸へ向かうとおっしゃるのです」

「すでに、心を決めておられるようですよ」

行者の長は、豊田郡の方角へ顔を向けた。

「鉄具の倉庫が開かれ、里人に招集がかかっている。この地の人々は隊をつくって常陸国へ向かうでしょう」

二

将門が心を決めたのは、源繁《みなもとのしげる》の死を伏せておかないことだった。豊田郡、幸島《さしま》郡の小地主が集まる前で、彼は宣言した。

「源家の御曹司とわかったからには、先方の屋敷に遺髪などを届け、それなりの供養ができるよう取りはかろう。だが、他国の所領を荒らす盗賊として死んだことも、うやむやにはできない。国府の大掾職《だいじょう》は、罪人を取り締まる身分のはずだ。その息子が強盗を働いていてどうする。前の大掾どのには、おれが直接この件を伝え、討伐の正当性を認めさせる。現大掾の伯父上にもだ」

将門が直接と言い出したのは、下総国府を通してもらちがあかないと、何人もが申し立てたからだった。役人が動こうとせず、多くの者が苦い経験をし、源家がにらみをきかせるせいだと察しをつけていた。かさにかかった盗賊を退治したことに溜飲《りゅういん》を下げ、将門に心を寄せる者が多かった。

だが、出向いての談判を危険視する声もあった。御厩《みまや》の別当《べっとう》が言った。

「繁に罪があるのがどれほど明白でも、父親が率直に認めるとは限りませんぞ。常陸国へ乗りこんで告発するには、もしもの場合を想定しておかないと」

すぐさま真樹《まさき》も声を上げた。

「当然だ。すでに上総で痛い目を見たというのに、無防備で向かうバカはいない。一軍を率いて行くべきだ」

少し考え、将門もうなずいた。

「相手方にあなどられるようでは、談判もうまく運ばないだろう。一軍を率いては大げさだとしても、越境に十分な人数をそろえ、武装を整える」

美綾たちは、会合の次第を人々の話から聞き知った。オオカミの察しのよさに感心する。ケヤキの枝に腰をおろした美綾は、膝《ひざ》をかかえてため息をつき、黒田に言った。

「今度こそ、将門本人が出て行くんだね。『将門記』の最初の場面につながりそうだけど、合ってる？」

「その確率が高いね」

（『将門記』を読んだだけじゃわからなかったこと、ずいぶんあったな……）

美綾は考え、オオカミの行者の言葉を思い返した。

「黒田くん、呪いの原因になる下野国の墓って、下野のどこにあるの」

男子は、腕を組んで幹によりかかった。

「おれには言えない。だけど、モノクロはもう知っていると思うよ。過去へ行く気になったということは、そういうことだから」

「じゃあ、モノクロは呪い主が生きている時代へ行ったの？」

「その確率が高いって話だけどね」

美綾はため息をついた。

「いったいだれの墓だろう。もしかして古墳かな。そんなに昔に北関東で死んだ人物、私にわかるわけがない。でも、この時代なら地元では有名なのかな。下野国へ行けば調べられるかな」

前方後円墳《ぜんぽうこうえんふん》を思い浮かべたり、ピラミッドのファラオの呪いを思い浮かべたりしていると、黒田が顔をのぞきこんだ。

「下野国へ行きたいなら、つれて行ってもいいよ。前に通った場所なら、ピンポイントで行けるから。将門に出会った河原とか、八幡宮《はちまんぐう》とか」

少し心が動いたものの、美綾はかぶりをふった。

「ううん、今は常陸へ行くほうが見たいものが多い。オオカミたちが行くし、きっとユカラも行くから」

蝦夷の少女がそのつもりなのは、そばにいればわかった。いそいそと乗馬や弓の稽古《けいこ》を始めたからだ。今では左腕もほとんど支障なく、身のこなしに切れが戻ってきていた。

佐五郎が常陸国へ向かう人員を手配したが、蝦夷の男たちが残らず含まれ、ユカラがはじかれることもなさそうだ。将門の供をする人々は有志だけで八十名を超えていた。

三郎将頼《まさより》も馬を並べる。御厩の別当や真樹、佐五郎や重五《じゅうご》といった将門の側近たちも、全員が出かけることになっていた。

出発の夜明け、黒田といっしょに隊列を上から見下ろした美綾は、将門がどう言おうと軍隊に見えると考えた。将門を含めた騎馬隊は全体の五分の二ほどで、徒歩で行く人数のほうが多いが、彼らも盾や矛を手にしている。騎乗する男たちは新しい狩衣《かりぎぬ》姿で、かぶとではなく折り烏帽子《えぼし》を被《かぶ》っているが、腰には太刀をはき、小手と胸当てをつけていた。

「この中に、オオカミたちも交じっているの？」

黒田にたずねると、あちらこちら見やってから答えた。

「いるね。ざっと数えて十三頭かな、徒歩の男にまぎれている」

「どこを見ればわかるの」

さっぱりわからないので、美綾はじれてたずねた。黒田は少し考えた。

「わかるとしか言えない。ユカラがきみの気配をつかむような具合だよ」

美綾は追及をあきらめ、ユカラの居場所をうかがった。蝦夷の男に囲まれて栗毛馬に乗っている。狩衣を着ない一団なので上空から目立った。彼らの晴れ着は、垂領《たりくび》の襟《えり》と袖口《そでぐち》に凝った染め模様のある長めの上着だ。同じく凝った染め模様の幅広の鉢巻きをしめ、いつもの耳飾りだけでなく、石や骨をつなげた首飾りを下げていた。ぎっしり矢を詰めた矢筒を背負い、こぶしのような握りのある太刀をはいている。

蝦夷の男たちは将門近くの位置を占めていたので、ユカラのいる位置も将門の馬からさほど離れていなかった。少女が緊張しながらも満足そうなのがわかった。

「私、ユカラに付き添って進むからね」

美綾は宣言した。今でも空中を動くときは黒田をたよっていたからだ。黒田はいくらかけげんそうに見返した。

「将門を見ていなくていいのかい」

「ユカラのほうが心配。この子の運命がどうなるかは、まだわかっていないもの」

少し口ごもってから、美綾は続けた。

「将門の運命は知ってる。これから起きることの、うわべの部分ならもうわかってる。だから、ユカラの目で一部始終を見てみたいの。どのみち、ユカラは将門から目を離さないだろうから、将門を見ているのと同じだよ」

隊列が動き出した。鎌輪《かまわ》の先の渡り場を抜け、北上する。行進の足取りは慎重で、急いでは見えなかった。筑波山の山容は北東にまだ遠く、付近は沼や小川のある草原が続いている。しかし、踏み固めた公道が通っているので、ぬかるみに足を取られることはなく、馬も人も楽に進んだ。

葦原《あしはら》の見える低地を過ぎ、集落の手前で東に方向を変え、やや起伏のある地域へ来たときだった。

道はなだらかな丘を越えて続いている。ゆるい坂を上り、目先の光景が開けると、斜面を下った草の平地とその先の高台が見えた。そして、横長に続く丘の上には、おびただしい人数の兵が陣取っていた。武器を手にして間隔をつめ、整列しているようだ。騎馬隊もいる。

「待ち伏せか」

将門たちは驚きながら、丘を下る前に行進をとどめた。低地をはさんで向かい合う相手はまだ遠く、人相までは見分けられない。だが、木立と同じくらい高々と立てた数本の旗竿《はたざお》が目を引いた。竿には、錦織《にしきお》りの色鮮やかな大旗と獣毛の飾り、羽根飾りなどがかかげてあった。

真樹が、将門に馬を寄せてうさんくさそうにたずねた。

「何なんだ、あの旗飾りは」

将門は眉《まゆ》を寄せて大旗を見つめた。

「帝《みかど》の正規軍がかかげるしるしだ。胆沢《いさわ》城のを見たことがある。父上の在任中は一度も使われなかったが」

「どうしてここに正規軍がいる」

「いるわけがない。勝手に拝借したんだろう、おれたちを賊軍に仕立てたいのだ」

将門は、それでも部下を使者に立てた。二人が馬を駆って先方の丘近くへ行ったが、一斉に矢を射かけられた。命からがら引き返すと、丘の男たちは鉦《かね》を打ち鳴らしてどよめき、あざ笑った。

戻った部下が、息を切らせて報告した。

「向こうの人数はおよそ二百。大旗のもとにいる大将は、年配者には見えませんでした」

佐五郎が将門に言った。

「軍旗の私用には厳罰があるはず。国府から持ち出したのは、前大掾どのや現大掾どのではあり得ません」

将門はくちびるをかんでいた。

「そうだろう。おそらく大将は源扶《みなもとのたすく》だ。弟のかたきを討つ気だ」

御厩の別当が冷静な声を出した。

「人数差が大きい。いったん引いて、こちらも軍勢をそろえて出直しますか」

将門はすぐさま否定した。

「それでは相手の思うつぼだ。正規軍の旗を見て逃げ帰ったとなれば、こちらに非があると認めるようなものだ。それだけはできない」

周囲の人々を見回し、口調を強める。

「正当なのはおれたちのほうだ。それを源家に教えるためにここまで来た。今また権勢をかさにきて道を塞《ふさ》ぐというなら、おれは戦う。まねごとの軍隊など突破して先へ進んでみせる」

ゆるぎない言葉を聞くと、人々の表情が引き締まり、意気が上がって目が輝くようになった。三郎が大声で言う。

「おれも戦います。汚いやつらに背中を見せたりするものか」

賛同する声が次々にあがった。御厩の別当も妙に満足げな顔で、手早く指示を回し、進撃のための横並びの隊列が組み上がった。

将門を中心にした騎馬隊には、蝦夷が全員入っていた。ユカラもやや後方にいる。美綾が上から見守っていると、オシヌが少女に言った。

「あの手の旗を見ると、むしずが走りますな。都の軍隊があんな旗をかかげているのを、若いころに見たものです」

ユカラが小さくほほえんだ。

「私たちも負けられませんね。大軍を蹴散《けち》らした先代に劣らぬように」

決意を固めた一行は、前進して斜面を下った。騎馬隊の左右を徒歩の者が進み、佐五郎と別当の馬が右翼と左翼を担当する。平地になると、馬の足並みは加速した。

扶の軍勢も同様に丘を下ってきた。全容を現すと大人数が目立つ。将門たちの馬が水しぶきを上げて小川を渡った先で、双方が射程に入った。

「矢が飛んでくるよ。どいてる？」

黒田がたずねた。以前の美綾の態度を思い出したのだろう。少し怖かったが、美綾も今回はかぶりをふった。

「我慢できる。このままここにいる」

「付き添っても、ユカラの盾にはなれないんだよ」

「わかってる。でも、遠くで死ぬのを見ることになったら、後悔しそうだから」

黒田は「そう」と気のない声を出したが、つないだ手を引き寄せ、美綾の体をしっかり抱えこんだ。

「まあ、できるだけ刺さらないようにしてあげるよ」

前にも疑問に思ったので、美綾はたずねた。

「どうして、きみは矢をよけられるの。神様の勘があるの？」

「いや、動体視力がある」

馬の足を速めたまま、将門たちは馬上から矢を放った。

蝦夷たちが持つ弓は、わりに小ぶりだ。飛距離のでる弓とはいえない。だが、その代わり機敏な連射ができ、ねらった的をめったにはずさなかった。将門の弓もこれと同じものだ。しかも、疾走する馬の勢いを借り、追い風もあったので矢筋は鋭かった。騎馬同士がぶつかり合う前に、相手方は何人も射落とされていた。

倍以上の人数と見えた扶の軍勢だが、数があまり役に立っていない。歩兵たちが逃げ腰なのがうかがえる。しかし、さすがに騎馬団はひるまずに立ち向かってきた。敵の馬が目前に迫ると、双方は一斉に白刃をかざした。

ユカラは騎射しながら馬を走らせていたが、刃《やいば》の交戦には加わらなかった。弓をかまえたまま距離をとり、援護に気を配っている。若い蝦夷が一人、ユカラのそばを離れようとせず、近づく敵兵を撃退するので、美綾も少し安心だった。

ユカラと同じものを見るつもりになると、戦闘のただ中でも以前より平気でいられた。将門たちは不退転の覚悟で戦いに臨んだが、相手を皆殺しにしたいのではない。血が流れたとしても、目指すのはあくまで道の突破なのだ。

美綾は小声で黒田に言った。

「人数より気迫かもね。向こうの兵士、脅しで並んだ人が多かったんじゃないの」

「そうだね。将門たちのほうが軍事行動に慣れ、統率もとれている」

黒田は答え、さらに続けた。

「それにもう一つ勝ち目がある。オオカミが密《ひそ》かに始末しているからだ」

「人間の兵士を？」

「影の者がいるんだ。よく見てごらん」

美綾は驚いて目をこらしたが、やはりオオカミも影の者も見えなかった。右も左も人間の闘争ばかりだ。

「わからない。どこにいるの」

「おもしろいね」

考え深げに黒田は言った。

「きみには見えないのに、ユカラには見えるようになったのか。今度ユカラが射る相手に気をつけてごらん」

蝦夷の少女は矢をむだづかいせず、走り回って敵の動きを見定め、ここぞというときに仕とめていた。将門たちは縦横に馬を駆使して、ひづめに近寄れる歩兵はめったにいないが、それでも騎手の隙をねらう者がいたのだ。異様に敏捷《びんしょう》に走る男がいた。

（まさか……）

美綾がはっとしたとき、すかさずユカラが矢を放った。少女の矢にそれほど威力はないが、巧みに命中させる。肩を射られて体勢をくずし、その場で膝《ひざ》をついた男に、別の兵士が襲いかかって斬り伏せた。

「今のが？」

「そう、ユカラとオオカミの連携プレーってところかな」

「ユカラにも、人に化けたオオカミが見えているの。将門には〝見えないオオカミ〟と言ったはずだけど」

「いや、オオカミがわかるわけじゃない。見えているのは影の者だよ。〝えやみ〟が乗り移った人間を識別できる」

ユカラは、射止めた相手にそれ以上かまわず馬首をめぐらせていた。護衛の蝦夷の若者が、あせった様子でユカラの動きを追っている。

美綾は疑問でいっぱいだった。

「ユカラ、どうしてわかるようになったんだろう。琴葉《ことは》に襲われたときは、まだ疑ってもいなかったよ。あのころのユカラには絶対見えなかった」

黒田はユカラの馬を追いかけながら、何気ない調子で言った。

「女神のお告げを聞いたからでは」

「私のせい？」

「もともと素質のあった子が、女神さまの導きを知って開眼したんだろう。ありそうなことだよ」

美綾は思わず声を大きくした。

「私はほんものの女神じゃないし、ユカラをどうこうする力もないのに」

「それでもあの子は、お告げを聞いた自分に自信をもったんだ。潜在能力というのは、信じてこそ発動するようだよ」

男子は分析を続けた。

「琴葉に殺されそうになって、けがですんだのも一因かな。〝えやみ〟はオオカミから人間に伝染し、その後人間から人間へも伝染するようだ。〝オオカミ憑《つ》き〟と言われることを危ぶんで、三峰のオオカミがやっきになっている。その点ユカラは、呪いに免疫をもったのかもしれない。影の者を見分ける力も、そのあたりでそなわったのでは」

琴葉に刺された後、ユカラが高熱に苦しんだことを思い返す。美綾は肩をすくめ、自分も危ないところだったと気がついた。

「へたするとあのとき、中にいた私も〝えやみ〟にかかったかもしれないの？」

「いや、きみが体の中にいたからこそ、ユカラは〝えやみ〟を移されずに済んだんだ」

黒田は明るく告げた。

「何であれ、きみがいたことで、ユカラは特別な女の子になったんだよ」

ユカラは栗毛馬の足を速めた。

将門たちの奮戦によって敵の軍勢はくずれ、騎馬隊も残るは十騎ほどになっていた。立ちはだかる護衛がいなくなり、きらびやかな馬具をつけた大将の馬があらわになっている。

飾りのあるかぶとを被《かぶ》った敵軍の大将は、ユカラが顔を知らない男だ。背丈があって体格もよく、馬上で尊大に見える。ユカラには顔立ちなどはどうでもよかった。気がかりなのは、大将の容姿が黒ずんで見えることだ。そして、将門がさんざん戦って疲労しているのに、彼はそれまでほとんど交戦せず、余力を残していることだった。

（ああ、やっぱりそうだ……）

そこだけ日陰に入ったように暗く見える兵士たちが、大将のまわりに集結しつつあった。全体の数からすればごく一部だが、目に狂熱のある男たちで、動き方がけものじみている。

影の者だった。

その中でだれよりも暗い影に沈んでいるのが、大将の源扶だ。触れてはならない危険な相手なのだ。

戦いは最終局面に入っていた。将門の騎馬勢が大将目がけて突進した。先頭を切るのは将門その人で、真っ向から扶に挑むかまえだ。すでに交わす言葉はなく、ものを言うのは白刃だけだった。

（だめ、間に合わない……）

弓をかまえたものの、ユカラは悔しくさとった。連射しようとも、集まった影の者全員を仕とめることはできない。大将にねらいを定めることもできない。交戦する将門に中《あた》ってしまうかもしれない。

(影の者がわかっても、お役に立てなければ何の意味もないのに)

歯がみしたとき、大将を取り囲んだ影の者が動きを止めた。その後は、端から倒れ伏していった。影の者を選んで襲いかかり、目に見えないほど速い一撃で仕とめる兵士たちがいるのだ。彼らは、姿が見えたときには平凡な歩兵のようだが、つぎの瞬間はどこかへ消えている。

源扶も、取り巻きの異変に気づいたようだった。少し気をそらしたところへ、将門の黒馬が突進した。太刀の一撃が扶の脇腹をとらえ、こらえきれずに馬から転落する。

落馬を知った将門も、すぐさま馬から飛び降りた。扶が体を起こせないうちに膝での しかかり、切っ先をのどもとに突きつける。扶の太刀は手の届かないところに落ち、抵抗するすべがなかった。将門は、勢いにまかせて刺し貫くことはせず、刃をあてがったまま動きを止める。扶が口をきけるようになるのを待った。

ユカラがそばへ駆けつけたとき、荒い息づかいを押し殺して問いかける。

「われわれは繁どのの遺品を届けに来た。なぜ、このような争いを仕かける」

仰向《あおむ》けの扶は、顔から血の気が引いていっそうどす黒く見えた。脇腹から出血しているが、深い傷ではなく、目の光は衰えを見せない。黒っぽいくちびるをゆがめて笑った。

「なぜと聞くとは笑わせる。おまえは同族に滅ぼされる運命だ。おまえの父親は生かしておけない男だったと、国香《くにか》どのも言っている。下総国の領地は国香どののものだ。源一族が支配して当然の土地だ」

将門は、冷静に語ろうとつとめた。

「伯父《おじ》上の差し金だと言いたいのか。鎮守府《ちんじゅふ》将軍を不意討ちしたことも か。答えろ、国府で証言するなら命をとらない」

「先に刃《やいば》をどけろ。そうすれば答えてやる」

将門は少しためらったが、用心深く太刀を引き、動きを封じた膝をはずして立ち上がった。扶はゆっくり頭を起こした。

「では、言うが。その前に」

手にはいつのまにか短刀を握っていた。驚くような速さで飛び上がり、将門に襲いかかる。だが、それも無謀な行動だった。将門の太刀の切っ先はまだ扶に向けてあり、みずから貫かれにいったようなものだった。

胴よろいの隙を深々と刺され、扶がくずれ落ちる。その姿を、将門は憂鬱《ゆううつ》な目で見下ろした。

ユカラは、息の絶えた扶から影が消え去り、ふつうの遺体になるのを見て、身がすくむ思いをした。将門はそれを見ておらず、ただ扶の死に様を憂う表情だった。

大将が落馬した時点で、扶の兵は全員が逃げ出していた。しぶとく戦い続けていた騎兵も逃げ去った。対戦していた者が後を追ったが、深追いはしないで引き返してくる。

佐五郎と御厩の別当が味方を集結させ、顔ぶれがそろうと、将門は人々をねぎらってから続けた。

「負傷した者や嫌気がさした者は、ここから家に戻るといい。おれは先へ進み、石田《いしだ》にある源家の館《やかた》で、伯父上に面会を申し入れる。日を改めてしまっては、向こうが再び兵をそろえるだろう」

決意の固い口ぶりだった。将門は、自分一人になろうと進む気なのだ。手負いの者以外で引き返す者はいなかったし、将門にそれを勧める者もいなかった。今日中の決着が必要だと、だれもが身にしみて思うようだった。

彼らの顔を順に見回してから、将門は弟に目をとめた。三郎将頼はだいぶ汚れた姿になっていたが、意気の下がった様子はなかった。

「おまえも行くのか」

「はい、どこまでもお供します」

三郎の答えを聞くと、将門は胸の内をいくらか漏らした。

「行けば、同族を討つ結果が待つかもしれない。おまえにとって、見たくもないものを見るぞ」

「予想できなくなかったはずです」

三郎は口ぶりを変えなかった。

「おれも、父上のかたきを討ちます。どこのだれだろうとお命を奪った者に報復する。

今さら心変わりしません」

将門はうなずいた。何も言わなかったが、表情が少し和らいだようだった。


彼らには、扶の一軍を撃退した勢いがあった。馬もよく駆けた。人数は少し減ったが、騎馬隊の顔ぶれはほとんど変わっていない。蝦夷たちも一人も欠けなかった。

ユカラは一番後ろで馬を進め、歩兵たちを一人一人確かめたが、将門の一行に影の者はいなかった。〝えやみ〟に乗り移られた者がいたとしても、山の民がすばやく始末してしまったのかもしれない。だが、山の民が一行とともに進んでいるかどうかは、ユカラにも見抜けなかった。

(将門さまは、駆り立てられる気がするとおっしゃった。将門さまを駆り立てているのは、もしかすると山の民なのだろうか……)

ユカラの心に、少しずつ固まってきた考えがあった。影の者の災いは、やはり下野国で始まったと考えていいのだ。発端は、下野の河原で将門の父親が殺されたことにある。

(鎮守府将軍さまの血。将門さまが受け継がれた平家の血筋。それ以外で流されたのは源家の血……こちらも都から移って来た帝《みかど》の血筋だ)

源扶の姿は、遠くからもわかるほど影が濃く見えた。影の者として、兵士にまぎれた男たちを統率しているようにも見えた。

（この災いは、帝の末裔《まつえい》に起こるのでは。最初の直感でそう思えたことは、そのまま当たっていたのでは）

彼らが進む道沿いの集落には、人の姿がなく静まりかえっていた。敗走の結果を聞き知って、だれもが隠れてしまったと見える。将門たちは残存兵を警戒し、斥候を出して進んだが、石田の館に着くまで抵抗する者はだれもいなかった。

将門の伯父国香の屋敷は、門がまえの大きな堂々たるものだった。だが、堀などは特にめぐらしていない。ユカラの目には、隙だらけの建築物に映った。新築して間もない様子で、門戸や柱は磨き上げたように美しい。しかし、大門を守る衛兵の姿はなく、いたとしても逃げ去ったようだった。

門前で、使者が声をはりあげて来訪を告げたが、内部から取り次ぎの者は出てこなかった。残る兵士たちが囲いの左右に散り、屋敷を取り巻き始めると、ユカラの後ろでそっとささやく者がいた。

「屋敷の主《あるじ》はすでに去った。裏門を出て山の坂へ向かった。今ならまだ追いつきますぞ」

行者の長《おさ》の声だった。驚いてふり向くと歩兵が立っていたが、そう見えたのも一瞬で、姿はすぐにかき消え、黒っぽいつむじ風になって飛び去った。

（行者さまも、いっしょに来ていらっしゃる……）

心強くもあり、不安な要素でもあった。しかし、どんな危険が待つのであれ、将門に報告しないわけにはいかなかった。行者の声にいつになく焦りの調子があったのだ。敢《あ》えてユカラに告げたのは明らかだ。

（むだにしないためには、急がなくては）

平国香が屋敷にいないことを知らせると、将門はもちろん驚いたが、ユカラの言葉を疑おうとはしなかった。

「あり得るな。筑波の山麓《さんろく》には源家の別荘がいくつかある。山へ逃げたのなら、この先の羽鳥《はとり》を目指しただろう」

眉《まゆ》をひそめて疑ったのは、いっしょにいた真樹だった。

「屋敷内をあらためてもいないのに、どうして逃げたことがわかる。知らせたのはどこのどいつだ」

「三峰の行者さまです。急げばまだ追いつくと」

将門は、すべてをのみこんだようにうなずいた。

「真樹どの、行くぞ。われわれには神仏のご加護がある。正道はおれたちにあるからだ」

彼らは兵を集結させると、屋敷の裏手へ急いだ。まばらな雑木林の斜面が続き、少し行くだけで小暗い山中に変わる。その先は、浮き出た木の根が横切る細い山道であり、将門たちも馬を降りて進むしかなかった。馬と数人の従者を後に残し、徒歩で坂道をたどる。

蝦夷は乗馬を得意とするが、山中での狩猟、山腹を徒歩で移動することにも慣れていた。北国で帝の大軍を手玉にとったのは、道なき道を抜けて神出鬼没に現れる、少数の蝦夷の戦士だったのだ。

付近の地形をおおよそつかむと、蝦夷たちは道をはずれて斜面へ散っていった。ユカラにはその目的がわかるので、前方の将門に高い声で告げた。

「お急ぎを。伯父君がそれほど遠くへ行っていなければ、あの者たちがきっと足止めします」

その言葉どおりになった。しばらくして木立の向こうが明るくなり、視野が開ける前に、鋭く鳴る蝦夷の小笛が響いた。戦闘の合図であり、同時に男たちの雄叫《おたけ》びが上がる。国香とともにそれなりの人数がいるようだった。

「太刀を抜け」

将門が叫び、真っ先に駆け出した。森がとぎれて窪地《くぼち》になっており、むき出しの岩の見える崖《がけ》がある。その下に十数人の武装した男たちがいた。盾をかかげ、蝦夷たちの矢を防いでいる。将門たちが追いついたのを見ると、兵の数人が矛や太刀をかざして突進してきた。その中に一際華やかな武装の男がいて、まっすぐ将門に迫る。

ユカラは矢をつがえながら、息をのんで目を見はった。扶がよみがえり、再び将門に挑むかに見えた。体格もよろいの装備もそっくりで、おまけに影に沈んだ顔色までが同じだったのだ。

将門は度を失うことなく、相手がふりおろす刃を刃で受け止めた。数で優勢なのは将門たちで、窪地にあふれて攻撃している。三郎がすぐに兄のもとへ駆けつけ、佐五郎にも助太刀の余裕があった。扶そっくりな兵士はまもなく倒れ伏した。

動かなくなった人物を見て、三郎が言った。

「源隆《みなもとのたかし》です。繁のすぐ上の兄だ」

佐五郎がうなるように言った。

「三兄弟の遺品がそろうことになりましたな」

将門は遺体ばかりを見ていなかった。すばやく周囲に気をくばり、相手を取り囲んだ情勢を見て取ると、前に進み出て宣告した。

「武器を引け。これ以上の戦いは無用だ。われわれは談判に来たのであって、納得できれば引き返す。やむをえず戦ったのは、そちらが攻撃を仕かけたからだ」

将門の声が響くと、一同は対戦をやめて少し間をあけた。国香の手勢は崖を背にして集まったが、今も武器の柄《つか》を握りしめている。将門は目もくれず、国香一人に向かって問いただした。

「なぜ、お逃げになった。やましいことがなければ、甥《おい》の私に説明していただきたい。わが父が闇討ちを受けたのは何ゆえなのか。さらに今日、源扶が野本《のもと》に兵を集めて私を討とうとしたが、伯父《おじ》上も同じ心でおられたのか」

問いが終わると、それまで護衛の陰になっていた年配の人物が姿を現した。ひと目で上等とわかる、黒漆塗りの烏帽子《えぼし》を被《かぶ》っている。背丈はそれほど高くないが胴回りが太く、狩衣《かりぎぬ》の下の太鼓腹がうかがえる。太刀をはいているが、戦じたくはしていなかった。

戦闘は扶にまかせ、自宅でのんびりしていたのだろう。この情況でうろたえた態度を見せずに進み出たところは、さすが常陸の大掾の貫禄《かんろく》とも言えた。

けれども、ユカラの目にはそれ以外のものが映っていた。

(この人が元凶だ……源家の兄弟じゃない)

扶や隆に呪いが集中していると見たのは、まちがいだとさとった。彼らも国香ほど暗くは見えなかった。将門の伯父の顔は闇に隠れ、当人ではなくその影法師のようだった。あまりに影が濃く、そこから異界へ通じそうな気配を発している。人間ではなくなっているようで、見ていると冷や汗が浮かんできた。

国香は、低くざらついた声を出した。

「小次郎《こじろう》、おまえの魂胆はわかっているぞ。つべこべ言わずにわしを討つがいい。そして、同族殺しの汚名を引き継ぐがいい。おまえにできるのはそれだけだ。同族で滅ぼすか滅ぼされるかだ」

ユカラは将門を背後から見守る位置にいたが、将門がたじろいだのが肩の線に見て取れた。

「引き継ぐとはどういう意味です。鎮守府将軍を手にかけたことをお認めか」

「良持《よしもち》は、あの異端の弟は、消されて当然だった。やつは北国の異民族と通じ、東国一円を支配する魂胆だった。このわしをさしおいて許せぬ慢心だ」

将門は鋭く息を吸いこんだ。

「ばかげたことを。そのような邪推で源家に肩入れし、実の弟を殺したと言われるのか」

国香がにごった笑い声をたてた。

「わしは誓いを立て、神仏に祈ったのだ。わしの呪いが地に巣くい、いついつまでも帝《みかど》の子孫にあだをなすことを。おまえたちが東国に安穏と住みつくことなど許さぬ。だれもが毒され血塗られて死んでいくのだ」

「正気をなくされたか、伯父上」

将門には、国香の言葉がうわごとにしか聞こえなかったようだ。ただわき上がる怒りにかられ、鋭く告げた。

「あなたが主謀して父を葬ったとなれば、談判で引き返すわけにいかなくなった。汚い手をつかって罪を隠そうとしたのが許せない。お命をいただく」

将門の殺気は窪地の人々にも伝わり、あたりに緊張が走った。

ユカラは、すがりついてでも将門を止めたかった。呪いに染まった国香に迫っていく姿は、いかにも危うげに見えた。けれども、気ばかりあせって動けずにいると、耳の後ろで声がした。

「このままでは、将門どのが〝えやみ〟を負いますぞ。あれほど影が凝り固まった人間となると、私どももうかつに触れることができない」

(行者さま……)

将門から目を離せず、ユカラはふり向かなかった。山の民にも手立てがないと知ると、涙が浮かびそうになる。

(この私が災いを防ごうなどと、ただの思い上がりだったんだろうか)

そのとき、行者がまた言った。

「人から生じた邪気は、人が祓《はら》うこともできるはず。北の娘に祓う技はないのですか。一瞬でも呪いを散らせたら、私どもが始末します」

ユカラははっとした。ユカラの矢筒には一本だけ特別な矢があった。敵を射るためではなく、魔除《まよ》けとして持ってきたものだ。

「蓬矢《よもぎや》ならば。でも、これには矢尻《やじり》がありません」

「いいのです。射るのは邪気であって、体を貫く必要はない」

矢羽根に蓬の葉をつけた蓬矢を、これまで射たことはなかった。だが、ためらう時間はなかった。将門はすでに国香の護衛を倒し、伯父その人に刃《やいば》を向けている。

窪地は再び乱戦になっていた。ユカラは争う人々のあいだを走り抜け、できる限り距離をつめて弓をかまえた。

(女神さま、どうぞ将門さまにご加護を)

心に念じながら唱え言を口にする。

「この矢を射るはわが弓にあらず。根の神に奉じた宝弓《たからゆみ》なり。生弓《いくゆみ》の射る生矢《いくや》なり。宝の力をもちて、魔を射貫《ぬ》き打ち滅ぼしたまえ」

放った矢は軽く、たよりなく放物線を描いて飛んだ。

ユカラの指にこすれた蓬葉が匂い立った。その香《か》を意識した一瞬、影法師のようだった国香の顔がはっきり見えた。狂熱を浮かべたところは扶や隆と同じだが、もっと驚いた顔つきだ。次の瞬間、将門が伯父の肩に刃をふり下ろしていた。

国香は重い音をたてて倒れこんだ。しかし、すぐには息をひきとらなかった。弱々しくもがいて将門を見上げる。

「わしを討とうと、上総には良兼《よしかね》がいるぞ。もう一人の伯父も殺しに行くがいいぞ。おまえこそ同族を根絶やしにする人間、必ずや……」

国香の言葉はそこで途切れた。目から光が消え去った。

ユカラは将門のもとへ走ったが、真樹と三郎のほうが早く着いた。将門のわきに立って声を上げる。

「やり遂げると思ったよ、小次郎」

「これで父上に顔向けができます」

血なまぐさい場所に立ちながら、二人は喜色を浮かべていた。しかし、将門の顔に晴れやかさはなかった。まるで影を宿したかに見え、ユカラがぎょっとしたほどだ。だが、それはユカラの錯覚だったらしく、将門が気を取りなおして顔をあげると、かげりは見当たらなかった。

「おれは、この人を伯父とは思いたくない。源家を最優先する人間になりきっていた」

苦さをかみしめるように言うと、将門は厳しい表情を二人に向けた。

「まだ気を抜くなよ。どこかに源護《まもる》がいるはずだ。前の大掾がすべての糸を引いていたのかもしれない」

真樹が言った。

「だが、今から屋敷へ向かってもむだ足だろう。すでに逃げ隠れしたに決まっている」

三郎は奮起する様子だった。

「人を集め、手分けして別荘などを探しましょう。おれも二カ所ほど見知っています」

すぐに兵士が呼び集められたので、ユカラは離れた場所で見守った。自分がやってのけたことに信じられない思いもあり、満足もあり、ひどく疲れた気もしていた。

（これで災いを絶てただろうか。呪いはなくなっただろうか……）

気がつくと、そばの木陰に行者の長《おさ》が立っていた。今はユカラが目を向けても消えない。兵士ではなく、長い杖《つえ》をついた姿でもあった。

「ありがとうございました。ご指示のおかげです」

ユカラが近づくと、行者の長は言った。

「蓬が効きましたね。私どもも山の民が運んだ〝えやみ〟を残らず退治できました」

「影の者は消え、災いもなくなったのですね」

「それは違う」

感謝の手ぶりをしかけたユカラは、驚いて止めた。

「消えていないのですか」

「将門どのの伯父君が死に、この土地で〝えやみ〟を広める者がいなくなった。終わったのはそれだけです。根源が絶たれたわけではありません」

静かな調子で行者は続けた。

「将門どのを思うなら、あなたは安心してはいけない。呪いはすでに将門どのにも宿っています。最初の〝えやみ〟を消すという、私どもの目的は果たせましたが、おそらく呪いは形を変えながら、これからも続いていくのでしょう。将門どののように〝しるし〟のある者がいる限り」

ユカラは目を見はった。

「では、どうすればいいのでしょう」

「言ったように、私どもには人の呪いを祓う方法がありません。忠告できるのは、呪いの根源地に足を踏み入れるなということだけです。特に将門どのを、今後下野国に近づけてはいけない。新たな影の者を生むことになりますぞ」

三

少女の後ろで聞いていた美綾は、いっしょに落胆する思いだった。オオカミが去って立ち尽くすユカラを見ながら、さぞ心が重いだろうと考える。

「そんなの無理難題だよ。将門がずっと下野国へ行かずに過ごせるはずないし。ユカラに禁止する権利なんてないし」

黒田は肩をすくめた。

「まあ、オオカミに人間の社会事情を言ってもね」

映像の体は疲労しないが、美綾はがっくり疲れた気がした。がんばって戦闘を見守り続けたのに、何一つすっきりしないのだ。

「平国香を討ち取っても、一族の争いが解決しないのは知ってたけど、呪いくらいはここで終わると思ったのに。将門は結局、最後まで呪いから逃れられないの？　反乱を起こして死ぬまでずっと？」

「どうかな」

黒田がそれしか言わないので、美綾は憤慨したまま感想をのべた。

「だいたい、呪い主は下野国にいるのに、他国の将門たちを呪うのがわからないよ。私には影の者が見えないけど、ユカラの態度で少しはわかった。国香がおかしなことを言ったのも聞いた。『帝《みかど》の子孫にあだをなす』とか『東国に住みつくのは許さぬ』とか。まるで呪い主が言うようだったよ。その国香が死んだなら、呪いも解けていいはずじゃない」

「いや、国香は呪い主じゃないよ」

黒田は考えこむ様子だった。

「仕向けられたんだ。国香が将門の父親を殺すよう仕向け、将門が国香を殺すよう仕向けられた。将門は、源家の人間までいっしょに始末している。キーワードは〝同族殺し〟だよ。関東へ移ってきた帝の子孫は、最後の一人まで憎みあって死ねという主旨だ。将門はとっくに巻きこまれている」

美綾はびっくりして黒田を見やった。

「最後の一人までってことはないでしょう」

「だけど、おれたちの目の前の将門は、このまま行けばそうなるよ。いまわの際の言葉というのは強力なんだ。将門にそのつもりがなくても、国香の暗示は残っただろう」

「そうすると、どうなるの」

「将門が第二の国香になる」

黒田は平板な口調で続けた。

「オオカミが言ったのは、今度将門が下野国に入ったら、第二の国香になるということだ。そして、言わずにすませたのは、そのときには将門も、オオカミたちが始末する対象になるということだ。また〝えやみ〟がオオカミに及ばないように」

何度もまばたいてから、美綾はようやく言った。

「将門の死に方は、オオカミに殺されてじゃないよ」

「呪いがこのままだったら、オオカミに殺されるね」

「黒田くん、どうしてそんなことが言えるのよ」

美綾が詰め寄ると、男子は目をそらして答えた。

「モノクロの知識だよ。オオカミに関する」

「じゃあ、きみは、この先起こることもぜんぶ承知してるってこと。モノクロは過去も未来も行き来できるんだから、そりゃあ何もかもわかってるよね」

黒田は驚いた顔になった。

「そんなことないよ。神だって万能じゃない。下界に降りて個別の存在になれば、情報を自分で一から探すしかないし、労力もいるんだ。それに、おれはモノクロのぜんぶじゃないから、過去未来を見てくることなどできないよ」

(私だって、今、私のぜんぶじゃないものね……)

美綾は思い、むやみに疑うのをやめた。言っておきながら、黒田が千里眼というのは美綾自身おもしろくなかったのだ。

「あーあ、モノクロは今ごろ何してるんだろう。過去へ飛んだなら、下野国の墓の主を調べてくれたらいいのに。でも、神様にそういう実地のものごとを期待すると、たいていはずされるのよね。最近そのへんがわかってきた」

ぼやきとして言ったのだが、黒田は意外にまともに応じた。

「モノクロに期待しなくても、推論くらいおれだってできる。今日は呪いの現象をいろいろ見たし、この線をたどれば墓の主がだれかも推測できるよ」

美綾は男子を見つめた。

「じゃあ、言ってみて。私には思いつかない。この時代って歴史資料がすごく少ないいんだよ」

「知ってる。おれが活用できるのも、みゃあが知ってる程度の日本史だ。記録はわずかでも、下野国には後世に伝わらない怨霊《おんりょう》がいたんだよ。たぶん、最初で最大の怨霊らしい怨霊で」

言葉を区切ると、黒田は美綾に顔を寄せてたずねた。

「ところで、怨霊はいつごろから祀《まつ》られたと思う？」

美綾はまごつきながら、けんめいに受験勉強の記憶をたぐり寄せた。

「ええと、御霊《ごりょう》信仰ってタームがあって。出てくるのは平安時代になったころかな。平安京遷都かその前の長岡《ながおか》京あたりに、政権争いで殺された皇族貴族の怨霊を鎮めようと祀ってたから。最初の御霊には、そういう人物の名前が並んでる」

言いながら、美綾はふと気がついた。

「あ、これって、桓武《かんむ》天皇の時代だ」

すかさず黒田がたずねた。

「桓武天皇が怨霊に怯《おび》えるほど、皇族たちを殺すはめになったのはなぜだった？」

「奈良時代の末に大きなごたごたがあって。桓武天皇の父親や桓武天皇は、綱わたりで皇位についたから」

「大きなごたごたとは？」

「称徳《しょうとく》天皇が独身女性で子どもがなく、たしか皇太子が決まらなくて……」

美綾はおぼつかないまま口にした。

「道鏡《どうきょう》事件があった。称徳天皇は道鏡を大臣のトップに抜擢《ばってき》して、あげくは皇位をゆずりかけたの。宇佐《うさ》八幡宮の神託が否定したから、道鏡の即位は阻止されたけど」

(八幡宮の神託……)

美綾がどきりとしていると、黒田が裏づけた。

「下野国で死んだのは、その道鏡だよ。称徳天皇の没後、下野薬師寺の別当という名目で都から追放されたんだ。それからまもなく現地で死んでる」

「殺されたの?」

「記録も何もない。都に死んだ報告が届いただけ」

「殺されたんだね。怨霊になるくらいなら」

美綾が自分で答えを言うと、黒田も否定しなかった。

「現代まで伝わったのは、道鏡が庶民として葬られたことだけだよ」

「そんなことがあったんだ……」

美綾は、地元の豪族をぼんやり予想していたのだ。しかし、怨霊の大半が都の政変で生まれたことを思えば、もっと都の事情に目を向けるべきだった。

「聞けばそれしかないって気がする。将門たち、桓武天皇の子孫を誇っているんだもの。道鏡にとっては、あと少しで手に入らなかった皇位についた天皇の子孫なんだ」

ひやりとする思いだった。わけのわからない呪いよりも、憎悪の理由が明白なほうが怖い。それほど皇位に近かった人物が、都人に忘れ去られ、へき地で庶民の墓に葬られたのだ。怨念《おんねん》も鎮まらないだろう。

「道鏡の怨霊だとわかったら、鎮める方法がある？」

黒田は、妙に感心した目つきで見た。

「みゃあは、そういう方向で考えるのか。一足飛びだね」

「今の推論で、下野国で起きたことがいろいろ納得できるもん。まだ黒田くんがいないころから、私は見てきたんだから」

八幡宮の禰宜《ねぎ》に聞いた話を思い出す。薬師寺の隣りに八幡宮が設置されたことが、今では理解できるようだった。

「下野八幡宮では、道鏡の呪いを鎮めることができないみたいだった。もっと確かな力の持ち主が何とかしないと」

黒田は少し考えてから聞いた。

「モノクロに期待したいってこと？」

「ねえ、どうにか連絡をつける方法ないの」

黒田があいまいにほほえんだ。

「おれが思いつくことくらい、モノクロも思いつく。わざわざ連絡する必要ないよ。じゃあ、怨霊を鎮める方法がわかるまで観察するかい。つまりは、将門が下野国へ行くまでということになるけど」

将門たちは筑波山の山麓《さんろく》を捜索したが、源護を見つけられないまま引き上げた。護を取り逃がしたことは、争乱を長引かせる要因になった。常陸の所領にもう一度兵を集められないよう、石田の館《やかた》を焼き払い、近くの集落にも火を放ったというのに、潜伏した護たちはなかなかしぶとかったのだ。

追撃を逃れた者の中には、平国香に忠実だった異母弟の良正《よしまさ》がいた。良正もまた護の娘婿だったので、護と共謀して弔い合戦のために暗躍を始めていた。

それからというもの、武器庫に武具をしまいこむ余裕がないくらい、常陸との国境《くにざかい》に小競り合いが起きた。国香亡き後、平一族の最年長となった良兼が、やはり娘婿として腰を上げたといううわさも伝わってくる。

将門は、寝る間を惜しんで対抗策に努めた。船着き場などの巡回を増やし、防護壁の強化に塀を新設し、人々の軍事訓練にも熱心につきあった。今やだれから見ても、所領内の人心を掌握するのは将門だった。御厩の別当の強力な支持があることも後押ししていた。

三郎将頼が兄の下で満足しきっているのは、鎌輪の奥方には不満だっただろう。だが、将門が武将として土地を守るようになってから、館内での奥方の発言力も弱まったようだった。それをさとったのか、三郎と同程度に、将門の衣料や食事にも気づかいを見せている。

父のかたきとはいえ実の伯父《おじ》を討ったことを、将門自身が何も思わないはずはなかったが、彼は表に出さなかった。がむしゃらに体を動かすことに終始して、他の人より陽気にさえ見える。領民だけでなく蝦夷の男たちも、将門の笑顔を好ましく見つめた。暗雲を吹き飛ばす力強さを感じさせるのだろう。

（将門のお父さんも、こういう人だったのかな……）

美綾は考えた。年配の男たちがそう考えているのが顔つきからわかるのだ。機を見る才覚を持ちながら、性格的には大ざっぱであまりくよくよしない。血の気の多い男たちを率いるにふさわしい器なのだ。

（将門は悪い人じゃない。それは私にもよくわかる。死なせたくない人物だ……）

しかし、将門とユカラが顔を合わせる機会は減っていった。相変わらず将門の乗馬の世話係をしていたが、どこで戦闘が起きるかわからない今、将門がユカラを従者に加えることもなくなったのだ。そして、埋め合わせの会話をしようと努めるには、今の将門は忙しすぎた。

ユカラのほうも、従者の立場を主張しようとしなかった。自分が行者から知り得たことを、将門に伝えたいとは思わないようだ。お供をはずされても文句を言わず、離れた場所から将門を見つめるだけだった。仕事を終えると、夕闇が下りるころにケヤキのもとを訪れ、女神に祈りをささげることが日課になっている。

小声で唱える言葉に耳を傾けると、やはり、将門の呪いを祓《はら》う方法を思い悩んでいるようだ。無理もないと美綾も考えた。

（わかるけど、怨霊の呪いはユカラが想像のつかないところにある。血みどろの皇位争いなんて、都をもたない、定住もしない蝦夷たちには、どうにも理解できないのだから……）

美綾も悩みながら、ユカラといっしょにケヤキの下にいると、近くで思いがけない声が響いた。

「ここに来れば、会えるような気がしていた」

ユカラは、耳飾りの石をきらめかせてふり返り、目を見はった。

「将門さま」

いつものお供はなく、将門は一人で歩み寄ってきた。泥はねのついた袴《はかま》姿で、まだ小手も脚絆《きゃはん》も身につけている。宿所に戻る前に足を向けた様子だった。

「どうなさったのです。馬に異常でも」

「いや、急用じゃない。このところ、ユカラの声を聞いていないと気づいただけだ」

将門の口調がのんきなので、ユカラは少し眉《まゆ》をひそめた。

「それは、将門さまが、私を遠乗りにおつれにならないからです」

「行く先々に命の危険があるというのに、どうしてつれて行ける。おれはユカラに安全でいてほしい」

将門の言葉に、ユカラはさらにあごを上げた。

「私の身なら、同族が守ってくれます。将門さまは、蝦夷の有能さを信じていらっしゃらないのです」

「そういうことじゃない」

さえぎった将門は、しばらく間をおいてから言った。

「おれは、常陸から戻って以来考え続けていたよ。それまでの自分の言動が、どれほど幼く拙《つたな》かったかを。伯父たちがどれほど父上と相容《あいい》れないか、深く知ろうとしなかったことを。ただの誤解と思いこみ、話せばわかると思っていた。治まらない争乱となった事態は、おれの甘さが招いたのかもしれない」

ユカラは小声でとりなした。

「胆沢にいては、だれも知りようがなかったのです」

「たしかに、父上が亡くなるまで発覚しないものごとだった。だが、こうなってしまった以上、戦い抜いて平一族の主導権を勝ち取るしかない。おれは腹をくくるつもりだ。親族すべてと交戦することになろうと、父上のご遺志を継いでみせる。北国との垣根をとりはらい、関東の国を強力に仕立てて、都の支配に苦しまずにすむようにする」

将門の口ぶりに弾みがついた。ユカラはいくらかとまどっていた。

「鎮守府将軍さまは、そのような考えをお持ちだったのですか」

「そうだよ。父上は、戦う必要があることも予期しておられたようだ。そして、おまえたち蝦夷の力を高く評価しておられた。志半ばで命を落とさなければ、もっと多くの蝦夷を下総国に呼び込んでいただろう。異民族と見なさず同等の者として」

ユカラが目をまるくすると、将門は小さくほほえんだ。

「おれも父上にならいたい。手始めに、ユカラをもう従者として扱いたくないんだ。おまえが他人の下で働く人間ではないことくらい、おれにはよくわかっているのだから」

「でも、従者でなければ、おそばでお守りするという私の役目がはたせません」

将門はゆっくり答えた。

「そばにいてもらうよ。だが、これも戦いが終結したらだ。おれたちは、もうじき上総の伯父上と一戦交えることになるだろう。だが、この伯父に勝利さえすれば、平一族におれの頭を押さえる者はいなくなる。だれにもとやかく言わせず、父上のお考えに沿った改革もできる」

少女が黙っていると、将門はやさしい口調で言った。

「そうなったら、ユカラにはおれの屋敷に住んでほしい。同じ身分で座敷に座り、朝も夕もそばにいてほしい。この意味がわかるね」

ユカラはしばらく、身じろぎもせずに立っていた。口がきけなくなったかに見えたが、それから、ふと肩を落としてため息をついた。

「将門さまは、よくわかっていらっしゃるはずです。私が大和《やまと》の女とどれほど違うかを。野山を歩かず、板間のお屋敷で暮らせば、きっと息がつまってしまいます。絹の着物の女たちといるより、荒馬といるほうがましなのです」

将門は、この返事を聞いてもへこまなかった。笑い声をたてて言った。

「お互い、歩み寄りがないとだめだろうな。おれはおれの心を言ったまでだ。ユカラのすべてを変える気はないから、落としどころを考えてみてくれ」


（将門は悪い人じゃない。悪い人じゃないけど……）

将門が立ち去ってから、美綾は考えた。それでも、改革を語る将門の言葉は夢物語だった。蝦夷と共存する国に期待したくなっても、けっして実現することはない。

（彼は、ユカラを巻きこむことを言ってはいけなかったのに）

今の美綾には、オオカミの行者がユカラに「関わりのない呪いにつきあう必要はない」と告げた意味が痛いほどわかるのだった。大和の権力抗争で生まれた怨念《おんねん》ほど、ユカラに縁遠いものはない。

（本人が善意だろうと、将門はこうした抗争から逃れられない。彼の一族の根っこには同じものが染みついて、消すことはできない。でも、ユカラたちは、もっとオオカミに近い人々だ。だから、オオカミの行者が共感をもったんだ）

ユカラが将門に特別な感情をもっていることは、美綾も承知していた。今、将門から求愛の言葉が聞けたのは、ユカラになって思えば喜ばしいことだった。けれども、だからこそ始末が悪かった。望まれるまま将門と結ばれても、ユカラが幸せになるとは思えないからだ。

（たとえ呪いが解けたとしても、将門が討ち死にするまであと五年くらいしかない。この子を、これ以上深入りさせてはいけない……）

ユカラはまだケヤキの下にたたずんでいる。だが、もう一度祈り始める様子はなかった。将門が去った方角を見つめ、あれこれ思いめぐらせるようだ。

美綾が黙りこんでユカラを見つめているので、そばへ来た黒田がたずねた。

「どうかした」

「ユカラのこの先を考えてるの」

美綾はつぶやくように続けた。

「この子、あきらめて北国へ帰るべきだよ。どう転んでも傷つく未来しかないもの。呪いの影響を変えられなくても、まったく関係のない蝦夷の女の子くらい、傷つく前に故郷へ帰してあげたい」

黒田は興味深そうにまばたきした。

「将門の守護神じゃなく、ユカラの守護神になりたいってこと？」

「私はもともとそのつもりだったもん」

大きく息をして美綾は続けた。

「黒田くんはこの前、過去の事象に異変を起こしても、代替物がならして同じになるとか言ってたでしょ。私、一度ユカラと意志が通じているし、ちょっと教えるだけなら一度も二度もそれほど変わらないよね」

ユカラのほうへ進もうとした美綾の肩を、男子がとらえて引き止めた。

「待った。どうして急にそんなことを思いついたんだ」

「将門がユカラにプロポーズしたからよ」

美綾が言い返すと、黒田は心底驚いた面もちになった。

「それ、いつ？」

「今、何、聞いてたのよ。きみっていっつもそうなんだから」

思わず口調がきつくなった。どうしてそれほど腹立たしいのか、自分でもよくわからなかった。

「人の気持ちもわからないなら、初めから人型で出てこないでよ。まぎらわしいぶん、こっちも迷惑なんだから」

美綾の肩をつかんだ手がゆるんだ。一瞬後悔しかけたが、この機をのがすことはできず、美綾はユカラのもとへ飛んだ。

手間取った前回とは違い、今では美綾も要領がわかっているので、ユカラと重なるのは簡単だった。気持ちを静め、蝦夷の少女にそっと肩を寄せていく。頭まですべて同じ位置に来たところで、ユカラに伝えたい思いに心を集中した。

（将門やその一族が、帝《みかど》の血をひくことで呪われたのは、もともと帝が皇位のために同族で殺し合ってきたからなの。その周りの貴族たちも同じように殺し合ってきた。残念だけど、将門はこの因縁からのがれることができない。関東に蝦夷と共存する国は生まれない。将門が死んだ後は、土地の支配のために戦う武士の国が育っていくんだよ）

道鏡事件をユカラが理解すると思えなかったので、帝になれなかった人物の無念さを漠然とイメージして送った。

（あなたと将門とは、見ている世界もすべて違う。すぐ隣りにいても、住む世界が別々にあるようなものだよ。好ましくても、助けてあげたいと思っても、根本からわかりあうことなどできない。だから、そんな人に恋してはだめ。あきらめて故郷へ帰りなさい）

美綾は思いを一気にぶつけた。うれしいお告げにならないのを承知しているので、途中でさえぎられないよう、勢いをつけたのだ。ぜんぶ伝え終えてから、ようやく相手の心をうかがってみる。強い反発がくるのを覚悟していた。

ところが、ユカラの心は意外に静かだった。美綾の思いを逆らわずに受け止めたようだ。ひどく驚く様子もない。細かな知識を別とすれば、ユカラも大枠でさとっていたという印象があった。

（わかってもらえたのかな……）

反応の少なさが心配になったが、少女が冷静なのはありがたかった。それ以上ユカラの心を探るのも居心地悪かったので、美綾は急いでユカラの体を抜け出した。

あたりを見回すと、黒田は少し離れたところで待っていた。美綾が気まずくそばへ行くと、男子は何ごともなかった顔をしていた。

「ユカラの内心、どうだった」

「教えても驚かなかった。すなおに聞いてくれたよ」

うなずいて黒田は言った。

「そうか。早くも女神のお告げに慣れちゃったのかな。巫女《みこ》の素質があるね」

美綾は目を伏せ、少し口ごもって言った。

「さっき言ったこと、ごめんね。ちょっと気が立ってたみたい」

「いや、おれも、あれから何度か分析してプロポーズだと理解した。また一つ利口になったよ」

黒田はこだわりなく言い、改めて美綾を見つめた。

「みゃあのそばにいるから、おれは人間のふるまいを収集できる。おれにはこの形が便利だけど、人型がそばにいるのは、きみには不快だろうか」

「不快ってことはないよ」

美綾は急いで否定した。

「ときどきイラッとさせられるのは、パピヨンのモノクロだって同じだし。それは、神様の常識が人間の常識とかけ離れていて、はしごをはずされるからで。でも、そこがおもしろいときもある。思いも寄らないことばかりだから」

「人型だと、あまりおもしろくないとか？」

「そうじゃないけど……ただ」

考え考え、美綾は本音を語った。

「黒田くんには、私が、モノクロ以上に人間の常識を要求しちゃうんだと思う。だって、こんなに人に見えるんだもの。しゃべる犬を相手にするのとは勝手が違うよ」

黒田がほほえんだ。

「それがありがたいんだよ、必要な情報がずっと増えるってことで。そばにいさせてよ。そして、はずしたときは文句を言ってほしい」

「いいけど……」

美綾は顔が赤らむ気がした。しかし、映像の顔は少しも熱くなどならなかった。動揺しても外に漏れないのは都合がいいと、こっそり考える。だが、急に気がついてしまった。自分がなぜ、ユカラに帰れと言い聞かせたくなったのか。ユカラの恋心に警告したくなったのか。

（そんな人に恋してはだめだよ。どんなに好ましくても、助けてあげたいと思っても、根本からわかりあうことなどできない……）

ユカラは考えこみながら、自分の小屋へ戻ってきた。

そして、めったにないことだが、小さな油皿に灯火をともした。

簡素な掘っ立て小屋をねぐらにするユカラは、いつもなら帰ればそのまま寝てしまう。寝床につくだけの場所であり、家具などはほとんどなかった。蝦夷の習性として、自分がもち歩けない量の家財はもたないのだ。

板壁は粗く殺風景なものだが、奥の壁にだけ小さな棚を吊《つ》ってあった。小さな品が供え物のように二、三並べて置いてある。そこにだけ色彩があり、色糸で細かく刺繡《ししゅう》した布の包みがあった。

油皿の明かりをそばに置いたユカラは、拝むしぐさをしてから、小さな品の一つを手に取った。床にひざまずき、くるんだ布の組紐《くみひも》を慎重にほどき始める。刺繡の布を開くと、さらに柔らかな鹿のなめし革の包みが現れた。

その革包みも開くと、ユカラの手の上に乗っているのは、透きとおるように白い石の矢尻《やじり》だった。ユカラの耳飾りとよく似た石だ。念入りに研磨した表面が明かりを受けて、白い炎のように輝く。

蝦夷の少女は手の中の矢尻に見入った。しかし、その瞳《ひとみ》の色は暗く、何も映していないように見えた。この場にはない何ものかを追い、見つめ続けている目だった。

四

平良兼の蜂起《ほうき》を予期し、警戒を続けていた将門たちだが、先方の動向を探るには限りがあった。沼地や川にさえぎられる交通事情もあり、合戦に備えるだけで暮らすわけにいかない事情もあった。生活のためには、牧の管理も土地の開墾も田畑の手入れも必要なのだ。

対立する常陸側とて事情は同じであり、小競り合いがようやく治まった。将門たちは、巡回する箇所を所領の南東方面に切り替えた。上総国や上総に近い下総国南部で良兼が兵を集めているといううわさは、今も消えなかったのだ。

しばらくは何ごともなく過ぎた。人々は、争いを忘れて日常の仕事にいそしむようになっていた。

常羽《いくは》の御厩《みまや》の製鉄所では、炉の数を増やして鉄を増産する計画が進んでいた。そこで、顔のきく者が砂鉄や木炭の買いつけを増やす交渉に出かけたが、思わぬ知らせをもってあわてふためいて戻ってきた。

「上総介《かずさのすけ》どのの率いる一軍が、常陸国を通り抜け、今は下野国の国境《くにざかい》に集結しています」

「下野国の国境だと？」

知らせを聞いた者たちは、なかなか信じなかった。上総の土地とは逆方向の北西から攻めてくることになるのだ。

将門も最初はのみこめないようだったが、やがて言った。

「だが、源繁のいた盗賊団もその方角から襲ってきた。下野には、何か拠点をもっているのかもしれない」

三郎はまだとまどっていた。

「たしかに繁はそうでしたが、なぜ、上総の伯父上《おじ》までが。恐ろしく遠回りしたことになりますよ」

将門は眉《まゆ》をひそめていた。

「戦術としてなら、うなずけなくもない。下野側は土地に高さがある。おれたちと合戦するには有利な陣取りだ。坂の勢いを借りて攻撃できる」

佐五郎も顔を険しくした。

「知らせを事実と見るなら、ゆゆしいことになりますな。上総介どのが小勢で遠方へ向かうはずがない。相当数を引きつれて国を出て、さらに途中で常陸の勢も合流しているのでは」

あわただしく議論が続いたが、将門がきっぱり言って話を終わらせた。

「憶測を語っても意味がない。おれが国境へ出向き、本当に上総の伯父上の陣営か確かめる。ぐずぐずしてはいられないぞ、今すぐ集められるだけの人数を集めるんだ」

広くは招集をかけなかったので、急にそろえた兵士は百人あまりの数だった。だが、将門は迅速さを重視した。騎兵の多い、いかにも将門らしい一団ができあがった。体調のととのった軍馬をすばやくそろえるのが、彼らの一番の強みといえた。

蝦夷の男たちは、今回もほぼ全員が隊に加わった。繁や国香を討ったとき以来、小さな戦闘にも必ず出向いていたので、武具の手入れが間に合わず、装備が少々くたびれて見える。だが、当人たちに倦《う》んだ様子はなく、戦い慣れした精悍《せいかん》さがいよいよ冴《さ》えるようだった。それは、将門や三郎、佐五郎などの中心人物にも言えることだった。

ユカラはその一員になっていない。佐五郎は今回、とりわけ名指しで残るよう指示したのだ。蝦夷の男たちもこれを不服にせず、安全のためによかれと思う様子だった。ユカラも今は、同族の男たちに言った。

「私はその場へ行けませんが、代わりに将門さまをお守りしてください。誤報で終わることはありません、必ず合戦になるでしょう。相手は琴葉さまのお父君、これまでよりも重い戦いです。あなたがたの力を必要とするときです。矢数を多くそなえ、抜かりのないように」

男たちは神妙にうなずいた。ユカラの言葉には予言力があると信じているのだった。

オシヌがユカラのもとへ来て言った。

「ナジを残します。必要があれば、あいつを伝令によこしてください」

常陸の戦いでユカラの護衛についた若者がナジだった。ユカラは頭をかしげた。

「彼、戦いに出られずに不満では」

「いや、本人からの申し出です」

馬具の準備がととのい、厩舎《きゅうしゃ》から引き出された黒馬のもとに、将門がやって来た。

今は将門も大将にふさわしく、眉庇《まびさし》の上に金色の立物《たてもの》のあるかぶとを被《かぶ》っている。作りのいい胴よろいもつけているが、あいかわらず着飾らない性分で、胴よろいの下は地味な直垂《ひたたれ》だった。鮮やかに赤い飾り帯をつけた馬のほうがよほど華やいで見える。

黒馬のわきに控えたユカラが、戦じたくをしていないのを認めると、将門はちらりとほほえんだ。

「それでいい。蝦夷たちをおれに預けて、今は帰りを待っていてくれ」

所領の人々がそろって見送る中、将門たちは川沿いの道をさかのぼって行進していった。最後の一人が見えなくなるまで見送り、ユカラは考えた。

(とうとう、将門さまに言えなかった……下野国へ行ってはならないと)

兵の一人としてつき従うことができたら、それでもまだ手段があったかもしれない。だが、将門本人がついて行くことを拒んだのだ。

(今、私が取るべき道は二つある。すべてに逆らって戦場に駆けつけるか、将門さまを信じてここで待つか)

信じて待つのは、とても簡単だった。将門は呪いなど自力ではね返し、何ごともなく帰ってくるのかもしれない。ユカラが気をもむことはないかもしれない。そう信じるのはなんと快いことだろう。だが、ユカラには、これが目と耳をふさいだ態度だとわかっていた。

(木の女神さまは、そのようにはおっしゃらなかった……)

将門はけっして呪いから逃れられないというのが、お告げの内容だった。下野国にある災いは、過去に都で起きた殺し合いから発していて、血をひく将門にはどうしようもないのだと。そうであれば、たとえこの戦いから無事に帰ってきたとしても、その男は、ユカラの知る将門ではなくなっているに違いない。

身をひるがえしたユカラは、小走りになって自分の小屋へ戻った。急に決心がついたのだ。

(どちらの道をとっても、私はすべてを失うのだろう。それくらいなら戦場へ行って、この目で将門さまに起きることを見届けよう。自分にできることをすべて行ってから失おう)

小屋の中で蝦夷の晴れ着に着替え、胸当てと小手をつけた。額に染め模様のある幅広のはちまきを結び、首飾りを下げる。それから奥の棚に向かい、のせてあった一本の矢をうやうやしく両手で下ろした。

それは魔除《まよ》けの蓬矢《よもぎや》だった。しかし、矢柄に白い石の矢尻を結びつけてある。これは神聖な品なので、他の矢と同じ矢筒に入れず、一本だけ別の矢筒にすべりこませた。腰帯には短刀をさし、換えの弓弦などを入れた袋を下げる。

弓を握り、入り口に下げた簾《すだれ》をはらって外に出ると、正面にナジがぎょっとした様子で立っていた。

「ユカラさま。そのお姿は、いったいどういう……」

「ナジには国境へ行ってもらいます。私といっしょに」

ナジは鈍い若者ではないのだが、このときはまごつくばかりだった。

「しかし、あの、それでは」

ユカラは小さく笑い、有無を言わせない調子で言った。

「私の行動が範疇《はんちゅう》におさまらないこと、この前の戦いでよくわかったでしょう。それでも残ることを買って出てくれたのでしょう。ならば、説明がなくても私のために動けるはず。ぐずぐずしないで、あなたも身じたくして馬を出して」

最初は疑問視したナジも、石井を出発するころには肝がすわった。かえってこの役目に奮起したようだ。自軍に見つからないように追跡することを、若者らしく楽しみ始めていた。

川沿いの道を追うのは楽だが、見通しがいいので、距離をとらないと馬を進められない。ユカラがナジに判断をまかせたので、彼は川をはずれて高台を行くことを選んだ。起伏があって進みにくく、馬を降りて歩く場所もあったが、思わぬところで気づかれる心配だけはなかった。

下野国が迫るにつれて、丘の起伏が険しくなり木立の厚みが増した。森のような地帯を抜け、平良兼が布陣したと思われる広野を見下ろす位置に出たときは、両軍の戦闘がすでに始まっていた。叫び声や馬のひづめの喧噪《けんそう》が波のように寄せてくる。馬を引いて登ってきた二人は、あわてて木立のへりに出て身を乗り出した。

「そうとうな人数です」

ナジは憂わしげに言った。下野側の兵士が、盾を横並びにそろえて前進するのが見えている。盾の列が長く続いて蛇がくねっているように見えた。

「でも、歩兵ばかり多い」

ユカラが鋭く指摘した。

「上総の伯父君はおそらく、まだ知らないのです。将門さまの戦法を」

ユカラが言ったとおりになった。将門の手勢がひどく少なく見えたのは、正面にいるのが歩兵のみだったからだ。騎馬隊は二手に分かれ、盾を並べた兵士の左右から襲いかかっていった。猛進する馬のひづめにたじろぎ、隊列を乱した男たちが、次々に矢の標的にされていく。遠目で見ると、相手の陣がくずれるのがよくわかった。

背中を向けて逃げ出す者が出始め、収拾がつかなくなる。みるみる総くずれになり、下野側の人々は北へ退却していった。将門たちがそれを容赦なく追いかける。

「あれほどの人数の軍勢をくずした。さすがですね、将門さまは」

ナジがはずんだ声を出したが、ユカラは楽観しなかった。良兼が退却する軍勢にいるのはほぼ確実で、将門は伯父を追って下野国中心部へ踏みこんでいく。ことが起こるのはこれからなのだ。

「私は、丘を下って将門さまと合流します。あなたは自分を守って」

ナジは目をまるくしていた。

「なぜです。それでは、忍んで来た意味もないじゃありませんか」

「もう、あれこれ気にする時間がなくなったの」

　ユカラは答え、ナジの顔を見つめて早口に続けた。

「意味がなくなどありません。見つからずにここまでつれて来てくれて、本当にありがとう。ナジは命を粗末にせず、生きのびて故郷へ帰ってほしい。そして、おばばさまに私のしたことを伝えてほしい。私は、すべてを承知して行ったのだと」

　ナジの返事を待たず、ユカラは栗毛馬にまたがった。彼らのいる場所から広野へ下る斜面は急だったが、ためらいなく馬を駆る。背中にナジの叫び声を聞いた。

「お待ちください。お供します、おれはどこまでもついて行きます」

　ユカラはふり返らなかった。馬の足もとは一瞬も気を抜けなかった。だが、意識を集中させながらも、心の隅で老祭司の言葉をよみがえらせていた。

　鎮守府将軍とともに南へ向かう前夜、ユカラを呼び寄せたおばばは、なめし革から白い石の矢尻《やじり》を取り出して言ったのだ。

「これを、最後の手段として持っていなさい。けれど、ようく見定めなければならないよ。命にかえても射貫《ぬ》く価値があるのかどうか。覚悟もなしに使うことはできないのだよ、聖なる石を使えるのは生涯一度だけだ。だれにも二度目はない」

（木の女神さまは、私には関わることのできないものだとおっしゃった。だから、北へ帰れとおっしゃった。私はたぶん、お告げに従うべきなんだろう。都のものごとにどれほど無知か、自分でもわかっている……）

　迷わないわけがなかった。下野国の国境へ来る途中にも、ユカラの心は迷い続けていたのだ。けれども、敵軍を追って下野側へなだれこむ将門たちを目にし、北の空にわきあがる黒雲に気づいてしまうと、決めるより先に体が動いていた。

敗走する良兼たちは、下野国府を目ざした。空堀と高い土塀が庁舎を囲い、四方の門も大きく頑丈だからだ。大将とともに多くの者がここへ逃げ込み、門戸を盾とした。ユカラの馬が南大門へと続くまっすぐな大路を駆けていったとき、将門の手勢はすでに国府を包囲する態勢に移っていた。

下野国府は、ユカラも以前に来たことがあった。屋根を黒い瓦《かわら》でふき、太い柱を丹塗《にぬ》りにし、窓の覆いを緑青《ろくしょう》で染めた、たいそう華やかな建物だ。大陸の様式と同じ彩色で、都にはこのような建物がたくさん立つという。南大門も同じで、屋敷かと思うほど大きかった。

今は、そのきつい彩色が不吉な光り方をしていた。背後の空を真っ黒な雷雲が覆い、門の手前にだけ薄い日射しが届いているからだ。

将門と蝦夷の兵は南大門の前に集まり、はやる馬を静めようと馬首をめぐらせて歩き回っていた。将門が指示を出し、伝令が三名ほど駆け去っていく。将門の輪郭や色も奇妙に鮮やかだった。まるで地面から発する光を浴びているかのようだ。

(ああ、これが見納めになる。最後の将門さまだ……)

目に映る光景がこの世の外に思えた。南大門の向こうに黒く大きな影が立ち上がるのが見える。門の屋根瓦をかるく越えるほど巨大な影が、けものじみた頭部と胴体を形作っている。

ユカラには、黒い影が巨大な黒牛に見えた。自分にとって都の象徴だからだろう。二本の曲がった角をはやし、筋肉の盛り上がった肩がある。その邪悪さを目の当たりにしたとたん、激しい怒りがこみあげた。

（おまえの好きになどさせない）

琴葉に対しても、もっとこうして怒ればよかったのだと、おそまきながら気がついた。異民族だからと引け目を感じて心を抑え、一歩下がってふるまったのは、ユカラが自分から行ったことだった。将門はあれほど軽やかに、大和人と蝦夷の垣根を越えられる人物だったのに。

（都人の呪いに屈したりしない。私が将門さまをわたさない。今度こそ）

巨大な牛は前足を門の屋根にすえ、躍り越えて将門に襲いかかろうとしている。ユカラはそれを見すえたまま、手探りで石の矢を矢筒から抜き取った。

「この矢を射るはわが弓にあらず。根の神に奉じた宝弓《たからゆみ》なり。生弓《いくゆみ》の射る生矢《いくや》なり」

櫟《いちい》の弓に矢をつがえ、唱え言を念じる。

「宝の力をもちて、魔を射貫き打ち滅ぼしたまえ」

「ユカラ？」

将門を上空から見下ろしていた美綾は、大路を駆けてくる栗毛馬に気づき、驚いて声を上げた。

ユカラが石井に残るのを確認したからこそ、黒田とともに将門の戦いを見届けに来ていたのだ。美綾には、あいかわらず影の存在が何も見えなかったが、気味悪く青黒い雲が北の空に広がり、ときおり稲光がするのを落ち着かなく感じていた。北側の薄暗さのせいで、馬を飛ばすユカラの姿はおかしくないくらい鮮やかに浮き立って見えた。

「どうしてユカラがここに。道の途中にも見かけなかったのに」

合戦に同行するときは、いつも黒田と上空にいたので、ふつうの人より見晴らしがいいはずだった。ユカラが隊列にまぎれこんでいなかったのは確かだ。ふってわいたような登場だった。

黒田はあまり驚かなかった。蝦夷の少女が近づくのを認めて言った。

「ははあ、やっぱり、こういうことになったか」

「やっぱりってどういう意味よ。私、はっきり北へ帰れと伝えたよ。ユカラはすなおに聞き入れてくれたはずなのに」

将門が近づく馬に気づいた。馬首をめぐらせ、黒馬の鼻先を大路に向ける。最初はいぶかしげに目を細め、ユカラが来たのが信じられない様子だった。それから息を吸いこみ、驚愕《きょうがく》に目を見開いた。

ユカラは弓に光輝く矢をつがえ、鐙《あぶみ》立ちになったのだ。その矢尻はまっすぐ将門をねらっていた。

美綾もそれを見て声を失った。意図がまるでわからなかった。

(何がどうなったの。どうしてユカラが将門を討つの)

黒田が美綾の肩をかるくたたいた。

「きみは動かないで。ちょっと後押ししてくる」

その言葉と同時に黒田は飛んでいた。美綾が何を言われたか理解する前に、ポニーテール男子の姿はユカラの背後に現れた。蝦夷の少女はすでに弓を引きしぼっている。黒田は馬に相乗りする近さでユカラに寄り、そっと背中に手を当てた。黒田がこの時代の人間に触れたのは、これが初めてだった。

動くなと言われなくても、美綾には動けなかったにちがいない。固まったようになって見守るだけだった。将門自身もまた、あぜんとしたままユカラを見つめている。

ユカラが放った矢は、白くまばゆい光の筋を描くように見えた。稲光のひらめきも、この矢の輝きには遠く及ばない。そして、し損じることなく将門の首筋を貫いた。蝦夷の兵たちも、愕然《がくぜん》とした表情でこのなりゆきを見るしかなかった。

ところが、将門を貫いたと見える光の矢は、その一瞬に姿を消した。馬上の将門は、射貫かれたのどもとに手を当て、信じられないようにその手を見つめた。一滴も出血していない。意識を失うこともなかった。

「どういうことなんだ、ユカラ」

ユカラは弓を放り捨て、馬の足をゆるめ、ゆっくり将門に近寄っていった。泣き笑いのような表情を浮かべている。黒田はすぐに少女の背後を離れ、美綾の隣りに戻ってきた。

「どういうことなの、黒田くん」

「ああ、今までちょっと確信がなかった。これでよかったんだよ。ユカラは、道鏡の怨《おん》霊《りょう》を消し去るために生まれてきたんだ」

ユカラは蝦夷のはちまきをしめていたが、黒髪が顔のまわりに乱れかかっていた。束ね上げた髪のもとどりが切れ、放ち髪になっていたのだ。いつもの男ものの袴《はかま》をはいていても、どこか感じが違っていた。輝く耳飾りの石は乱れた髪の陰になり、指で髪筋をかきやってやりたい思いにさせる。

将門は、思わずといった調子で手をさしのべていた。

「今のは何だったのだ。おれにわかるように説明してくれ」

「将門さま、どうぞ……」

ユカラのくちびるは動いていたが、その先は聞こえなかった。将門の手に触れようとユカラも手を伸ばしている。だが、その指先から色が薄れていった。気づいて手を伸ばすのをやめ、悲しげに将門を見上げる。その瞳《ひとみ》からも顔立ちからも色が薄れていった。ついには栗毛馬までおぼろに霞《かす》み、それから一呼吸か二呼吸のあいだに、ユカラの存在は消え去っていた。

将門は、ユカラがいたはずの空間を見すえた。

「まぼろし？」

馬を飛ばしてきた佐五郎が、将門に問うた。

「どうなさったのです。攻め入る準備がととのいましたぞ」

「ユカラがここへ来たのだ。まぼろしだとしても確かに来た。石井で何か起きたのかもしれん」

佐五郎が不審そうに眉《まゆ》をひそめた。

「だれのことです。伝令に来たのはナジですが」

将門がはっとして見やると、蝦夷の若者が馬から降りたところだった。将門は馬を進め、ナジを問いただした。

「おまえはユカラの供をしていたはずだな。どうして離れたのだ」

「申し訳ありません、若殿。ユカラさまが……」

ナジは答えようとした。だが、言葉が出てこないようで、もどかしげに首をふった。

言い直そうとしたが、また同じところでつまる。

「ユカラさまが……」

いらだった様子で、将門がさえぎった。

「いい、伝言を聞こう。問題があったのではないな。ユカラは無事に過ごしているな？」

「おれは、ここまでユカラさまとともに参りました」

ようやく言えたというように、ナジは将門を見上げた。

「けれども、ユカラさまはおっしゃいました。おれに北へ帰れと」

「どういうことだ、それは」

将門は声を大きくした。

「ユカラがおれを射たのは、なぜだったんだ」

真樹の馬が駆けてきた。将門のすぐそばに馬の足を止めて言う。

「こんなときに何の問答だ。ユカラとはだれのことだ」

将門はあきれ顔でふり返った。

「知らないはずないだろう」

「たしか、蝦夷があがめる女神の名前だったか。おれにはなじみがないが」

わずらわしそうに言ってから、真樹は顔つきを厳しくした。

「まだ突入の合図を出さないのか。今日中の決着がつかなくなるぞ」

将門はそのとき、初めて思い至ったように真樹の顔を見やった。

「上総の伯父《おじ》上を討つことが、本当に気にならないのか。実の父君であっても」

「やむを得ないだろう、向こうが先に縁を切った」

真樹の口ぶりは乾いていた。

「親に義理だてして身を滅ぼすより、生きて世に子孫を残すほうが、結果的には血族のためだ」

将門は少しのあいだ黙っていた。それから、吹っ切れたように言った。

「突入はやめた。先ほどの指示は撤回する。琴葉どのの父君を殺《あや》める理由など、考えてみれば何もないのだ。戦いを挑まれたからここまで来たが、こちらの戦闘力を見せつけたからには、命の奪い合いをしなくても今後の争いは治まるはずだ。裏門の囲みを解いて、伯父上たちが逃げるにまかせよう」

「どうしたんだ、急に」

真樹は仰天したようだった。まじまじと将門の顔を見た。

「長老の座を奪い取る気概をどこへやった。そのための追撃だったはずだ。おれの立場を思いやるなら無用だぞ」

「真樹どののためじゃない。まぼろしを見たせいだ」

将門は、もう一度自分ののどもとに手をやって言った。

「目が覚めた気がする。これ以上双方が血を流すことなどないのだ。兵を引き上げよう、早く石井へ戻ってユカラの話を聞いてみたい」

「だから、ユカラとはだれのことだ」

真樹は再びたずねたが、将門はそれを聞き流し、裏門に向けて馬を走らせていた。真樹もあわてて後を追いかけた。

ユカラの姿が消えるのを、美綾も信じられない思いで見つめていた。

将門が伸ばした手を、蝦夷の少女はとうとうつかまなかった。少女が消え去り、馬まで完全に見えなくなったとき、あたりの景色の色味がふっと切り替わった。顔を上げると、北の空を覆っていた雷雲がなかった。薄青い空に白い雲が静かに浮かんでいるだけだ。

気がつくと、美綾は黒田の腕を力まかせにつかんでいた。いつからそうしていたか、まるで覚えがなかった。

「今のは何」

かすれ声でたずねると、黒田が答えた。

「道鏡の呪いが解けた。ユカラがやり遂げたんだよ。将門は平良兼を殺さなかったし、オオカミに殺されもしなかった。この先も、将門が同族を殺すことは二度とないだろう」

「ユカラが、将門を矢で射たのはなぜ？」

「きみには見えなかっただろうけど、ぎりぎりのところだったんだよ。将門はもう〝えやみ〟になりかけていた。将門が発していた殺気は、みゃあも感じ取っただろう。あれでは怨霊の前でひとたまりもない」

美綾は黒田の横顔を見やった。

「だから、きみがユカラの後押しをしたの？」

「うん、まあ」

口もとに手をやって、黒田は言った。

「モノクロが過去へさかのぼった結果がこれだと確信できたからね。ユカラの役割も。道鏡の力を相殺できるのは、ユカラがもつあの石の矢尻《やじり》だけだった」

「私、ユカラとして生活したときも、あんな宝石をもっているのを知らなかった」

つぶやいてから、美綾は急にいたたまれなくなって黒田の腕をゆさぶった。

「ねえ、今のユカラはまぼろしだよね。生きた人間が映像みたいに消えるはずないよね。ユカラの本体は石井にいて、将門の帰りを待っているよね」

黒田は、どこかすまなそうに言った。

「将門はそう信じてるね。石井へ帰ってユカラが見つからないと、いつまでも探すだろう。あのナジという若者も、長いあいだ忘れられないだろう。けれども、そこまでユカラを心にとめない者は、早くも記憶が薄らぎ始めている。ユカラは自分の役目を終えたんだ。石の矢を放ってそのまま消えたのは本当だよ」

「どうして。どうしてそうなるのよ。納得できない」

美綾は叫ぶように言った。

「映像じゃないのに。体も心もちゃんとこの時代にある一人の女の子だったのに。将門への気持ちだってもっていたのに。それがどうして突然消えるの」

「ちょっと落ち着いて。順に説明してあげるから」

あやす口調で言われてしまい、美綾は深呼吸してけんめいに感情をしずめた。もうすでに涙ぐんでいたのだ。

「わかった。説明して」

黒田はくちびるをなめてから言い出した。

「モノクロは、この時代へやって来ても、自分がどのオオカミか思い出せなかっただろう。それは、思い出せないんじゃなかった。モノクロだったオオカミがどこにも存在していなかったんだ。そこでやっと気がついた。以前過去へさかのぼったとき、何かを修正したらしいってね。みゃあを残して確認しに行ったのはそのせいだ」

「修正？　神様だと過去の事象でも修正できるの？」

「めったなことじゃ手を出さないよ。手を出す意味もないし。ただ、過去へ飛んだモノクロが見つけたのは、かなり具合のよくない神のしわざだった」

美綾は目をまるくした。

「神様にも具合のよし悪しがあったりするの。下界のことなのに」

黒田はどう語ろうか考える様子だった。空に聞き耳をたてるように頭をかしげている。

美綾が先に言った。

「モノクロが見つけたのは、下野国に流された道鏡だよね。怨霊《おんりょう》のもとになるものを見たわけでしょ？」

黒田が話し出した。

「きみの言う怨霊という概念は、人間界にのみ通用するものごとだよ。人間同士が恐れたり祀《まつ》ったりするのは勝手だが、生物全体に行きわたることはない。それなのに、モノクロが接したのはオオカミを巻きこむ〝えやみ〟だった。これはおかしなことだった。人間がどれほど強い怨念《おんねん》をかかえて死のうと、他の生きものにまで影響するはずがないんだ」

「道鏡には、ふつうの人以上に呪う力があったとか？」

美綾はこわごわ聞いた。称徳天皇が全幅の信頼を置いた僧侶《そうりょ》なのだ。

「そうじゃない、単純な事故だった」

黒田はあっさり言ってのけた。

「何なの、単純な事故って」

「交通事故に近いかな」

ますますおかしなことを答え、黒田は続けた。

「八百万《やおよろず》の神々は、気が向いたら次元を下って降りてくるが、タイプは千差万別だ。生きものにまったく関心がない神がいることは、きみももう知ってるよね。だけど、無関心ならまだいい、目的を決めずに降りてくる下界初心者がいて、これが生きものにとっては始末が悪い。たまに最悪のことが起きる」

「じゃあ、もしかして、道鏡は」

黒田がうなずいた。

「そう、彼が死ぬとき、たまたまそこへ降りてきた初心者が、何も考えずに怨念に力を貸してしまった。だから、神の力をもつ本物の怨霊になってしまった」

美綾はまばたきしてたずねた。

「それを、モノクロが修正したの？」

「したよ。神の行為を修正できるのは神だけだから。生きものに転生する神としては、呪いが神の力をもつのを放っておけなかった」

黒田は、ため息をついてから結論づけた。

「ユカラがこの世に生まれたのは、モノクロの改変の結果だったんだよ。道鏡の呪いをなくした代替物として、あの子の存在が必要だった。消えてしまう運命だったのは、ユカラがこの先の歴史にいないからだ。変化した歴史の隙間を埋めるためにいたんだよ」

美綾はしばらく黙りこんでいた。かなりたってから、ぼそっと言った。

「じゃあ、結局、この時代のモノクロはユカラだったの。怨霊をなかったことにしたのがモノクロなら、代わりはユカラだよ」

「そういう見方もできるね。転生したわけじゃないけど、全体の事情としてはそうなるかな。モノクロがもたらしたのは、どちらかというと石の矢尻のほうだけど、だれかが使わないと効力も発揮しないし」

美綾はふいに声をとがらせた。

「そんなふうに、駒みたいに言わないでよ。ユカラに失礼だよ」

黒田が黙ったので、さらに続ける。

「あの子はいつも自分で考えて、いつもけんめいに生きていたというのに。ただの事象の穴埋めなら、将門を好きになる気持ちなど持たせなくてよかったじゃない。ユカラの心の思いはどこへ行くのよ。あの子、一度も将門にさわったことがなかったんだよ。最後の最後になってもさわれずに。それなのに……」

嗚咽《おえつ》がこみ上げてきて、その先は言葉にならなかった。黒田が弱った様子で言った。

「泣かないですむよう、筋道立てて説明したつもりだけど。これでもだめなのかい、何が足りなかった？」

（ちがう。説明の問題じゃない。黒田くんはいつもわかってない）

自分は自分のために泣いているのだと考えたが、ユカラのはかない慕情を思いやって胸が苦しいのも本当だった。石井でユカラが待つと信じる将門が悲しいところもあった。美綾は黒田の肩に顔を押しつけて泣きじゃくった。

黒田が迎えに来たときも大泣きし、これで二度目だと考えるまで理性がもどったのは、だいぶ時間がたってからだった。

きまりが悪く、美綾はなかなか顔を上げられなかったが、ある考えがしだいに固まってきたので、思い切って男子を見上げた。

「きみ、本当は黒田くんじゃないでしょう。モノクロだよね」

「どうしてそう思う？」

黒田は聞き返したが、顔を見れば目が泳いでいた。

「いやでもわかるよ、ぜんぶ説明するんだもん。いつから入れ替わってたの？」

「入れ替わるってことはないよ。おれたち、もともと別物じゃないし」

美綾は眉《まゆ》を寄せて顔を近づけた。

「はぐらかさないでよ。いつからモノクロだったの。過去へ行ったと言っておいて、本当は最初からだったりするの？」

「過去へ行ったのは事実だよ。自分のしたことをぜんぶ拾ってきた。けっこう時間もかかった」

そう答えてから、黒田は少し肩をすくめた。

「ただ、霊素の状態だと、時空のどの地点にも戻ることができるってだけで」

美綾はあきれて息を吸いこんだ。

「じゃあ、やっぱり、最初から黒田くんがモノクロだったってことじゃない。モノクロの考えはわからないふりなんかして」

「ふりをしたわけじゃなく」

「私をだました」

「だましたわけじゃないって」

黒田は困った様子で頭をかいた。

「本体が戻っても、おれが主導だったというだけだよ。だいたい、黒田とモノクロを区別するのはそれほど意味がないんだ。半年前はともかく、最近は融合が進んでいるんだから」

「違いは大ありでしょ。私は、いっしょにいるのが黒田くんだと思ったからこそ、こうしてモノクロを待つあいだ……」

　言いかけて、美綾は大事な点に気がついた。

「ちょっと。黒田くんが私を迎えに来たところへモノクロが帰っていたなら、そのときだってすぐに現代へ戻ることができたってこと？」

「まあ、そうなる」

　黒田が認めたので、美綾はますますあきれた。

「どうして教えないのよ。いつでも帰れたのに」

「みゃあが、もう無理だから帰りたいと言ったらそうしたよ。だけど、きみ、まだ将門を見ていたいと言ったし」

　美綾もそれは覚えていた。映像の体をもらったことで、また気が変わったのだ。

「たしかに、帰りたくなかったけど」

「それに、おれも、ユカラのことでは確証がなかったから、見届けてみたかったんだ。道鏡のいる過去で、苦労して怨霊を相殺したのは見ても、改変した事象がどういう形でならされたのか、まだ確認してなかったんだよ」

黒田はふと表情をゆるめた。

「きみが、やけにユカラに関心を寄せるのが興味深かったよ。あの子の特異な力が惹《ひ》きつけたんだろう。きみのユカラへの干渉も、おそらく偶然から必然に成り代わっているね。きみがここにいたことも」

とまどって考えてから、美綾はたずねた。

「私のしたことが、ユカラを消える運命に追いやったの？」

「そうは思わなくていい。きみがいなくても、ユカラは別の存在から同じようなお告げを受けただろう。彼女の霊感を後押ししたということだよ。おれが石の矢の的中を後押ししたのと同じ。ここにいたからそうなった」

美綾はため息をついた。まだ悲しかったが、やっと、ユカラはやり遂げたのだと思うことができた。

「何がどうなっても消えるしかなかったのなら、私がユカラに会えてよかった」

「夢だと思っていいんだよ、ユカラのことは」

黒田はやさしい口ぶりで言った。

「将門も、最後は夢だったと思うだろう。この時代の人々は、ユカラがいたことを忘れてしまうんだ。たとえ覚えていても、ぼんやりして夢と変わらないものになる。それでも忘れない人間がいるとしたら、ユカラのおばばとナジくらいかな」

「きっとそうだね。現代へ戻ったら、私にとっては夢より遠いものになるね。ユカラも、こうしている私も、きみのことも」

美綾はつぶやいた。二人は、下野国府の南大門を見下ろせる上空にいた。将門の手勢が門前広場に集結しつつある。日がだいぶ傾いていた。空には雲が多かったが、先ほどのような雷雲は二度と現れる様子がない。

手を伸ばして黒田の肩に触れた。空中を移動するとき黒田につかまるのは、もう慣れっこになっていた。けれども今、美綾はこれまで一度もしたことのないことをした。思い切って身を寄せ、両腕で抱きついたのだ。

「これも遠い夢になるね。黒田くんと私が同じものだったこと。もう二度とないよね」

黒田が、自分の手をゆっくり美綾の背中に回した。

「うん、それもあってね。できるだけ長くここにいたかった。でも、さすがに今は帰りどきだな。このまま空の上へ行くよ」

帰りたくなかったが、帰らなくてはいけないとも思えた。ユカラが消え去る後押しをした以上、自分たちも消え去るべきだった。

上空高く昇っていくと、沈みかけていた太陽が再び地平に顔を現し、二人に金の光を浴びせた。黒田の胸に顔を寄せていると、金色のもやに浮かんでいるような気がした。

そして、いつのまにか、抱きかかえているのが黒田でもモノクロでも、どちらでもよくなっているのに気がついた。

（境界なんかないんだ。どうしよう……）

困ったという思いがわいてきた。気づいてはいけないものに気づいてしまったようだ。現代へ戻れば、モノクロはパピヨンとして存在しているのに、この先、どういう顔をして飼えばいいのだろう。とんでもない難問のように思えた。

目が覚めると、今度こそ自宅のソファーの上だった。

クッションから身を起こし、美綾は着ているものを見下ろした。シャツとロイヤルブルーのカーディガンと黒いレギンス、いつもの部屋着にまちがいなかった。髪を探るともとの肩の上の長さだ。次は時間を確かめた。時計の数字は、眠りについた時刻の七分過ぎだった。

「言ってたより、ずれが大きい」

声を上げると、カーペットに座っていたパピヨンが立ち上がって寄ってきた。

「おぬしが寝ぼけて起きなかったのだ。わしはほとんど同時刻に戻ったぞ」

いきなり現実が降ってきた。小型犬の見かけの愛らしさと、ギャップのありすぎるその言葉づかい。美綾はまばたきしながら考えた。

(そうだった、忘れそうになった。これがモノクロだった……)

小型犬は、美綾がまじまじ見ていることも気にとめずに言った。

「わしがどうして平将門の名前を覚えていたかという疑問は、これで解明できたな。出血大サービスで過去を見せてやったのだから、おぬしもいろいろ融通をつけてくれるな。わしはアメリカのドラマの続きが見たいのだ」

「もう少し、過去の余韻にひたるとかしていいんじゃないの？」

美綾が疑わしげに言っても、パピヨンはつぶらな目で見上げるだけだった。

「そうもいかん。無料期間のうちにたくさん見終えないといけないのだ。おぬしも見るか？」

早くも前足でリモコンをいじり出している。美綾は顔をしかめた。

「ねえ、この際〝わし〟とか〝おぬし〟って言うのはやめてみない？」

「どうしてだ。わしはけっこう気に入っているぞ。人間が書いたものを調べても、神は古い言葉を好むと思われているようだ」

番組探しに夢中の小型犬をしばらく見つめてから、美綾は大声で言った。

「あり得ない。気の迷いだった」

黒い耳をぴくりとさせて、パピヨンがふり向いた。

「何の迷いだって」

「知らない」

（よかったよかった、難問に悩むことになどならない。飼い犬以上に世話の焼けるしょうもない神様なんだから）

美綾はそう考えた。しかし、安堵《あんど》したはずなのに、胸の奥に何かが残って簡単に消えてくれなかった。そっと手を当ててみる。

（これ、ユカラの思いだ。手を取ることもできない人が好きだった子の……）

美綾が痛みをともにした蝦夷の少女は、改変した過去の隙間を埋めるために生き、まぼろしのように消えてしまった。けれども、ユカラが生きた証《あかし》は、美綾が今も胸の痛みとして受け取っている。そんなふうに思えた。

（忘れられないだろう。忘れたくないけど……）

ユカラの恋心のはかなさに、美綾自身の立場が重なると感じた一瞬を思い返す。一歩そちらに踏み込んでしまったからには、美綾も、過去へ出かける前とは同じになれないという気がするのだった。

参考文献

『新訂 将門記』林陸朗校注 現代思潮新社
『将門記1』梶原正昭訳注 平凡社
『将門伝説』梶原正昭・矢代和夫著 新読書社
『平将門の乱』福田豊彦著 岩波新書
『「馬」が動かした日本史』蒲池明弘著 文春新書
『将門記を読む』川尻秋生編 吉川弘文館
『平将門と天慶の乱』乃至政彦著 講談社現代新書

本書は書き下ろしです。

エチュード春《はる》一《いち》番《ばん》

第三曲《だいさんきょく》　幻想組曲《げんそうくみきょく》［狼《おおかみ》］

荻原《おぎわら》規《のり》子《こ》

令和３年　８月25日　初版発行

発行者●堀内大示

発行●株式会社KADOKAWA
〒102-8177　東京都千代田区富士見2-13-3
電話　0570-002-301（ナビダイヤル）

角川文庫 22774

印刷所●株式会社暁印刷
製本所●本間製本株式会社

表紙画●和田三造

●お問い合わせ
https://www.kadokawa.co.jp/（「お問い合わせ」へお進みください）
※内容によっては、お答えできない場合があります。
※サポートは日本国内のみとさせていただきます。
※Japanese text only

ISBN 978-4-04-109869-1　C0193

角川文庫発刊に際して

角川源義

第二次世界大戦の敗北は、軍事力の敗北であった以上に、私たちの若い文化力の敗退であった。私たちの文化が戦争に対して如何に無力であり、単なるあだ花に過ぎなかったかを、私たちは身を以て体験し痛感した。西洋近代文化の摂取にとって、明治以後八十年の歳月は決して短かすぎたとは言えない。にもかかわらず、近代文化の伝統を確立し、自由な批判と柔軟な良識に富む文化層として自らを形成することに私たちは失敗して来た。そしてこれは、各層への文化の普及滲透を任務とする出版人の責任でもあった。

一九四五年以来、私たちは再び振出しに戻り、第一歩から踏み出すことを余儀なくされた。これは大きな不幸ではあるが、反面、これまでの混沌・未熟・歪曲の中にあった我が国の文化に秩序と確たる基礎を齎らすためには絶好の機会でもある。角川書店は、このような祖国の文化的危機にあたり、微力をも顧みず再建の礎石たるべき抱負と決意とをもって出発したが、ここに創立以来の念願を果すべく角川文庫を発刊する。これまで刊行されたあらゆる全集叢書文庫類の長所と短所とを検討し、古今東西の不朽の典籍を、良心的編集のもとに、廉価に、そして書架にふさわしい美本として、多くのひとびとに提供しようとする。しかし私たちは徒らに百科全書的な知識のジレッタントを作ることを目的とせず、あくまで祖国の文化に秩序と再建への道を示し、この文庫を角川書店の栄ある事業として、今後永久に継続発展せしめ、学芸と教養との殿堂として大成せんことを期したい。多くの読書子の愛情ある忠言と支持とによって、この希望と抱負とを完遂せしめられんことを願う。

一九四九年五月三日

角川文庫ベストセラー

エチュード春一番
第一曲　小犬のプレリュード　　荻原規子

エチュード春一番
第二曲　三日月のボレロ　　荻原規子

RDG　レッドデータガール
はじめてのお使い　　荻原規子

RDG2　レッドデータガール
はじめてのお化粧　　荻原規子

RDG3　レッドデータガール
夏休みの過ごしかた　　荻原規子

父親のイギリス転勤で家族が移住。念願の大学に合格した美綾は日本に残り、自宅で初めての1人暮らしを始める。そこにある日、小型犬のパピヨンが迷い込んでくる。でもその犬が、突然言葉をしゃべり出して。

夜の氷川神社を訪れた美綾はそこで蛇神の姿を見る。それを知った人物によって、モノクロが誘拐されてしまう！　新しい解釈と独自の設定で人と神様（犬）の境界を越えた、荻原規子のファンタジー・ノベル！

世界遺産の熊野、玉倉山の神社で泉水子は学校と家の往復だけで育つ。高校は幼なじみの深行と東京の鳳城学園への入学を決められ、修学旅行先の東京で姫神という謎の存在が現れる。現代ファンタジー最高傑作！

東京の鳳城学園に入学した泉水子はルームメイトの真響と親しくなる。しかし、泉水子がクラスメイトの正体を見抜いたことから、事態は急転する。生徒は特殊な理由から学園に集められていた……!!

学園祭の企画準備で、夏休みに泉水子たち生徒会執行部は、真響の地元・長野県戸隠で合宿をすることになる。そこで、宗田三姉弟の謎に迫る大事件が……！　大人気RDGシリーズ第3巻!!

角川文庫ベストセラー

RDG4　レッドデータガール
世界遺産の少女
荻原規子

夏休みの終わりに学園に戻った泉水子は、〈戦国学園祭〉の準備に追われる。衣装の着付け講習会で急遽、モデルを務めることになった泉水子だったが……物語はいよいよ佳境へ！　RDGシリーズ第4巻!!

RDG5　レッドデータガール
学園の一番長い日
荻原規子

いよいよ始まった戦国学園祭。八王子城攻めに見立てた合戦ゲーム中、高柳が仕掛けた罠にはまってしまったことを知った泉水子は、怒りを抑えられなくなる。ついに動きだした泉水子の運命は……大人気第5巻。

RDG6　レッドデータガール
星降る夜に願うこと
荻原規子

泉水子は学園トップと判定されるが…。国際自然保護連合は、人間を救済する人間の世界遺産を見つけだすため、動き始めた。泉水子と深行は、誰も思いつかない道へと踏みだす。ついにRDGシリーズ完結！

RDG　レッドデータガール
氷の靴 ガラスの靴
荻原規子

冬休み明けの学園に戻った真響は久しぶりに会う泉水子の変化に気がつき焦りを感じていた。そんなある日、真響の許嫁をめぐり宗田家によってスケート教室が仕組まれるが、予想外の凶事が起きてしまって。

西の善き魔女1
セラフィールドの少女
荻原規子

北の高地で暮らすフィリエルは、舞踏会の日、母の形見の首飾りを渡される。この日から少女の運命は大きく動きだす。出生の謎、父の失踪、女王の後継争い。RDGシリーズ荻原規子の新世界ファンタジー開幕！

角川文庫ベストセラー

西の善き魔女2 秘密の花園

荻原規子

15歳のフィリエルは貴族の教養を身につけるため、全寮制の女学校に入学する。そこに、ルーンが女装して編入してきて……。女の園で事件が続発、ドラマティックな恋物語！ 新世界ファンタジー第2巻！

西の善き魔女3 薔薇の名前

荻原規子

女王の血をひくフィリエルは王宮に上がり、宮廷デビューをはたす。しかし、ルーンは闇の世界へと消えてしまう。ユーシスとレアンドラの出会いを描く特別短編「ハイラグリオン王宮のウサギたち」を収録！

西の善き魔女4 世界のかなたの森

荻原規子

竜退治の騎士としてユーシスが南方の国へと赴く。フィリエルはユーシスを守るため、幼なじみルーンへの思いを秘めてユーシスを追う。12歳のユーシスを描く特別短編「ガーラント初見参」を収録！

西の善き魔女5 闇の左手

荻原規子

フィリエルは、砂漠を越えることは不可能なはずの帝国軍に出くわし捕らえられてしまう。ユーシスは帝国の兵団と壮絶な戦いへ……。ついに、新女王が決まる!? 大人気ファンタジー、クライマックス！

西の善き魔女6 金の糸紡げば

荻原規子

8歳になるフィリエルは、天文台に住む父親のディー博士、お隣のホーリー夫妻と4人だけで高地に暮らしていた。ある日、不思議な子どもがやってくる。フィリエルとルーンの運命的な出会いを描く外伝。

角川文庫ベストセラー

西の善き魔女7
銀の鳥 プラチナの鳥
荻原規子

女王の座をレアンドラと争うアデイルは、帝国の動向を探るためトルバート国へ潜入する。だがそこには巧妙に張り巡らされた罠が……事件の黒幕とは!? 幻の短編「彼女のユニコーン、彼女の猫」を収録！

西の善き魔女8
真昼の星迷走
荻原規子

フィリエルは女王候補の資格を得るために、ルーンは騎士としてフィリエルの側にいることを許されるために。お互いを想い、2人はそれぞれ命を賭けた旅に出る。旅路の果てに再会した2人が目にしたものとは!?

これは王国のかぎ
荻原規子

失恋した15歳の誕生日、ひろみは目が覚めたらアラビアンナイトの世界に飛び込んでしまった、しかも魔神《ジン》族として！ 王宮から逃げ出した王太子、空飛ぶ木馬、絶世の奴隷美少女。荻原規子の初期作品復活！

樹上のゆりかご
荻原規子

歴史ある高校の学祭で起きる事件の数々……学校に巣くう「名前も顔もないもの」とは？ 人気作家の学園サスペンス。思わず自分の高校時代を思い出す、みずみずしい感覚の物語。

もうひとつの空の飛び方
『枕草子』から『ナルニア国』まで
荻原規子

世界の神話や古典、ナルニア国、『指輪物語』、ジブリのアニメ作品。『RDG』や『空色勾玉』で大人気の作家荻原規子が初めて書いたブックガイド・エッセイ。彼女の感性を育んだ本を自ら紹介。本好き必読！

角川文庫ベストセラー

バッテリー　全六巻　あさのあつこ

中学入学直前の春、岡山県の県境の町に引っ越してきた巧。ピッチャーとしての自分の才能を信じ切る彼の前に、同級生の豪が現れ⁉　二人なら「最高のバッテリー」になれる！　世代を超えるベストセラー‼

福音の少年　あさのあつこ

小さな地方都市で起きた、アパートの全焼火事。そこから焼死体で発見された少女をめぐって、明帆と陽、ふたりの少年の絆と闇が紡がれはじめる——。あさのあつこ渾身の物語が、いよいよ文庫で登場‼

ラスト・イニング　あさのあつこ

大人気シリーズ「バッテリー」屈指の人気キャラクター・瑞垣の目を通して語られる、彼らのその後の物語。新田東中と横手二中。運命の試合が再開された！　ファン必携の一冊！

晩夏のプレイボール　あさのあつこ

「野球っておもしろいんだ」——甲子園常連の強豪高校でなくても、自分の夢を友に託すことになっても、女の子であっても、いくつになっても、関係ない……野球を愛する者、それぞれの夏の甲子園を描く短編集。

ヴィヴァーチェ　紅色のエイ　あさのあつこ

近未来の地球。最下層地区に暮らす聡明な少年ヤンと親友ゴドは宇宙船乗組員を夢見る。だが、城に連れ去られた妹を追ったヤンだけが、伝説のヴィヴァーチェ号に瓜二つの宇宙船で飛び立ってしまい…⁉

角川文庫ベストセラー

ヴィヴァーチェ
宇宙へ地球へ
あさのあつこ

地球を飛び出したヤンは、自らを王女と名乗る少女ウラと忠実な護衛兵士スオウに出会う。彼らが強制した船の行き先は、海賊船となったヴィヴァーチェ号が輸送船を襲った地点。そこに突如、謎の船が現れ⁉

グラウンドの空
あさのあつこ

甲子園に魅せられ地元の小さな中学校で野球を始めたキャッチャーの瑞希。ある日、ピッチャーとしてずば抜けた才能をもつ透哉が転校してくる。だが彼は心に傷を負っていて——。少年達の鮮烈な青春野球小説！

グラウンドの詩《うた》
あさのあつこ

心を閉ざしていたピッチャー・透哉とバッテリーを組む瑞希。互いを信じて練習に励み、ついに全国大会への出場が決まるが、野球部で新たな問題が起き……中学球児たちの心震える青春野球小説、第2弾！

かんかん橋を渡ったら
あさのあつこ

中国山地を流れる山川に架かる「かんかん橋」の先には、かつて温泉街として賑わった町・津雲がある。そこで暮らす女性達は現実とぶつかりながらも、精一杯生きていた。絆と想いに胸が熱くなる長編作品。

ミヤマ物語
第一部 二つの世界 二人の少年
あさのあつこ

いじめから登校拒否になった孤独な少年透流と、別次元で展開される厳しい階級社会の最下層を生きる少年ハギ。二つの世界がつながって新たな友情が奇跡を起こす！

角川文庫ベストセラー

ミヤマ物語
第二部 結界の森へ
あさのあつこ

牢から母を逃がし兵から追われたハギは、森の中で透流に救われる。怯えていたハギは介抱されるうちに少しずつ心を開き、自分たちの世界の話を始める。2人の少年がつむぐファンタジー大作、第二部。

ミヤマ物語
第三部 偽りの支配者
あさのあつこ

亡き父の故郷雲濡で、透流はもう一つの世界ウンヌから来た少年ハギと出会う。ハギとの友情をかけて、透流は謎の統治者ミドと対峙することになる。ファンタジー大作、完結編!

敗者たちの季節
あさのあつこ

甲子園の初出場をかけた地方大会決勝で敗れ、海藤高校野球部の夏は終わった。悔しさをかみしめる投手直登のもとに、優勝した東祥学園の甲子園出場辞退という、思わぬ報せが届く……胸を打つ青春野球小説。

かんかん橋の向こう側
あさのあつこ

常連客でにぎわう食堂『ののや』に、訳ありげな青年が現れる。ネットで話題になっている小説の舞台が『ののや』だというが? 小さな食堂を舞台に、精いっぱい生きる人々の絆と少女の成長を描いた作品長編。

The MANZAI
十五歳の章 (上)(下)
あさのあつこ

中学二年の秋、転校生の歩はクラスメートの秋本に呼び出され突然の告白を受ける。「おれとつきおうてくれ!」しかし、その意味はまったく意外なものだった。漫才コンビを組んだ2人の中学生の青春ストーリー。

角川文庫ベストセラー

The MANZAI 十六歳の章　あさのあつこ

あさのあつこの大ヒットシリーズ「The MANZAI」の高校生編。主人公・歩の成長した姿で、繊細かつユーモラスに描いた青春を文庫オリジナルで。待望の書き下ろしで登場！

薫風ただなか　あさのあつこ

江戸時代後期、十五万石を超える富裕な石久藩。鳥羽新吾は上士の息子でありながら、藩学から庶民も通う郷校「薫風館」に転学し、仲間たちと切磋琢磨しつつ勉学に励んでいた。そこに、藩主暗殺が絡んだ陰謀が。

緋色の稜線　あさのあつこ

行きずりの女を殺してしまった吉行は、車で逃げる山中で不思議な少年と幼女に出会う。成り行きから途中まで車に乗せてやることにするが……過去の記憶が苛む、サスペンス・ミステリ。

藤色の記憶　あさのあつこ

心中間際に心変わりをした恋人によって、土の中に埋められてしまった優枝。掘り起こし救い出してくれたのは白兎と名乗る不思議な少年だった。大人の女のサスペンス・ミステリ！

藍の夜明け　あさのあつこ

高校生の爾（みつる）は、怖ろしい夢を見た翌朝に起きる異変に悩まされていた。指に捲きついた長い髪の毛、全身にまとわりつく血の臭い。そして、悪夢の夜には必ず、近所で通り魔殺人事件が発生していた。

角川文庫ベストセラー

新装版 魔女の宅急便 ⑤魔法のとまり木　角野栄子

19歳になったキキ。相変わらずそばには、相棒の黒猫ジジ。そんなジジにもヌヌとの素敵な出会いがありました。そして……長かったとんぼさんとの関係も大きく動き……キキの新たな旅立ちの物語。

ラスト ラン　角野栄子

「残された人生でやっておきたいこと」74歳のイコさんの場合は、5歳で死別してしまった岡山にある母の生家まで、バイクツーリングをすることだった。そこで出会ったのは、不思議な少女で……。

ズボン船長さんの話　角野栄子

小学四年生のケンは、夏休みにもと船長さんと知り合い、大事な宝物にまつわるお話をきくことに。それは、七つの海をかけめぐっての素敵なお話の数々だった。ケンともと船長さんの友情は、少しずつ強まっていく。

アイとサムの街　角野栄子

アイとミイは萩寺町に住む双子の姉妹。自作の自転車で、真夜中の散歩に乗り出した二人は、動物園で怪しい光を見る。そこでアイは、近くのマンションに住む少年オサム（サム）と出会い…!?

ナーダという名の少女　角野栄子

カルナバル（カーニバル）の国、ブラジル。15歳のアリコは、不思議な少女ナーダと出会う。自由奔放に生きる彼女が、孤独なアリコの目には眩しかった。サンバのリズムと鮮やかな色彩で描かれる幻想的な物語。

角川文庫ベストセラー